NO GAME NO LIFE
プラクティカル
ウォーゲーム
著／イラスト●榎宮祐

『さぁ──ゲームをはじめるのですよぉ♥』

「せんぱい……服を着てくださいな」

「ど・っせいやぁあああああ〜〜〜〜あああッ!!」

扉を蹴破り部屋に侵入した者は
——一言で言えば、変態だった。
トランスフォームを意味する
それとは違う
完全なる変態だった……

天撃《いちげき》では届かぬ故に、二撃。
しかしてなお足らぬが故に
「以上、〃三撃〃を以て
――『絶撃』――」
――龍に挑み、龍を討った。
ならば最後に立っていようが
寝ていようが、死んでいようが。
私の勝ち、でございます――ッ!!

十の盟約

唯一神の座を手にした神、テトが作ったこの世界の絶対法則。
知性ある【十六種族《イクシード》】に対し一切の戦争を禁じた盟約――即ち。

【一つ】この世界におけるあらゆる殺傷、戦争、略奪を禁ずる
【二つ】争いは全てゲームによる勝敗で解決するものとする
【三つ】ゲームには、相互が対等と判断したものを賭けて行われる
【四つ】〝三〟に反しない限り、ゲーム内容、賭けるものは一切を問わない
【五つ】ゲーム内容は、挑まれたほうが決定権を有する
【六つ】〝盟約に誓って〟行われた賭けは、絶対遵守される
【七つ】集団における争いは、全権代理者をたてるものとする
【八つ】ゲーム中の不正発覚は、敗北と見なす
【九つ】以上をもって神の名のもと絶対不変のルールとする
【十】みんななかよくプレイしましょう

CONTENTS PWG

ノーゲーム・ノーライフ
プラクティカルウォーゲーム

榎宮祐

MF文庫J

口絵・本文イラスト●榎宮祐

アブストラクト・ウォー・ゲーム

——エルキア城、大広間。

静寂が包むそこには、複数の人影。そして張り詰めた空気だけがあった。

机——チェス盤を挟み無言で対峙《たいじ》する二人と、固唾《かたず》を呑《の》んで見守る観衆。

その沈黙を破ったのは、長考していた対峙者の一方——黒髪黒目の青年。

「……なあ。やっぱ俺の記憶違いじゃねぇって。うん……あのさ——？」

前衛芸術的に歪《ゆが》んだその性格を表す笑みを、一層引《ひ》き攣《つ》らせ、

「このコマ、ゼッテーここになかったよな!?　オイ、いつ動かしたアッ!?」

そう悲鳴のような糾弾を響かせた——空《そら》・童貞・十八歳と。

「えぇ～言いがかりなのですよ～。そんなバレバレの不正しないのですよぉ♪」

波打つ淡金の髪から長い耳を覗《のぞ》かせる、四《よ》つ菱《びし》を瞳《ひとみ》に宿した森精種《エルフ》の少女。

陽光のような笑みで白々しく応じた——フィール・ニルヴァレンだった。

「ソレじゃねぇよ——俺のルークだよ!?　～～～～～～あ～も～、元の位置に戻すぞッ!?」

「わぁ～コマの不正移動いっけな～いんで～すよ～これはもぉ、空さんの負けで——」

「そっちが魔法で動かしたんだろぉがアアッ!!　せめて棒読みをやめろ!!」

明らかにフィールの不正。本来無条件でフィールの敗北だが、ちらりと。

空《そら》の送った視線に、観衆の一人──ジブリールは無念そうに首を振った。

いつ、どう動かしたか認識出来なかった──つまり証明不能の不正、と。

なら下手に探れない。何せ──

──〝空のコマ〟が、〝空の有利に動かされていた〟のだ──ッッ!!

空に気付かれずに打たせ、不正をなすりつける気だったその笑顔に、

「つ〰〰かいい加減、白を見えなくすんのやめねぇと首吊《つ》るぞ!? 俺の首がどうなってもいいのか!? さぁ──俺の命が惜しけりゃ早く魔法解除してくれやがれろおなしゃす!!」

「フィー解除しないで!! 空を自主的に亡き者にするチャンスよッ!?」

そう──我慢に我慢を重ねていた空が、涙目で己の首を人質に強気に迫ると。

この好機を逃すまいと、観衆の一人──クラミーが眼《め》を輝かせ嬉々《きき》と叫んだ。

「はい〜? わたしがぁ、白《しろ》さんを見えなくしてるって証拠ぉ、あるのですか〜?」

クラミーの言葉を汲《く》んでか、とぼけるフィールに空はスマホを突きつけ吠《ほ》える。

「スマホのカメラに映ってんだよ! 俺の右横! いつも以上に真っ白に白い白が映ってるよな!? どんな偽装か知らねぇが解除しなさいよあなたの血は何色なのッ!?」

「はて〜? その映像が本物だ〜ってぇ、証拠でもあるのですか〜♥」

──こ、こ……このアマ──ァッッッ!!

「って――この〝太陽〟もウゼぇええ!!　さっさと消せ〰〰えッ!!」

頭に血がのぼる空の頭上を、更に照りつける忌々しいものに、絶叫を重ねる。

室内にも拘《かか》わらず、真夏の日差しが照りつけている異常に汗を流して、

「テメいくつ魔法使う気だ!!　こちとらただの人間だぞ、どんだけやる気だよッ!?」

「ただの人類種《イマニティ》だからなのですよ～。正直～これでも全然足りてないのですよぉ？」

と温和に笑いながら、だが本気と書いてガチと読む――零下の眼差《まなざ》しで。

ここまでしてなお――空の有利に進む盤面を見下ろして告げるフィールに、

――何故《なぜ》こんなことになった、と。

空は茹《ゆ》だりだした頭で、軽い検証だったはずの記憶を探った…………

■■■

「フィールさ、俺と一対一で――チェス、打ってみないか？」

それは空の方から、フィールに提案した検証《ゲーム》だった。


――相手が魔法使い、なんなら神であろうと、ゲーム次第では対等に戦える。

たとえば――『二人零和有限確定完全情報ゲーム』では、不正はほぼ不可能だ。

何せ『十の盟約』で、思考・認識の直接的閲覧・改竄《かいざん》――〝危害〟は禁じられる。

譜面を常に把握していれば、盤面の改竄《かいざん》といった間接的不正も防げるだろう。

あるいは一対一なら『記憶違いです』と言い逃れる事も可能だろうが。

それも〝立会人《だいさんしゃ》〟がいれば防げることだ。普通に考えれば。故にこそ、

——本当にそうだろうか、と。


空《そら》は己の知る限り、最も優れた森精種《まほうつかい》に、検証《ゲーム》を申し入れ、

「ど～してわたしが～、そんなことに付き合わなきゃいけないのですかぁ～？」

という笑顔で一蹴《いっしゅう》された。

——わざわざこちらの手の内を明かしてやる理由などない、と。

当然の反応に、空は——クラミーの記憶を保有する空は続けた。

「フィールが知らない、クラミーの恥ッずかし～い記憶、ネタを一つ提供しよう」

対価の提示だ。フィールの隣にいる少女《クラミー》の対価《ヒミツ》を——無論、許可なく。

「……ねぇ。ちょっと待ってくれる？　あんた、無断でなに私のネタを餌《えさ》にして——」

「クラミーがぁ～夜な夜なナニをどうシてるか知るわたしが知らないネタですかぁ？」

「ってちょっ——とぉオッ!?　ナニ言い出したのフィー!?」

クラミーの羞恥《しゅうち》の悲鳴は、だが既に駆け引き《ゲーム》を始めた二人には届かず。

空とフィールは、互いを探り合うように薄い笑みを交わし——

「〝なにを想《おも》ってシてるか〟までは知らない……だろ？」

「ノったのですよぉ～♥　さぁ～早く始めるのですよぉ」

そして三秒で固い握手と熱い敵意の視線──同意を交わした。

その一部始終を空の隣で眺める白《しろ》が、ふと……ぽつりと呟《つぶや》き。

「……で……にぃ……が、勝ったら……？」

あ、と。特に考えていなかった兄の心の声を察してか、白が続けた。

「……『フィー×クラ』で……三〇分……ギリ健全、な……百合《ゆり》プレイ……要求」

「白……それだけは聞き捨てならんな──どう考えても『クラ×フィー』だろ!?」

「……うぅ……わたしにぃ～勝ち《ヒミツ》と負け《百合》、どっちかを選べっていうのですかぁ!?」

熱い激論を戦わせる兄妹《きょうだい》と、苦悩に喘《あえ》ぐフィールの姿に、

「悩まないでよフィー!?　いや勝たれても困るのよねぇちょっと!?　私の同意は!?」

というクラミーの悲鳴は、だがなかば無し崩しに抱き込まれ。

──かくして勝っても負けても、フィールには得しかない。

だが一方で、勝っても負けても、クラミーには損しかない。

そんなちょっとした検証《ゲーム》が始まり………

■■■

そして検証《ゲーム》を終えて――空《そら》と白《しろ》、ジブリールは。

スマホとタブPCに録画記録しながら、画面に映る検証結果に、思った。

――ここに塔《タワー》を立てよう、と。

名前も決まっている……『キマシ塔《タワー》』である、と。

「フィー!! あんたわざと負けたんじゃないでしょうね⁉ ちょっ、やめ――」

「え～？ 本気出したのにぃ……傷ついたのですよぉ……『盟約』で～今わたしがどこを触ってるかぁ、クラミーの可愛《かわい》いお口で聞かせてくれたら立ち直れるのですよぉ～♥」

「やっ、い、言えるわけないで――ひんっ⁉」

……と、本当にそれが『盟約』の力によるものかは、さておき。

かくも素晴らしき光景、空の勝ちという結果に、だが満悦より――

「……ジブリール、複数魔法の同時使用って、たしか森精種《エルフ》の専売特許だよな」

「はい。まあ、一部例外や、擬似的なものを除けば、その通りにございますが？」

「で、フィールは『六重術者《ヘキサ・キャスター》』だよな。まさか……〝あれ以上〟がいるのか？」

むしろ疲労――警戒が先だった息を吐いて、空はジブリールに問うた。

――チェスですら、あそこまでの苦戦を強いられた魔法の大量運用。

三〇分のフィー×クラ観賞なる至福でも、釣り合っていない……と。

「私の知る限りながらかつて〝二人〟――『八重術者《オクタ・キャスター》』がいたようでございます」

そう答えたジブリールに、空はもとより、白までも揃《そろ》って冷や汗を掻《か》いた。
六重術者《フィール》の更に二つ上――その驚異を問う視線《ふたり》に、ジブリールは語り出した。

「まず一人は――《ニーナ・クライヴ》」

大戦末期。森精種《エルフ》を三大勢力の一盟主たらしめた、神域の天才だったという。

戦術戦略は無論、魔法開発――術式編纂《へんさん》において空前絶後の、まさに〝怪物〟。

その考案した『霊壊術式』には今なお及ぶ者なき最高位術者《アーク・メイジ》――『花冠卿《グラン・メイガス》』。


「……霊壊術式？」

「はい。『久遠第四加護《クー・リ・アンセ》』から『虚空第零加護《アーカ・シ・アンセ》』まで、計五つの術式《まほう》でございますね」

――なるほど。ジブリールとの具象化しりとりと、大戦再現ＲＴＳで見たものだ。

水爆すら防いだ防御魔法と、都市を文字通り消し去る爆弾――未《いま》だ記憶に新しい。

だがそれより……ジブリール、妙に詳しすぎない？　と。

早くも答えを察し、半眼の空と白に、だがジブリールは続ける――


「もう一人は――《シンク・ニルヴァレン》」

前者の台頭までは、森精種《エルフ》史唯一《ゆい》無二の天才と謳《うた》われた、同じ『花冠卿《グラン・メイガス》』。

今日まで続く多重術式を活かした、森精種《エルフ》の術式編纂の基礎を構築し理論体系化。

森精種《エルフ》初の『隊』編成を行い、集団編纂――大規模魔法を用いた戦術家でもあり――

「ん……ちょっと待て？　ニル・ヴァレンって……」

と語りを遮って、空《そら》と白《しろ》、つられてジブリールまで、ついと視線を滑らせる。

「はい～何を隠そ～このわたし！　フィール・ニルヴァレンの祖先なのですよ～あむ♥」

「ひぁ――――っ!?　耳っ！　耳はやめ――っひ、びぇええぇッ!!」

カメラの前で、同性の人類種《イマニティ》と絡む、同姓の森精種《エルフ》に――空と白は、思う。

……ご先祖さん、草葉の陰で泣いてないだろうか、と目尻を光らせ、

「……ちなみに、どんな奴《やつ》らだったのか……って聞いてもいいか？」

目尻を拭《ぬぐ》った手でチェス盤からコマを一つ摘《つ》まみ、指先で弄《もてあそ》ばせ空は問う。

だがフィールはクラミーの耳にかぶりついたまま、ただ剣呑《けんのん》に笑みを歪《ゆが》め。

何故《なぜ》か誇らしげに胸を張る――ジブリールを見やって答えた。

「詳しいことは～記録がほとんど残ってないのですよぉ……だってぇ――」

「はい。私が『天撃』で滅ぼし、あらかた書を〝拝借〟した都在住だったようで♪」

――ああ、そんなこったろうと思ったよ。妙に詳しいわけだ、と。

いつだって、だいたいコイツ《ジブリール》のせいだよな、と空と白は揃《そろ》って溜息《ためいき》をついた。


「ですが、私の推理では――『同一人物』だったと思われます」

――ほう。犯人の推理か。新しいな、と半眼の空に、犯人《ジブリール》はその推理を披露する。

「まず——どちらも『終戦』の三〇〇年ほど前の生まれでございます」

「……なるほど？　唯二人《ただふたり》の八重術者《オクタ・キャスター》が〝何故か〟同世代ってわけだ」

「また、ニーナ・クライヴが台頭する、まさに直前を境にして、シンク・ニルヴァレンに関する一切の記述が、私の保有する書からさえも忽然《こつぜん》と消えております」

「…………」

「ですが終戦後、エルヴン・ガルド建国に関《かか》わった記述を最後に今度はニーナ・クライヴが消え、家系も確認出来てございません。代わりに、消えたはずのニルヴァレン家は——そちらの残念無念な方へと続いておられますね」

と、三〇分過ぎてなおクラミーを責め続けるフィールを指し——結論、と。

「《ニーナ・クライヴ》とは、シンク・ニルヴァレンの偽名だった、かと」

一礼と共に締めくくられたジブリールの推理に、空は——〝へぇ……〟と。

チェス駒を弄ぶ指先を、一層愉《たの》しげに、何処《どこ》か確信を得た笑みを浮かべた。

「…………にぃ？」

と、まだ訝《いぶか》しげな妹——白と、この楽しさを是非とも共有したい、と。

空は、視線を順に——手元の駒へ。次いで窓の外、地平の彼方《かなた》そびえる駒へと向け。

「ついでだ。もう一つ聞かせてくれるか？」

と——既に答えを知っている問いを、口にした。

「チェスってさ——この世界《ディスボード》には、いつからあるゲームだ？」

空《そら》のその言葉に、白《しろ》も気付いたのか——共通の理解を得た『　』《ふたり》の、

「起源は不明でございますが、ルール統一は『十の盟約』後…………マスター？」

その愉《たの》しげな笑みに気付き小首を傾《かし》げるジブリールに、内心二人は思う。


——ああ当然だ。大戦の当時には、既にあったに決まっている。

故にテトは地平の駒《ゲーム》を作り、種のコマ《ルール》を定めた。——ならば。

確実に存在した『大戦』を〝ゲーム〟と断じ終わらせた誰かさんに。

空と白はただ笑って思う——果たして、それを思いついたのが。

——本当に、人間《かれ》だけだったのだろうか……と。


……チェス。〝アブストラクト・ゲーム〟であるそれは。

つまるところ——『抽象化した盤上での戦争《アブストラクト・ウォー・ゲーム》』だ。

今しがた相手したフィールを超える祖先、大戦時既にあった盤上遊戯《チェス》——

「いた気がするんだよな……他にも。盤上《ゲーム》で戦争を終わらそうとした奴《やつ》が」

さしずめ——そう、

〝実践を以てして盤上で決する戦争《プラクティカル・ウォー・ゲーム》〟で——

プラクティカル・ウォー・ゲーム

そして——シンク・ニルヴァレンは、その日。
硝子《がらす》化するまでに高温の砂に背を灼《や》かれながら、漫然と、天を眺めた。
……長い耳が拾えるは、ただ無音で。額の魂石《ジェム》は炭のように濁らせて。
六《む》つ菱《びし》を宿す瞳《ひとみ》もまた濁って、光なく——ただ天の輝きを映していた。
それは、塵芥《ちりあくた》に閉ざされ灼け逝《ゆ》く紅《あか》い光。
降りしきる霊骸——精霊が蒼《あお》く死に逝く淡光。
そして瞬く都度、また一つ、森精種《エルフ》の浮遊船団が墜《お》ち逝く閃光《せんこう》だった。
何処《どこ》か夢を漂うように、定まらない意識で……ふいに思った。
この空は、本当はどんな色だったのだろう、と。
大戦がはじまる前、この世界はどんな姿だったのだろう、と……
そんなことを、生まれて初めて、疑問に思った………
——……………

——子供の頃、世界はもっと単純であるべきだと思った。
世界が無秩序で、無意味で、無価値で醜かったからではなく。
ただそうあるべきだ、と。そうあって当然であると、と。
何も知らない、無知で賢《さか》し過ぎた子供が思った、それは。
無味乾燥な眼《まなこ》で、無色透明に世界を見透かす子供が思った、それに——
——果たして、世界は従った。

その子供が一つ、思いつきを口にし、実践する都度。
散らかった醜い世界が、僅《わず》かながら単純《マシ》になっていった。
魔法術式は論理化、体系化され——集団での大規模術式運用が可能になり。
集団は部隊を、部隊は隊列を、隊列は陣形を組み、組織戦闘を可能にした。
——部隊は音符《コマ》で、戦略は楽譜《じょうせき》で、戦闘は演奏《きふ》で。
悲鳴も断末魔も、勝《か》ち鬨《どき》も慟哭《どうこく》も、交響曲の如《ごと》く整然と奏でられるべきで。
無数の勝利《きふ》を描く賢し過ぎた子供には——世界などその程度のものだった。
そこに意味はなかった。まして目的などあろうはずもない。
たとえるなら、部屋を片付けるのに、理由などないように。

——やがて子供でなくなった〝彼女〟に、だが世界はなおも従った。

ついぞ己が創造主《オールドデウス》、森神カイナースに賛辞を贈られる身に至るまで。

儀礼的に膝《ひざ》を折り頭《こうべ》を垂れた彼女の心に――だがやはり感慨はなく。

【其方《そのほう》の叡智《えいち》、種への貢献、我《わらわ》への忠義まこと大儀である。其方のような花の誕生こそ大戦の終わり――愚劣な神々を討ち滅ぼし、我《わらわ》が唯一神《ゆいいつしん》の座に至る吉兆である】

――大戦の終わり？　唯一神の座？　何の・・・・・・ことだろう、と呆《あき》れ果《は》てた。

いつ始まったか。そう口にしている阿呆《かみ》さえ、もはや知らぬ永遠の戦。

永・遠・に・続・い・て・い・る・な・ら――それで正常だろう。

川が地を削り、海が陸を砕き、陸が海を割り、地が川を埋めるように。星は絶えず形を変える。形を変えるものを海や陸と呼ぼうが、神や森精種《エルフ》と呼ぼうが違いはあるまい。

唯一神の座？　勝手に座ればいい。自分で座れないなら、便座《おまる》にでも座ればいい……。

かくて当代最高位術者《アーク・メイジ》の称号――『花冠卿《グラン・メイガス》』を得た彼女は。

だがなお疑問を抱くこともなく、ただ子供の頃の感性のまま世界を描き続けた。

阻むものなど存在しない彼女には――世界などその程度のものだった。

そう、思っていた――今日。この日。この時まで。

――……………

——無音の中、内臓を打つような爆音が響いた。
ようやく戻った聴覚に、微睡《まどろ》んでいた意識が急速に浮上し、定まっていく。
灼熱《しゃくねつ》の砂と降りしきる黒灰に身を灼《や》かれる中、だが起き上がれずに。
ただ光を取り戻した六《む》つ菱《びし》が宿る瞳《ひとみ》だけを動かして。
シンク・ニルヴァレンは、己に影を落とす者を見た。
身の丈の数倍もの大きさの鉄塊を担いだ男が——己を見下ろしていた。
『～～～～～～～～～～～～』
呟《つぶや》かれた言葉の意味はおろか、その言語が何かさえ——シンクはわからなかった。
だが何が起きたかは、ようやく定まった意識で、辛くも推察するには至っていた。
……ただ気の赴くままに、世界を定義し、単純化していく。
淡々と長い月日続けた作業——森精種《エルフ》の軍団を率いて、地精種《ドワーフ》を駆除する作業を。
——阻まれた。
地精種《ドワーフ》の——初めて見る、空を駆る鋼の艦隊と遭遇して。
砲撃を受け——そして……
敗北した。
…………はい、ぼく……？

馴染《なじ》みのない、知らない概念が、砂に落とす雫《しずく》のように、思考に染みて熔《と》ける。
敗北──負けた？　誰が？　何に？　何故《なぜ》？
──戦っていたという自覚さえなかったシンクは、ただただ困惑して。
撃墜された浮揚船から這《は》い出《で》たシンクは、その眼前に立っていた男。
そう。この男。鉄塊を手にした地精種《ドワーフ》に斬《き》りかかられ、それから……
それか、ら……？

未《いま》だ理解を拒む意識が、瞳が。振り上げられる男の鉄塊──〝剣〟を捉《とら》える。
そう。この剣。光模様が迸《ほとばし》るこの剣に、八重の魔法が破られ、それか、ら……と、
──この剣が振り下ろされた時、己の命は潰《つい》える。
あまりに実感と乖離《かいり》した理解に、動かぬ四肢で呆然《ぼうぜん》と刃を見つめるしかない中、
再び光模様が駆けた刃は、だが唐突に──
『〰〰〰〰〰〰〰ッ!?』
振り下ろそうとした瞬間、爆《は》ぜて砕けて、半ばからぽっきりと折れた。
その様に、男は驚愕《きょうがく》し目を見張り……そして天を仰いで呵々大笑《かかたいしょう》した。
──、
──この時は、まだ。シンク・ニルヴァレンは、知らなかった。
男の『霊装』と呼ばれるその〝剣〟──地精種《ドワーフ》が魔法を使う際の〝触媒〟が。

シンクとの交戦に、過負荷に堪《た》えきれず大破したとは。この時は、まだ。

まして、男が愉《たの》しそうに嗤《わら》っている、その理由など皆目わからなかった。

墜《お》ちる〝両軍〟、壊滅する戦線――すなわち男もまた、負けるとは夢にも思わなかった鋼の艦隊が、相討ちして爆散していくのが愉しかった、などとは……。

故に、シンク・ニルヴァレンはただ、

「――ローニ・ドラウヴニル」

と、愉快そうに踵《きびす》を返して、立ち去った男の告げた――その名と。

滑稽《こっけい》なまでに酷《ひど》い発音の。舌を噛《か》むまいと必死な一言の――森精語を聴いた。

「また遊ぼう。この手で殺す」


……数分、あるいは数時間が過ぎただろうか。

熱砂と黒灰の中で、独り取り残されたシンク・ニルヴァレンは――この日。

ようやく動いてくれた四肢に力を込めて、ついに理解と共に立ち上がった。


……なるほど。これが『大戦』か、と。

考えたこともなかった。夢想だにしなかった。

まさか。まさかこの世界が。ただ片付けるだけの自室《せかい》が――

〝自分だけのものではなかった〟、などとは――ッ!!
己の定義《せかい》に不服を唱える者がいて。その蹂躙《せいり》、排除《せいとん》を『侵略』と。
己の世界《いけん》に楯突《たてつ》くものとの衝突を『戦争』と呼ぶのか――ッ!!と。
自分は戦っていた。対戦相手がいた。同じく『コマ』と『譜面』を描くものと――
――『ゲーム』をしていたのだ、と……。

そして――負けた。モグラに。美意識の欠片《かけら》もない臭いドブネズミ未満に。
理性も知性も品性も欠片さえありはしない――あのクソ地精種《ドワーフ》に…………

……歩き出し、天を仰いだシンク・ニルヴァレンは――笑った。
流血する天を死が舞う。醜過ぎるその光景が、時には酷く美しく見えると。
無色透明だったシンクの世界が、極彩色に染め上がる感覚の中で、知った。
初めて敗北したその胸に、去来するのは、だが悔しさや怒りではなかった。

――〝未来〟を思い描き夢を見る――それだけで。
この度し難く醜い世界が、どんな芸術より美しく見えて、感動に、笑った。
目的も、意味さえなかった行為の――その先を、思い描くだけで。そう――

——大戦を終わらせた世界——争いのない世界だ。
よーするに、あのクソ地精種《ドワーフ》共を根絶した世界だ。
争う理由を——邪魔者を悉く殺し尽くした世界だ。

そんな世界で、天の本来の色を仰いで。
胸一杯に、空気を吸い込む——嗚呼《ああ》……それは、なんて——
「……それを、想像するだけで済ますなんてぇ……勿体《もったい》ないのですよぉ♥」
——その日。シンク・ニルヴァレンは生まれた。
……生まれた、というか——キレた。
怒り、というあまりに己と縁遠いものだった感情に自覚さえ出来ず。
凶相の笑顔で、目的を見つけた天才《かいぶつ》が、生まれてしまった——

■■■

——シンク・ニルヴァレン。忽然《こつぜん》と姿を消した至高の天才《グラン・メイガス》と——その敗北。
遍《あまね》く全《すべ》ての森精種《エルフ》に激震がはしり、動揺と困惑を極めたのも、今や遠い昔。
森精種《エルフ》首都メルリルン——広大な森の内に広がる都は、歓声に沸いていた。
悠然とその上空を航行する一隻の『草穹船《エーヴァ・レ・シェラ》』に——否。その船尾楼《デッキ》。

小柄な——森精種《エルフ》の長命を考慮しても、未《いま》だ幼さを残したその姿に。

サイズの合わない花冠卿《グラン・メイガス》の法衣を羽織り、勲章帯《サッシュ》をなびかせる一人の凱旋《がいせん》に、だ。

まるで幼気《いたいけ》な少女そのもの——だが全森精種《エルフ》の希望を担うその華奢《きゃしゃ》な背に、

「花冠卿《グラン・メイガス》……此度《こたび》も見事な采配《さいはい》でございました」

老年の艦隊提督は、本心からの敬意を籠《こ》めた敬礼と共に声をかけた。

歴史に消えた伝説の称号を受け継ぎ、超え征《ゆ》く可憐《かれん》な天才は——だが、

「……拙は何も。王葉艦隊《アセア・アラニオン》提督、助力感謝します」

己の偉業を誇るでもなく、ただ眼下の首都を穏やかに見つめて。

鈴のように澄んだ高い声で、偽りなき謝意の籠もった言葉を落とした。


——ニーナ・クライヴ。

前花冠卿《シンク・ニルヴァレン》の敗北と喪失に、森精種《エルフ》という種の存亡さえも危ぶまれた中で。

彗星《すいせい》の如《ごと》く現れ、つまらぬ杞憂《きゆう》に過ぎなかったと証明した——若き八重術者《てんさい》。

既存魔法を〝古典〟に変える理論を携え最年少で『花冠卿《グラン・メイガス》』の称号を継ぐや否や。

即座に軍の改革に着手、前任《シンク》を引き継ぎ、発展させ——まさに革命を起こした。

かつて至高にして唯一無二の天才と謳《うた》われたシンク・ニルヴァレンの遺産。

その悉《ことごと》くを更新、改良、超越し——過去の遺物に変えて見せ——そして現在。

その影響力故に、森精種《エルフ》が保有する、ほぼ全兵力を事実上の指揮下におくに至る。

階位も階級も才能も、軍功すら己を超える若人に、提督は眼《め》を細め笑う。

――ここまで隔絶した差があると、いっそ嫉妬《しっと》すらできぬのだな……と。

故に、提督はただ静かな畏怖《いふ》の念を以《もっ》て、首を振る。

「助力などと……いささか謙遜《けんそん》が過ぎましょう。よもや……」


――北方戦線から『地精種《ドワーフ》の大規模な高速艦隊が接近』との急報に。

ニーナ・クライヴは北方都市駐留《ヘルルイン》の森精種《エルフ》主力艦隊――最新鋭の王葉艦隊《アセア・アラニオン》全軍を率いて出撃。更に東西二戦線から、急設二艦隊を引き抜くという、些《いささ》か過剰な対応を見せた。

だがそれもやむなし。空での優位は、未《いま》だ地精種《ドワーフ》のものと認めざるを得ない。

激しい戦闘になる、と誰もが思った。

敗北はない。だが少なからぬ損害はまぬがれないだろう、と。

その損害を最小限に抑えるための物量、と誰もが思ったが――


「よもや―― 〝損害ゼロ〟で地精種《モグラ》の艦隊を撃滅とは……」

そう、結果は無傷での敵全艦撃滅……ただし。

撃滅したのは森精種軍《エルフ》――ではない。

故にこそ、提督は一層畏怖を……否。恐怖から、問わずにはいられなかった。

地精種《ドワーフ》の高速艦隊を、残らず空の藻屑《もくず》へと枯れ散らせたもの――すなわち、

「……どうやって……『インザイン・ネビア』の出現を読んだので？」

地精種《ドワーフ》艦隊の――〝背後〟に。突如出現した幻想種《ファンタズマ》について、問うた。

ああ。文字通り出現だ。何せあれは普段、『霧』と区別がつかぬのだ。


――〝死の霧〟インザイン・ネビア。

現在確認されている幻想種《ファンタズマ》の中でも、最悪の一つに数えられる〝災厄〟だ。

砂漠をも呑《の》み込《こ》む大濃霧から、たった一粒の露にまで自在に形を変えるその霧は。

呑まれたが最後。有機無機を問わぬ全《すべ》てを等しく枯らせ――〝朽ち殺す〟。

かく蠢く死を、幻想種《ファンタズマ》撃滅や撃退――『核』を穿《うが》つなど、不可能。

何せその『核』は、霧の露どれか一粒と推定され、特定など到底叶《かな》わぬが故に。

霧を大規模・無差別に凍結・蒸発させれば、辛くも逃亡は叶う、とされていた。


強引な単身突破を図るだろう高速艦隊の背に現れたのは――そんな生ける理不尽。

半円状に展開し、縦深防御――つまりは〝待ち構え〟の姿勢で突破を防ぎ、側面を、あわよくば包囲を狙《ねら》っていた森精種《エルフ》軍が、恐慌に陥ったことを惰弱と誹《そし》ることは出来ない。

作戦の前提が崩れたのだ――まして相手は一目散に逃げてこそ正解の、悪夢だ。

正直に言えば、提督自身さえ、撤退を告げる命令が喉まで出かかった。

だがそんな中――ニーナ・クライヴが歪《ゆが》んだ嗤《わら》いを噛《か》み殺《ころ》して命じたのは、

――『……現状維持、です』

誰もが、提督さえ正気を疑う中、地精種《ドワーフ》艦隊が正面から迫るのが見えた。
――当然だ。前方と左右に森精種《エルフ》の大軍勢。背後には〝死の霧《インザイン・ネビア》〟。
地精種《ドワーフ》艦隊は予定通り単身突破――〝中央《まえ》〟にしか退路がないのだから。
だが森精種《こちら》側もそれを迎え撃つべく布陣していた、最精鋭の王葉艦隊《アセア・アラニオン》だ。
いかな地精種《ドワーフ》高速艦とて、易々《やすやす》と突破など許すはずもない。
だが交戦をはじめ〝死の霧《インザイン・ネビア》〟が追いつけば、両軍共に――全滅する。
………、

――他ならぬあの花冠卿《グラン・メイガス》の。あのニーナ・クライヴの。
森精種《エルフ》史上最も優れた方の――あの薄笑いがなければ、誰もが狂乱した状況《しじ》に。
緊張と恐怖、絶対的信頼に、迫《せま》り来る艦隊と悪夢《ファンタズマ》に沈黙が艦内を包み――突如。
――地精種《ドワーフ》艦隊が〝散開〟した。
そして森精種《エルフ》を無視し、幻想種《インザイン・ネビア》と交戦しながら撤退を開始したその様子を。
ニーナ・クライヴを除く誰も、提督さえ何が起きたかわからず呆然《ぼうぜん》と眺めた。
否。推測はできた。森精種と共倒れ《りょうぐんぜんめつ》より、機動力で撤退《にげきる》ほうに賭《か》けたのだろう。
わからなかったのは――何故《なぜ》これを予測できたのか――そして。
地精種《ドワーフ》艦隊の殆《ほとん》どが逃げ切れず、幻想種《インザイン・ネビア》が撃滅するのを待っていたように、

――『全捕獲術式船。当該幻想種《ファンタズマ》の「核」捜査術式・捕獲術式――起動』

提督の隣から、冷たい女性の声が響いた。まるで……それこそが――

……沈黙を保つ花冠卿《グラン・メイガス》に、提督は物憂げな声で問いを続けた。

「あの作戦は――インザイン・ネビアの出現が前提だった――いえ。そも地精種《ドワーフ》高速艦隊など始めから問題ではなく、我ら王葉艦隊《アセア・アラニオン》含め大軍勢が出撃した〝真の目的〟は――」

「花冠卿《グラン・メイガス》。ご報告致します」

不躾《ぶしつけ》に割って入ったその言葉に、提督は言葉を切った。

振り返れば、黒いベールで顔を隠した黒装束の女性がそこに立っていた。

「『核』の封印術式は正常に機能。運搬も滞りなく進んでいるとのこと」

――この女は、提督の部下ではない。

否、正体さえわからぬ。ただ花冠卿《グラン・メイガス》の随伴としてこの艦に同乗した。

だが正体は知れずとも、その言葉が提督の疑念に『是』と答える。

――何故あれほどの大軍勢が必要だったか？

左右翼の軍がなければ、散開した地精種《ドワーフ》艦隊は、幻想種《ファンタズマ》から逃げ切れたからだ。

――何故地精種《ドワーフ》を背後から撃たなかったか？

幻想種《ファンタズマ》の『核』を特定するため、少しでも霧を、地精種《ドワーフ》に戦闘《ちいさ》くさせるためだ。

つまり――幻想種《ファンタズマ》の捕獲こそ、真の目的だった。

書類にない『捕獲術式船』とやらを二〇隻も同道させていたのが証拠だ。

ニーナ・クライヴは幻想種《ファンタズマ》の出現を確信し――更に、利用する気でいたのだ。

「……出来ましたら次は、作戦目的を正確に教えて頂きたいものですなあ……」

……ニーナ・クライヴの才能は認める。将兵の命を与《あずか》る身たる艦隊提督以上に、損害を出さず扱いきると今や信頼《かくしん》さえある。だから、〝少しは自分《じぶん》も信頼して欲しい〟などと。

年甲斐《としがい》もない青臭い感情に、誰より提督自身、苦笑し口をついた言葉に、

「……ええ。出来れば、そうします」

「失礼ながら。提督閣下《グラン・メイガス》に当該情報に触れる権限はありません。どうか身の程を」

小さく吐息ついた花冠卿《グラン・メイガス》より、黒いベールの女こそが厳しい口調で応じた。

物腰穏やかな花冠卿《グラン・メイガス》と違い、選民《エリート》意識を隠そうともしない。典型的な文官だ、と。

鼻を鳴らす提督を余所《よそ》に、女は手にしていた書類と筆を花冠卿《グラン・メイガス》に差し出し、

「花冠卿《グラン・メイガス》。以後の『核』管理を『虚花計画《アカシャ》』に引き継ぐ旨、御許可《サイン》願います」


――『虚花計画《アカシャ》』……その名前だけは、提督も聞いた事があった。

この首都中央《メルリルン》、森精種《エルフ》の創造主カイナース様の本殿直下で行われている実験。

そんな噂《うわさ》の他は一切不明。それこそ一艦隊提督には知る権利もないのだろうが……

花冠卿《グラン・メイガス》がその細い手で署名《サイン》した書類を返すと、女がほっと吐息を洩《も》らした。
その様子に、提督が小さく苦笑を漏らした。
「……何か？」
「いや、何――若いのだな」
この偉そうな女――『虚花計画《アカシャ》』とやらの当事者さえ、この天才を怖れている――
彼女さえ理解できない、と。それがわかれば先程の発言すら可愛げに思えてくる。
……ほんの一昔前まで。幻想種《ファンタズマ》と交戦するなど〝自殺〟と同義語だった。
ましてインザイン・ネビア級の幻想種《ファンタズマ》討伐――酒の席でさえ嘲笑《ちようしよう》の的だった。
それが今やどうだ……と、我知らず二人は揃《そろ》って同じ背を見やった。
船尾楼《デッキ》に独り佇《たたず》み、ずれ落ちる法衣《ガウン》を気にする様子の幼い風貌《ふうぼう》。
可愛げさえ錯覚する仕草に――不釣り合いに。故に一層不気味な、底無き才。
ニーナ・クライヴは、多くを語らない。
ただ聴き、ただ識《し》り、ただ想《おも》い、ただ考え、ただ解するが故に――相談などなく。
ただ示し、ただ答え、ただ行い、並べて凡《すべ》てがその自在に従い――ただ結実する。
高みから孤高に、万象を見下ろすその眼《め》に映るものを、一体誰が理解出来よう、と。
無言でそう語る提督に、不本意そうに。だが同意して女も倣う。
――ただ、味方でよかったと胸を撫《な》で下《お》ろし、一礼して下がる他ない、と。

そうして独り、風に吹かれるニーナ・クライヴの瞳《ひとみ》に映ったもの。

――〃自宅〃を映した内心を推し量ることなど、誰にも叶《かな》わない。

ああ……その引《ひ》き攣《つ》った頬《ほお》の。濡《ぬ》れた目尻の。その意味など――尚更《なおさら》に。

そう、たとえば……〃一刻も早く帰りたい〃という内心になど――

■■■

――そしてニーナ・クライヴは、約十日ぶりとなる我が家の門を潜《くぐ》った。

そして扉を閉め、鍵《かぎ》をかけて。多重術式を展開してまで、敷地内の人気を探り。

誰も聞き耳を立てていないか念入りに確認して、ようやく深々と息を吐き――

「もぉ～～ぉお限界ですもうイヤですこんなのぉ～～～～ぉッッ!!」

開口一番。無数の勲章でずっしり重たい法衣《ガウン》を猛然と床に叩《たた》きつけて。

何人たりとも理解されぬその内心を――号泣しながら高らかに訴えた。

そう、この家に居るもう一人の人物に向けて――

「せんぱぁい!!　インザイン・ネビアなんて聞いてないですよッ!?　今度こそ拙『あ。拙、今日死ぬんですねえ』――って笑顔で腹括《くく》っちゃいましたよ!?　ねえ!?」

と床を踏み抜きながら〃先輩〃を探し、自宅を走り回ってニーナは内心、思う。

――『いささか謙遜《けんそん》が過ぎる』？

謙遜じゃないです！　事実です!!　だって実際、拙は何もしてませんもの!?

――『どうやってインザイン・ネビアの出現を読んだ』？

そ～ですねぇ！　不思議ですね!?　そんなの拙が知るわけないですけどね!?

――『出来ましたら次は、作戦目的を正確に教えて』？

出来ればそうします！　でも提督さん!?　それ拙こそ知りたいんです――――ッ!!


無駄に広い屋敷の廊下をひた走り、ニーナはマジ泣きしつつ叫び声を上げる。

「ちょっとは拙にも教えといてくださいなあ!!　『捕獲術式船』ってナニソレ知らないコですよ!?　どーして最高責任者にされてる拙がせんぱいの指示書《カンペ》頼りなんですッ!?」

――ああ実際、結果的には何もかも完璧《かんぺき》だった。

あの作戦でニーナがやったことは〝先輩〟の命令書《あんごうぶん》を虚花計画本部《アカシャ》に渡したこと。以上。

後は提督の隣に立って、何があっても『計画通り』って顔で指示書《カンペ》に従っただけだ。

わずかでも〝先輩〟を疑い、指示書《カンペ》に逆らっていれば――全てご破算《デッド・エンド》だったろう。

それだけ信頼されているのかもしれない――が。それはさておいても――ッ!!

「せんぱぁい――!!　ど～～～して虚花計画本部《アカシャ》の知らない使い《おんな》が拙より詳しいんですかあもぉおッ!!　ちょっとどこにいるんです返事してくださいな、せんぱ――――」

と、ニーナは探し求めた〝先輩〟の姿を見つけ――そして思考を止めた。

……それは、リビングの食卓にいた。

正確には、食べ散らかした食卓の上に突っ伏し、寝息を立てていた。

尻丸出しで――いや、何もかも丸出しのフルオープン状態のソレが。

ニーナ・クライヴの〝先輩〟にして同居人。

広い屋敷で召し使いも雇えない〝秘密〟そのものだった――がッ！


「――ちょっ――とおぉ!?　せんぱい文明種《えるふ》として最後の一線越えないでくださいな!!」

立ったまま気絶したニーナが蘇生《そせい》するや、顔を真っ赤にして叫んだ。

そのままリビングを飛び出して全速力で引き返し――

「はぁっ、はぁ……こ、今度は何ですか!?　何があったらそうなるんですかぁあッ!!」

玄関に脱ぎ捨てた花冠卿《グラン・メイガス》の法衣《ガウン》を拾いに戻って。

ぜいぜいと息を荒げて〝先輩〟の裸体を法衣《ガウン》で隠すと、その場に崩れ落ちた。


――こういう事態は、初めてではない。

研究に没頭し寝食を忘れ、『驚異的な発見をしたが栄養が足りない』と書き残して餓死しかけたり。湯船に浸《つ》かる最中、何かが閃《ひらめ》いたのか熟考を続け、のぼせて溺死《できし》しかけたり。

なんなら実験で普通に魔法を連用しすぎて、魂石《ジェム》を黒曜石ばかりに真っ黒くして普通に死にかけたこともあった――。

今まで幾度となく発生し、乗り越えてきたマヌケな危機を回想しながら。

——だが、それらの問題は、その都度散々対策してきたはずだろう、と。

「拙、食事も着替えも救命具すら用意しましたよ!? 今度はな——ッキャアアア!?」

悲痛な問いは、突如出現しニーナを捉《とら》えた触手に、甲高い悲鳴に変わった。


「……ニ～ナァ? 気持ちよく寝てるところを～……いい度胸なのですよぉ……」

そして食卓の上で、もぞもぞ蠢《うごめ》く〝先輩〟が、せっかくの法衣《ガウン》をはねのけ。

「謎《なぞ》の媚薬《びやく》粘液出す～、よくわからない触手で脱処女《ロストバージン》させてあげるのですよぉ♪」

「いィイやァア!? せんぱいすらよくわからない・・・・・・・・・・って言い切るモノに拙の初めてあげたくないです——っていうか!! よくわからないモノ気楽に召喚しないでくださいなあ!?」

温かく、だが邪悪に笑うその言葉に、ニーナは懇願して泣き叫んだ。


異界生命の召喚——紛《まぎ》れもなく超高位魔法である。

それを寝起きに、半ば無意識に、単なるお仕置きのために編纂《へんさん》してのけた〝先輩〟。

世間では〝失踪《しっそう》〟したことになっている、異界生命よりも遥《はる》かに怖いもの。

そしてニーナさえ知らない『ニーナ・クライヴ』の全《すべ》てを知る、ただ一人の天才。

すなわち——シンク・ニルヴァレン、その人に——

「──って拙を放置して寝ないでくださいなああっ──もが⁉」

何事もなかったかのように、その場で二度寝に戻ったシンクを引き留《と》めるべく。

ニーナが叫んで口を開けた瞬間、卑猥《ひわい》にうねる触手がニーナの口に侵入し──

……あ、頭がくらくらする……、と。

やたらと淫猥《いんわい》な臭いが鼻の奥に突き抜け、意識が散漫になっていった。

こうなっては、本当は『五重術者《ペンタ・キャスター》』に過ぎないニーナに抗《あらが》う術《すべ》は──

「……？　あられもなく乱れていいのですよぉ～……女の子の意地なのですか～？」

嘆息ひとつ、シンクが半分夢見心地のまま、むにゃむにゃと。

触手に絡まれ必死に理性を繋《つな》ぎ止《と》めるニーナを、薄目で眺め──続ける。

「ふう……ニーナァ？　天才は学ぶもの──食べなきゃ倒れますしぃ、寝なくても倒れる。研究するだけじゃダメってぇ～、天才であるわたしはぁ、当然学んだのですよぉ♪」

……それはわざわざ学ぶことでしょうか、と。

媚薬から意識を逸《そ》らすべく、ニーナは天才が語る深遠なる論理の続きを聞く。

「そこで天才的──あ、違うのですね。天才＝わたし、わたし＝天才なのですから～……わたし的頭脳には些細《ささい》なぁ、でも凡人では生涯気付かないことに気付いたのですよぉ！」

と、誇らしげにシンクが笑い。ついでに生尻《プリケツ》が自慢げに揺れた。

それを見た──見てしまったニーナの理性が、ぷつっと──

「っ——!?　っは、わ、ぁいたっ!!　……う、うぅぅ……」

……さすがのシンクでも、異界生命の長時間維持は困難なのか。

ニーナの理性が途切れる寸前、触手が消えて床に落下したニーナは涙目で。

唯一無二の天才を自称する美女は、その真理を聴いた——すなわち。


「食事が用意されてるならぁ——食卓で研究すればいいのですよ~!!」


テーブルに資料を広げ、小腹が空《す》いたら食事をつまみ、疲れたら寝る。

そう——全《すべ》てはこの食卓の上で完結するのは自明ではないか——と!

かくなる論理を前に、媚薬《びやく》成分は残るのか呼吸荒く、ニーナは問うた。

「——それ、で……どうして全裸、である必要、が……?」

凡人には、ダメなひとの行き着く極地にしか聞こえないダメ論理。

——故に凡人として問わねばならぬというニーナに、シンクが深く溜息《ためいき》をつく。

「服は汚れるのですよ~?　そぉしたら着替えなきゃいけないのですよ?　まったく以《もっ》て効率的じゃないのですよぉ……非効率的なのはぁ~、つまり美しくないのですよ」

——この世の全ては単純かつ、美しくあるべし、と。

世界を定義するものは、そのシンプルな答えを明かす。そう。ならば——!!

「はじめから~、服なんて着なければいいのですよ♪」

……………、本末転倒な気がするのは、拙の気のせいでしょうか、とニーナは内心呟《つぶや》き、

「あの……身だしなみ――〝美しさ〟とやらは、どちらへ行ったんです……？」

だがシンクはその言葉に、心底不思議そうに首を傾《かし》げ、自らを指し示した。

「ここにいるのですよ？〝わたし〟がありのままで美しいのは自明なのですよぉ♥」

――そう。完全なる美女《パーフェクト・レディ》。すなわちシンク自身が、完成された美である、と。

ならば身嗜み《みだしな》――即《すなわ》ち服など、蛇足以外の何物でもないのは自明である、と。

シンクがその完璧《かんぺき》なる美だというその裸体に……何故《なぜ》だろう。

一瞬納得してしまった理由を探し、ニーナはその……アレだ。

そう、媚薬《びやく》のアレだ――ッ!!と己を説得する材料を見つけ、

「お、お尻丸出しで何を言っても、客観的に今のせんぱい……ただの〝痴女〟――」

と言った――刹那《せつな》の内に編纂《へんさん》された術式に。

「わたしを〝痴れ者《しれもの》〟とぉ……ニ～ナのくせに〝痴《おこ》がましい〟のですよ～♥」

「ツキャアアすみませんッせんぱいの革命的思想は拙のような大衆《ぼんじん》には早すぎますし公衆に晒《さら》すには勿体《もったい》ないお体ですし服を着て頂きたいという具申で――ぁ、あと――ッ」

八重術式《オクタ・キャスト》――編纂に気付けもしなかった神業の効果は、ニーナにはわからない。

だが、なんであれニーナに無条件で這《は》いつくばらせ、服従のポーズで叫ばせた。

――だが、それでも。それでも――なおッ!!

「え、〝衛生的美〟は解決してないの、せ、拙の気のせいでしょうか……っ!?」


――せんぱい、何日お風呂《ふろ》入ってないんです？　と。


ぐるんぐるんにオブラートを巻いて、問わねばならない言葉に。

ぴたり、と。天才的理論の破綻《はたん》を前に、シンクは数秒考え込み、そして。

「…………………♥」

無言で、にっこりと――両手を広げた。

そう――破綻などなかった、と。何故って？

ニーナが自分をお風呂に入れ、その間に自分は寝ていればいいのだから、と。

論理どころか生活すら破綻しきったその笑顔に、だがニーナは、溜息《ためいき》を一つ。

――いつものこと、と。

「……はいな……ただ、起きたら仕事してくださいな……？」

ニーナ・クライヴは疲れ切った声で言って――想《おも》う。

――何故、危うく戦地で死にかけて、疲れ果てて帰宅して。

敬愛する、偉大なる先輩の生尻《プリケツ》を見せつけられて。

あまつさえ風呂《ふろ》まで背負って連れて行き、洗ってさしあげねばならないのか。

──そう。

何故《なぜ》、自分のようなただの凡人が、花冠卿《グラン・メイガス》などと呼ばれるようになったのか。

何故、シンク・ニルヴァレンの──身代わりをするハメになってしまったのか。

「……ぁ……そ～だぁ──」

とニーナに運ばれその背で寝息を立てていたシンクが、唐突に、

「ニ～ナぁ……おかえりなさい、なのですよ……」

大事なことを忘れていたように、そう告げた──まさにその笑顔によって。

「…………………はいな。ただいま。せんぱい」

答えたニーナ・クライヴの人生が一変した日のことを思い返していた──。

──……………

■■■

……シンク・ニルヴァレンとは何者なのか。

そう問われれば、多くのものが返すだろうどんな答えにも。

だがニーナ・クライヴは、こう答える──〝違う〟と……。

森精種《エルフ》生誕の地、純白の森に在《あ》る最古の都市、メルヴォイル。

聖域の如《ごと》きそこには、同じく最古にして最高の学府『白の楼樹《ガーデン》』がある。

当時『白の楼樹《ガーデン》』に在学していたニーナ・クライヴにとって。シンク・ニルヴァレンは偉大な先輩——否。あらゆる学生と同じ、己を後輩と称するも憚《はばか》られる伝説だった。

数百年学び続け、ようやく一端《いっぱし》の術者と認められるか否かという難関。

それを、わずか三年で全分野を修め、巣立っていった才媛《さいえん》の極み。

高潔で礼節に満ち、才に驕《おご》ることもなく。常に先達を立て、後進を支える。

そして本人は、誰よりも美しく咲き誇る、高く気高く誇りも高き高嶺《たかね》の花《はな》。

ついに森精種《エルフ》史において、永らく空席だった『花冠卿《グラン・メイガス》』の称号を得るまでに。

——シンク・ニルヴァレンを知ると云《い》う者たちは、口々に語る。

曰《いわ》く——真の天才と。蒼《あお》き薔薇《ばら》、生きた至宝、勝利と栄光を約束する者……と。

それらの形容をニーナは、否定はしない。

だが凡百と共にその背を見上げたニーナは、内心では、こう思っていた。

——〝違う〟、と。

アレは、間違っても〝天賦《てんぷ》の才〟で片付けていいモノではない、と。
アレは、別の。違う世界《ナニカ》を観《み》て――違う世界《ナニカ》を生《し》ているモノだ、と。
理不尽と不条理の渦巻くこの『大戦《せかい》』に翻弄《ほんろう》される木っ端ではなく。
――世界を廻《まわ》す側。もっと特別な存在《ナニカ》――だが。

――――まだ、ナニカが欠けている存在《ナニカ》だ……と。

……別に、親しい間柄ではなかった。
否――シンク・ニルヴァレンと、親しい間柄の者など――誰一人いなかった。
だが――故にこそ。確信を持って、そう断定できた。
シンク・ニルヴァレン。彼女の眼《め》には――〝誰も映っていなかった〟。
高潔とは無関心で、礼節とは諦観《ていかん》で、先達も後輩も等しく無価値で。
誰に対しても決して崩れぬその微笑《ほほえ》みは、彼女が単体で完結している証《あかし》だった。
彼女は誰にも理解されず――誰の理解も、期待さえ求めたこともないのだ、と。

故に……シンク・ニルヴァレンとは、何者なのか。
そう問われ答えられる者は――シンク・ニルヴァレンを知ってなどない。
誰も知り得ない彼女を真に知るなら、答えることは出来ないはずなのだ。

だから。ニーナはある日、何気なく……思った。

ただ一度だけ。シンク・ニルヴァレンに、眼を覗《のぞ》き込《こ》まれて。

たった一度だけ。本心から浮かべたと思えたその笑顔を向けられて。

ならば――〝彼女自身さえ、彼女を知らない〟のでは――？

そう思ったニーナは、叶《かな》わぬことと知りながら、それでも。

シンク・ニルヴァレンとは、何者か……彼女も知らないだろう欠けたナニカを。

知りたいと思った……思っただけだ。いや思い続けた、というべきか。

遙《はる》か後の〝あの日〟も――そう、思っていたのだから――


――……


――シンク・ニルヴァレンが地精種《ドワーフ》の艦隊に大敗し、生死不明。

唐突にもたらされたその報《しら》せは、森精種《エルフ》という種そのものに激震を広げた。

当然だ。軍事、研究、諜報《ちょうほう》――果ては都市計画に至るまでの、実質的主軸の喪失《ロスト》。

何より『花冠卿《グラン・メイガス》』――その存在に希望を抱く多くの精神にどれほどの打撃か……。

都市を問わず全森精種《エルフ》が上へ下への混乱に陥った中、学生の身だったニーナもまた情報収集という無意味な労役にかり出され、無駄に疲れた身で久し振りの帰路についた。

――その晩だった。疲れ果てて自宅に帰ってみれば――彼女がいた。
煎餅《せんべい》を囓《かじ》りながら、ニーナのベッドに横たわり、雑誌を読むその姿。
だが服は無惨に裂《さ》かれ汚れ、血にまみれ骨の折れた満身創痍《まんしんそうい》ながら。

「ぁ。や～っと帰ったのですよぉ～。ニ～ナァ、おかえりなさい、なのですよぉ♪」

ヘラヘラ～、と。
ユル～ぅい笑みと声でニーナを出迎えた、シンク・ニルヴァレンに。
ニーナ・クライヴは、自分の心肺が停止したのを、確かに感じた。

――――、

そしてたっぷり数秒かけて、辛くも蘇生《そせい》に成功したニーナは、「よし」と。
小さく気合いを入れ、まずは落ち着きましょう――と強く己に言い聞かせた。
ただでさえ何かと足りないことを自覚している頭である。
冷静さを欠き思考を止めれば、ただただ現実に置いていかれてしまうだけだ。
だから、そう。落ち着いて、一個ずつ問題を整理しなければならない。
さしあたっての問題は――やはり、

「っキャァァアせんぱぁい血、治、治癒術式――ってピキャッ!?」

と、第一の問題――シンクが怪我《けが》している件を思考すると同時。

狂乱に陥ったニーナは、治癒術式の制御に失敗、暴発させ床に伏した。

「ニ～ナァ……大丈夫なのですか～？　その～……頭とかぁ、色々ぉ……」

「――それ……はっ！　拙、のセリフです……っ！」

本気で心配するような声に、ニーナは声にならない声で答えた。


シンク・ニルヴァレンの敗北並びに生死不明という悲報に伴う混乱。

その対応に疲弊して家に帰れば混乱の原因――花冠卿《グラン・メイガス》が、偉大な先輩が!!

何故《なぜ》かニーナのベッドで、煎餅齧《かじ》って自宅のようにくつろいでおられた。

食べカスこぼれるからやめて欲しい――ではなく。

血にまみれた服、というかほぼ裸で。見るからに満身創痍で。

顔だけは満面の笑みを浮かべて言うに事欠いたるは――「大丈夫か」？

「何も大丈夫じゃないですよね!?　ど～して拙の家にいるんですッ!?」

「はい～？　ニ～ナにぃ、用事があるからに決まってるのですよ～？」

と。笑顔で詰め寄ってくるシンクに、ニーナは背筋が凍るのを感じて青ざめた。

――重傷だ。
打撲、切創、刺創、擦過傷《さっかしょう》は無数、見えるだけでも骨折が三カ所以上。
頭から血を流している以上、脳に激しい衝撃を受けたのも確実だろう。
――何より笑顔がヤバい。というかコワい。ちょーキレてる。
かつての淑女然と、超然とした嫋《たお》やかな笑顔とはまるで別人の――凶笑だ。
なかば直感的に、ニーナは確信した――死人が出る、と。
それも一人二人や、二桁三桁では済まない、と。
そもそも何だってこんな怪物が拙の自宅に待ち構えているのだ――と。
そこまで思考するに至って、ようやくニーナはその疑問に行き着いた。

どうして……せんぱいが、拙の名前を知ってる……？

シンク・ニルヴァレンにとって、自分など、その他有象無象の一人。
〝その眼《め》に映ってさえなかった〟と、確信していた人々の一人に過ぎない。
せいぜい一言二言交わし――笑顔を向けられたとニーナが一方的に覚えているだけ。
そう混乱に喘《あえ》ぎ無言でいるニーナに、シンクは笑顔のまま無造作に何かを放《ほう》った。
反射的に受け取《と》って、きょとんと首を傾《かし》げたそれは。
クリップで留められた紙束――

「知ってると思いますけど～……花冠卿《グラン・メイガス》ってぇ……忙しいのですよぉ……」

「は……はいな……だ、だからせんぱいが居なくなって、みんな大混乱で――」

「だからぁ～……今日からニ～ナが！　花冠卿《わたし》になるのですよ～♥」

…………

……………………ふぅ、と溜息《ためいき》一つ吐《つ》いて。

ついに状況を理解したニーナは、苦笑した。


「せんぱい。拙、病院行きますから、着いてきてくださいな♪」

憧《あこが》れの先輩――至高の天才シンク・ニルヴァレンは、明らかに壊れている。

だがたとえ壊れようとも、よりによって自分にそんな意味不明を言うか？

――花冠卿《グラン・メイガス》？　誰が？　拙が？　んっふ～ン……？

……ない。ないない。ないです。

なにがないって――まず、なれない。次に出来ない。そしてありえない。

最後に、せんぱいが大して面識もない拙《モブ》の名前なんて、知るわけがない。

四つのないに基づき、過労で見ている〝幻〟と確定する眼前のフィクションに――、

「まず拙が見えてる幻覚を、専門の術者に説明して診てもら――」

と、思わず自画自賛したくなる、冷静極まる自己分析と判断に、無造作に。

ニーナが幻覚《シンク》の手をとった――その瞬間。

「――はきゃっ!?」

突然、尻が弾ける――魔法による打撃にニーナは悲鳴を上げ紙束を落とした。

そのまま転びかけた所を――いつ編纂《へんさん》されたか、不可視《まほう》の力で宙につり上げられ、

「ひきゃっ!? ピャっ!? ちょ――痛っ!? え、幻《ゆめ》じゃなイィンッ」

ッパン！ パンッパンッパン！ パパンパンッ！ とニーナの尻がリズミカルに鳴る中、

「続けるのですよぉ～♥ 花冠卿《グラン・メイガス》の地位は必要なのですけどぉ――」

「あの！ 普通！ 頬《ほお》をつねるとキャ!! 他に――いッ、え!? 放置です!?」

「今のわたしにはぁ……くだらない〝雑用〟にかまける余裕ないのですよぉ」

だが淡々と続けるシンクに――ニーナは、息を呑《の》んだ。

お尻の痛みでも、花冠卿《グラン・メイガス》の職務を『雑用』と切り捨てたことにでもなく。

不遜《ふそん》に歪《ゆが》んだ笑みを浮かべ、不敵に唇を歪めるその凶眸《きょうぼう》に――続いた言葉に。

「この世界……この単純なぁ、ただのゲーム――『大戦』をぉ～」

シンク・ニルヴァレンを以《もっ》てして――余裕がないと言わしめた者《とおく》を見る碧《あお》い瞳《ひとみ》。

何も映さず、ナニカが欠けていたはずの眼《め》に今や色濃く浮かぶ、その〝目的《セカイ》〟に。

そして――欠けていたモノを見つけたと告げる――

「勝って終わらせる――ちょ～っとだけ本気出さなきゃ、なのですよぉ♪」

――大戦終結を宣言するという、その『意志』に。

「だから雑用──〝表向きの事〟は、ぜ～んぶ！　ニ～ナに任せるのですよ♥」

その為に集中したいから──おまえが〝表向きの花冠卿《みがわり》〟になれ、と。

気楽に言い放たれた荒唐無稽《こうとうむけい》に、今度こそニーナの思考は白く染まった。

茫然自失《ぼうぜんじしつ》のまま、宙吊《ちゅうづ》りにしていた魔法が解除され、尻餅《しりもち》をついて。

散々叩《たた》かれて敏感になったお尻も忘れ、ただ呆《ほう》けるしかないニーナに、再度。

シンクは床から拾い上げた紙束を押しつけ、なおも気楽に、言い放った。

「まず～、この論文を提出してぇ、さっさと『白の楼樹《ガーデン》』卒業してくるのですよ♪」


──シンク・ニルヴァレンの新しい論文。

どれほどの価値ある代物か、紙束が急に重くなった感覚にニーナは息を呑《の》んだ。

表題の隣。日付はつい昨日……まさか、怪我《けが》の治療さえせずに──これを？

愕然《がくぜん》と、呆然《ぼうぜん》と。だがニーナは、尻餅ついたまま喘《あえ》ぐように……問う。


「……勝つって、終わらせるって……どう、やって……？」

大戦を終わらせる──不可能だ。少なくとも、ニーナの知る限り。

そもそも──何を以て『勝ち』とし、どう『終わる』のだろう？

今日を勝って、明日は負けて、子の代で取り返し、孫の代で覆される。

そんなことを延々と──否。〝永遠〟と。この世界は続けてきたのだ。

仮にカイナース様の望み通り、全神霊種《オールドデウス》を滅ぼしたとしても。

きっと、それでもなお大戦は終わらない――とニーナは確信する。

森精種《エルフ》が勝ちすぎれば、今度は森精種《エルフ》が全種族から勝利の標的となる。

原理的に終わらない――終わりようのない、未来永劫《みらいえいごう》続くその循環を。

だが、シンクはとびきりの笑みを浮かべ断ち切る答えを――そう、

「よーするにぃ――この星を丸ごと殺してしまえばいいのですよ♥」

――世界を滅ぼしてしまおう、と愉《たの》しげに告げた。


「神霊種《オールドデウス》も～、他の種族も～、全《すべ》て消し飛ばす魔法で全世界を綺麗《きれい》さっぱり大掃除――消し去るのですよぉ♪　生きとし生けるものも～、生きてるか微妙な連中もぜ～んぶ消し飛ばしてぇ、最後にわたしとニ～ナが立ってれば――わたしたちの勝ちなのですよ♥」

――わたしってやっぱり天才なのですよ～、と自画自賛に騒ぐシンクに。

ああ……確かに、とニーナは認めた。それはシンクの語る方法論に、ではない。

何の迷いもなく、確信に満ちた――全てを。神々さえ超えてみせるという眼《め》と。

森精種《エルフ》の神カイナースさえ眼中にない――その常軌を逸《いっ》した『意志』に、だ。

せんぱい《シンク》は、やはり頭を打っている――頭を打って、壊れた。

その才能を留《と》めていた――リミッターが。

なるほど。神々をさえ凌駕《りょうが》し、世界を――星を討ち滅ぼす。
あるいはシンク・ニルヴァレンなら、本当にそれを可能にするかもしれない。
ただし――そこに凡人に過ぎぬ身が、ニーナが立ち入る余地など、ありはしない。
そんな思考に反し、口をついて出た問いに――だが、誰よりニーナ自身が驚いた。
「……どうして……拙、なんですか？」
笑って狂気を語る誘いに、何故《なぜ》か――断るという選択肢は、浮かばずに。
ただそれだけを気にしたことに、ニーナは口にしてから何故と自問した。
――他にいくらでも適材がいるから？
否。シンク・ニルヴァレンについて行けるものなどいない。
――特に親しくない間柄だったから？
否。シンク・ニルヴァレンと親しいものなど一人もいない。
求めたのは、きっとそんな類《たぐい》の答えではない、と何処《どこ》か確信するニーナに。
かくてシンクの答えが返された。
「……はい～？　だってぇ、ニ～ナ――わたしのこと、好きなのですよね？」
――、
「女の子同士はぁ、少し迷ったのですけどぉ～色々都合もいいのですよぉ♥」

──あ、な～るほど。確かに、それで合点がいく。

断ろうともしなかった理由？　恋したひとに頼まれたら、断れるわけがない。

何故《なぜ》自分かを気にした理由？　〝両想《りようおも》い〟と期待してのことに決まっている。

そう、ほとんどが単純に説明がつく。残される疑問はたった一つだ。


──え、拙、せんぱいに恋しましたっけ？

というかそんな神も怖《おそ》れぬひとを怖れぬほど豪胆でしたっけッ⁉


と、その身に覚えのない断定の根拠についてだったのだが──

「……このわたしを～〝フる〟ほどぉ、来世に急ぎの用でもあるのですかぁ？」

ニーナの困惑の沈黙を、拒絶ととったのか。

地鳴りさえ確かに聞こえた光のない眼《め》で微笑《ほほえ》んだシンクに、

「は、はぃぃッ⁉　せ、せんぱいをフる⁉　拙が⁉　そそそそんな滅相も──」

慌てて否定して、ニーナは、言葉を切って、

──自分がシンク・ニルヴァレンに恋をしているかは、一旦《いったん》さておこう。

確かに憧《あこが》れはあり、尊敬もしており──何より否定したら死ぬ気がする。

だから、ただこう──問い重ねた。

「せせ、せんぱいは……拙でいい、んです……？」

シンク・ニルヴァレンが、己を好いてる者だから、と。

そうだ、体よく使えるから、という理由でニーナを選ぶなど、あり得ない。

〝余裕がない〟その目的に、足手まといを連れる余裕こそ、あるわけがない。

かといって〝好かれているから好く〟ひとでも、断じてあり得ない。

なら何故――というニーナの眼を、シンクはただ顔を寄せ、覗《のぞ》き込《こ》んだ。

――唇が触れるほどの距離。鼓動が跳ねたニーナは――遠い昔を想った。


――いつかと同じように、こうされた日。

シンク・ニルヴァレンを知りたい、と想ったあの日と同じように。

ニーナの瞳《ひとみ》に何かを探し、何を見出《みいだ》したかついぞ知ることのないものに、

「んっ♪　ニ～ナがいいのですよ。……ん～ぅ？　違うのですねぇ……」

そう満足げに頷《うなず》き。そしてあの日と同じように微笑んだ、その顔に――

「わたし以上にわたし知る――ニ～ナがいなきゃぁ～勝てないのですよ」

果たしてニーナは……理解した。

――やはり、シンク・ニルヴァレンは、知りたかった以上のひとだった。

なんてことはない。つまりニーナがあの日。一度だけ見た――この笑顔に。

……とっくに恋に落ちていたんだ。

他ならぬ世界を廻す天才《こいしたひと》が、他ならぬ、拙の力を保証《もとめ》して。

一緒に世界《ゲーム》を破壊《プレイ》しよう、と。一人じゃ、また負けてしまうから、と。

二人でなら、今度は勝てるからと——断る理由？　あろうはずもない。

元より意味なく滅び滅ぼされ、ただ廻《まわ》るだけの世界《ゲーム》。

廻す側《プレイヤー》に——滅・ぼ・す側になってみる方が、よほど愉《たの》しいだろう？

そう覚悟を決めはじめたニーナは、かくて。

続いた言葉に——全《すべ》てに別れを告げた。

「それにど〜せ相方《パートナー》にするならぁ、可愛い《このみの》こがいいに決まってるのですよぉ♥」

「論文提出行ってきまっす！　すぐ戻るのでせんぱい治療受けてくださいなッ!?」


世界？　知らないコです。どーぞ気兼ねなく滅び腐ってくださいな！

カイナース？　さようならです。創造《う》んでと頼んだ覚えはありません！

拙、拙は——愛に生きます————ッッッ!!

世界なぞいくつ滅びても、その対価には安すぎる笑顔に躊躇《ちゅうちょ》を奪われて。

その日、ニーナは一陣の風になった。

■■■

──そして愛に生きることにした一陣の風《ニーナ》は、思う。

暴風《シンク》に流され振り回されて至ったこの現在《いま》に、何の後悔もない、と。

たとえ、眠るシンクを風呂《ふろ》に入れて洗って着替えさせる。そのためだけに。

五重術式《ぜんりょく》での専用魔法を使って疲労困憊《ひろうこんぱい》する、こんな日常であっても！


ニーナ・クライヴ邸──その地下に隠された、手狭な秘密研究室。

壁一面に刻印が施された中、本や資料で散らかり放題な部屋の中央で、

「ふぇへ……ニ〜ナァ首輪似合うのですよ……〝わん〟って言うのですよぉ」

椅子《いす》に座ったまま、今も暢気《のんき》に鼻ちょうちんを出して船を漕《こ》ぐ偉大な先輩の姿に。

ニーナには不幸せな夢を幸せそうに、涎《よだれ》を垂らしてだらしなく笑う、恋した姿《ひと》に。

千年の恋も醒《さ》める姿にも──後悔はない。……ないったらない。

むしろ、尊敬の念が深まっていくほどだ。

生活を投げ打ち、こんな破綻者《ダメなひと》になれば少しでも先輩の領域に近づけるか？

そう自問するたび自答する──出来ないと。というか出来たくない……っ!!

「……せんぱい、すごすぎです……拙、拙にはそんな覚悟、ないです……っ！」

「──？　ぁ、ニ〜ナぁ帰ったのですかぁ〜おかえりなさぁい……ふぁ〜」

頭を抱えて唸《うな》ったニーナの声に、ようやく目覚めたシンクが、ふわりと声を上げる。

その笑顔とあくびの仕草に、ニーナが思わず頬《ほお》を紅潮させる──と、

……？　と、シンクは自分を見下ろし、きょとんと首を傾《かし》げた。

仄《ほの》かに漂う石鹸《せっけん》の香り、洗い立ての服、きちんと梳《と》かし結い上げた髪に。

――ブルッと身体《からだ》を震わせ、か細く怯《おび》えたような悲鳴をあげた――そう、

「し、心霊現象なのですよ……!?　ニ、ニ～ナァこの家、何かいるのですよっ!?」

「……はいな……驚かないで聞いてくださいな？　拙の家、実は拙がいたりします」

ニーナが帰宅した先程の記憶が一切ない、と。

というか、ずっ・と・寝・ぼ・け・て・い・た・と、いつも通りの事実を訴える声に、

「……では改めて、おほん……――」

ニーナは再度、疲れた――達観した目で報告する。

「インザイン・ネビアの捕獲、成功しました……せ・ん・ぱ・い・の・予・定・通・り・に、ええ」

改めて死を覚悟した件、伝えられていなかった不満を改めて訴える気力はなく。

ニーナはただ唇を尖《とが》らせ、その説明は諦《あきら》め――

「また、虚花《アカシャ》計画本部から幻想種《ファンタズマ》の『核』に関して、今後の運用――〝術炉〟建造と臨界実験の打診も。参謀本部、諜報部《ちょうほうぶ》の報告書。あと幕僚から首都戦力の欠如について――」

と、ニーナが分厚い書類をドサドサと机に積んでいく様子に、

「え～寝起きなのですよ……民間労基を主張するのですよ♪　ニ～ナで何とか――」

シンクは子供のように、背もたれに顔を乗せ口を尖らせ、訴えた。

「出来ませんよ⁉　あとせんぱいみたいな民間人もいちゃたまりませんよッ⁉」

まず虚花計画《アカシャ》──シンクの〝新型術式〟は現場さえ完全に理解する者は僅《わず》かだ。

まして戦略・諜報・開発等々まで全《すべ》て把握など誰も出来ない──というか。

誰も出来ないはずのことを出来ちゃうから『花冠卿《グラン・メイガス》』なのであり、一方──

「ただの身代わり──拙の専攻『占術』だったの忘れないでくださいな⁉」

「忘れてないのですよ～？　未来視なんて〝不可能〟なしょ～もないことにぃ、生涯棒に振るとこだったのですよぉ～？　……感謝の印に足にキスしていいのですよ？」

「はいな！　せ・ん・ぱ・い・の・論・文・で〝古典〟になったしょ〰〰もない専攻なんですよ‼」

──せんぱいの論文。

言うまでもなく、シンクが提出させたあの卒業論文《はしりがき》だ。

──精霊の時間的多元性。

要約すれば〝精霊場における時空間統一理論〟だった。

確かに、それは一本で『白の楼樹《ガーデン》』を即日卒業させるに足る内容だった。

些《いささ》か足り過ぎた。既存の魔法体系を覆し、革命を起こした──結果。

「嫌がらせです⁉　『可能性世界の収束不確定性原理』──専攻全否定して卒・業・からの花冠卿《グラン・メイガス》コンボって──同期にどれだけ恨まれてるか、察してくださいなあッ⁉」

可能性世界の収束不確定性──簡単に言えばようするに。

〝未来〟なんて神すら知り得ないよバ～カ（笑）である。

――以来、同期から陰湿な嫌がらせの数々を今も受け続けている上に――

「それが、唯一せんぱいの役に立てると思ってた特技《うらない》だったん、ですよお……っ？」

と、ついに泣き出したニーナに、だが――

「ニ～ナにはぁ、占術なんかいらないのですよぉ？」

と苦笑するシンクの言葉の真意は、ニーナにはわからなかったが、

「む～起き抜けは頭がまわらないのですよぉ……刺激が欲しいのですよ～♪」

――起き抜けどころか、寝たまま異界生命召喚したどの口が……と。

とニーナは涙目のまま嘆息を一つ、〝刺激〟を催促するシンクに、

「はいな……買ってありますとも。ええ。その、えっちぃ……い、いつもの」

と言《い》い淀《よど》み、ニーナは中身が見えない袋に包まれた数冊の本を差し出した。

――いつもの、えっちい、本である。

これを読まないとやる気でないのですよ～、とはシンクの弁だが。

……あの『花冠卿《グラン・メイガス》』が。あのニーナ・クライヴが。

男性向けの――そういう書籍を頻繁に購入している事実が、どう見られているか。

思わず目頭が熱くなるニーナに、だが。シンクはにんまり笑った。

「それよりぃ、ニ～ナのおっぱい揉んだらぁ、頭が冴《さ》えるのですよぉ～♪」

「はいぃぃいッ⁉　イ、イヤです⁉　というか拙おっぱ――む、むねは――」

「ないのですよね～。じゃ～代わりにおっぱい舐《な》めさせて貰《もら》うのですよぉ♥」

――はいなっ⁉

「ぁ、でも今やったら満足しそうですしぃ～、後払いでいいのですよぉ～♪」

と嵐《あらし》の如《ごと》く、大胆無敵にパワハラとセクハラをかますだけかまして。

後退《あとずさ》るニーナの了承など――いや、拒否権の有無さえ考慮しないまま、

「じゃ～あ……ちょ～っと本気出してみるのですよ～♥」

シンクが机に向き直り指を鳴らし――壁一面の刻印に光が駆け――

その刹那《せつな》を以《もつ》て――文字通りに、空気が変わった。

シンクが纏《まと》う雰囲気から、光も、匂《にお》いも――時空間ごと、全《すべ》てが変わった。

五重術者《ニーナ》を以てしても圧《お》し潰《つぶ》されそうなほどの、膨大な精霊が駆け巡る空間。

――ここは、今も間違いなく、ニーナの屋敷地下にあるシンクの研究室。

だが壁一面に淡く光る刻印術式によって、空間が拡張され変質したそこは今や。

――さながら〝異界〟だった。

ともすれば、この首都地下、虚花《アカシャ》計画本部一角より広い研究室――だが。

そこを異界の如く異常たらしめるのは、そんなものではなく。

そこから見下ろせる――更に巨大な穹窿《ドーム》状の広間にこそあった。

――それは、八十六本の棘《いばら》の柱がのたうつ異様な『茨《いばら》』の祭壇。
生きているかのように脈打つ、全面に刻印の施された『穹窿《ドーム》』に守られた、その中央。
供物を捧《ささ》げるかのように据えられているのは――水晶で編んだような複層構造物。
茨に囲われ、穹窿《ドーム》で覆われ、畏怖《いふ》される光を透かす巨大な睡蓮《すいれん》の花の――『蕾《つぼみ》』だ。

ニーナが考案したことにされている〝新型術式〟――『霊壊術式』。
それは、森精種《エルフ》の創造主たる森神《カイナース》の加護を以《もっ》て機能する極超多重複合術式。
森神《カイナース》の『神髄』に由来する領域を護《まも》る自然《ちから》を、刻印に誘導、搾取し、利用する。
かくて精霊自壊を引き起こし、その力で以て強引に機能させるという術式……。
創造主《カイナース》さえ〝薪《まき》〟の如《ごと》く扱う代物に『加護《アンセ》』と名付けたのは――シンクの皮肉だ。
――『腐っても神。ちり紙より使えるとかぁ見直したのですよ～』と。
口にすれば神罰で塵《ちり》と化す念話で語られた、その一つが『虚花計画《アカシャ》』で開発中だ。
……そう。その一つ――〝四つ〟の内の、一つだけだ。

――『茨』と『穹窿《ドーム》』と、そして睡蓮の『蕾』。
四つの霊壊術式、その〝残り三つ〟が、すなわちそこにあるものだ。
真の考案者シンク・ニルヴァレンとニーナ以外、その存在さえ知らない秘中の秘。
幾度見ても圧倒される光景に、ニーナもまた幾度とも知れぬ問いを口にする。

「……せんぱい、どうしてこれらを、虚花計画にさえ隠すんです……？」

完全には理解していない——否。シンク以外、誰一人理解など出来まい。

ただその〝効果《さよう》〟の説明は受けているニーナは、思わずにはいられない。

——大規模空間転移。魔法の使用不能化。精霊粒子分解。

——これらを量産、実戦投入すれば、たったそれだけで。

——ほぼ全種族が、為《な》す術《すべ》もなく滅ぶだろうに……、と。

「ニ～ナぁ……〝カードゲーム〟やったことないのですかぁ？」

だが、その問いにシンクが返すのも、やはり幾度とも同じ言葉。

「切り札は——決着の瞬間《ショーダウン》まで伏せるから切り札なのですよぉ」


そう笑うシンクが見下ろすは、それらさえ——ただの札、と告げるもの。

広い研究室、居並ぶ機材、霊壊術式さえ、ただの道具《しゅだん》に過ぎない、と。

シンクが向き合い、視線を落とす先こそ、ある意味では、真の〝異界《ゲーム》〟。

巨大な机——そう。シンク・ニルヴァレンの世界だ。

机に映し出される無数のマスで刻まれた地図と、数千ものチェス駒。

それがシンクの世界——と思考したニーナは、否。と内心訂正する。

その薄い笑みが。ニーナの書類を精査する、刃《やいば》の如き眼光が。

「……相変わらず地精種《ドワーフ》以外はぁ、単純でえ動かしやすいのですよぉ」

一つ、また一つとコマを運ぶ手が。先程とはもはや別人の顔が。

戦況、戦局、果ては世界《ゲーム》の全《すべ》てを統《す》べり廻すものの手《プレイヤー》——すなわち。

——〝シンク・ニルヴァレンこそが世界だ〟と物語る。

「…………せんぱい、普段からそうしててくださいなあ……」

その姿が『ニーナのおっぱいを舐《な》めたさ故に』……などと。

あまりに酷《ひど》すぎる動機に涙するニーナの嘆声は、だが届くことはなく、

「……『核』も揃《そろ》ってぇ……ふふっ……ショ・ー・ダ・ウ・ン・は近いのですよ」

ただ幻想種《インザイン・ネビア》捕獲に嗤《わら》うシンクに、だがニーナはふと机の上。

盤上《せかい》が示す——森精種の深刻な劣勢に、怪訝《けげん》に眉《まゆ》を寄せた。

——幻想種《ファンタズマ》の捕縛と制御。今でこそ確立したそれは、だ・が。

妖精種《フェアリー》との共同実験——魔法生命による制御支配の、失・敗・か・ら・生・ま・れ・た・物だ。

術式《じつけん》は被検体幻想種《クラウド・ヴォーテックス》の暴走と、同じ魔法生命である天翼種《フリューゲル》の顰蹙《ひんしゅく》、介入を招き。

空間位相境界の〝里〟『洛園《スプラトゥール》』を暴かれた妖精種《フェアリー》に、妖魔種《デモニア》による侵攻を招いた。

その支援に戦線拡大、戦力分散を強いられ、森精種《エルフ》は極めて余裕がない現状だ。

幻想種《ファンタズマ》を捕縛し、虚花《アカシャ》計画の術式も完成する——あまりに高い代償と引き替えに。

だが代償を払った覚えのない〝過程〟。ニーナは誰もが抱いた疑問を問うた。

「……せんぱい。どうやって幻想種《インザイン・ネビア》の出現を読んだんです？」

ニーナ——否。虚花計画《アカシャ》の者《おんな》も知らぬ様子だった技術《とい》に、シンクは、

「ん〜？　読めないのですよ。ニ〜ナも知ってるはずなのですよぉ？」

「……え？　ぁはいな……それはそうですけど……え、ですから——」

——幻想種《ファンタズマ》。希薄だが〝自我を持つ天変地異〟の動向を読むのは至難だ。

ましてインザイン・ネビアのように、居所の特定さえ困難な個体も多い。

だからこそ問うたニーナに、だがシンクは「ならばどうするか」と——答えた。

「地精種《モグラ》共にぃ〜、連れて来て貰っただけのですよぉ〜♥」

…………、

……よし、落ち着きましょうニーナ・クライヴ、と。

一々驚いていては身が保《も》たない、とその経験故にニーナは深呼吸した。

一つずつ、順番に行こう——冷静に、落ち着いて——

「あああアレをドド地精種《ドワーフ》が連れて来たんです⁉　どどどうやって——ッ⁉」

相変わらず無事失敗に終わったニーナの混乱を、シンクが尚《なお》も加速させた。

「知らないのですよ♥　それを突き止めて〜今後の捕獲を楽にするのですよ♪」

——いや。いやいや。それでは話があべこべだ。

幻想種《ファンタズマ》が現れると知っての作戦だったはず——それが。

現れるでなく、地精種《ドワーフ》が連れて来る、と知っての作戦。

だが——どうやって連れて来るかは知らない——ッ!?


——連れて来ることがそもそも出来るかさえわからずに。

連れて来ることを前提に、しかも〝逆手〟に取った————ッッッ!?


「そんな大した種はないのですよぉ？　……北部戦線にぃ〜ちゅ〜もーく」

言って、机に手を翳《かざ》すと——プレイログを逆再生するように駒が一人でに動く。

示されたのは、二マスずつ進む駒——ニーナが交戦した、地精種《ドワーフ》高速艦隊だ。

東から、北部へ回り込んで攻めて来るその様子に、シンクは小首を傾《かし》げて言う。

「ど〜してこんな戦力で〜、わざわざ北方都市《ヘルルイン》を目指すのですかぁ〜？」

「——それ、は……」

「いくら新鋭の高速艦隊でも〜、これだけで北部戦線の主力常駐都市を制圧出来ると思うほど〝彼〟が阿呆《あほう》だったらぁ〜この大戦《ゲーム》……とっくに勝ってるのですよ〜♪」

正面からやりあえば、損害は出ても森精種《エルフ》の負けはない。

それぐらいニーナさえ確信があった——ならば、〝彼〟は——!?

「勝てる策があった。それだけなのですよぉ～♥」

正面からやらなければいい。たとえば幻想種《インザイン・ネビア》を連れ……って――ッ!?

「飛躍が過ぎますよ!?　幻想種《ファンタズマ》を連れて来るなんて荒唐無稽《こうとうむけい》の根拠に――」

「なるのですよぉ？　だって～連れて来なきゃいけないのですよぉ～」

そんなぶっ飛んだ発想で死にかけたのか、と叫んだニーナを遮って。

断じたシンクは、再度机――巨大なチェス盤を指し示した。


「ど～してわざわざ〝北海〟からぁ、ヘルルインを攻めるのですかぁ～？」

ヘルルインを攻めるのに、東からわざわざ北――海を跨《また》いで迂回《うかい》する意味はない。

東から来たなら、地上戦力も連れて行ける北部戦線の〝東《どこか》〟を攻めればいい。

否。そもそもそうまでヘルルインを攻める意味さえ、ニーナ思いつかない。

高速艦が速度を発揮する――奇襲？　否、とニーナは頭を振る。

連中に隠れる気はなかった。その上で北海を渡ってヘルルインを攻める意味……？

どうしても思いつかない様子のニーナに、シンクは笑顔で――告げる。

「地精種《れんちゆう》にぃ、ヘルルインを攻める意味は〝特にない〟のですよ～」

「――はいな？」

「ただぁ～北を通る意味――それで勝てる策《いみ》があっただけなのですよ～」

——攻める場所は何処でもよかったと。それは転じて……ッ！

「北海さえ通れば、〝何処《どこ》であれ陥《お》とせる〟手札があった——のですよ～」

そう、森精種《エルフ》の北部主力全《すべ》てを相手にしても勝てる手札。

海から攻めれば、まず気付かれない『霧』を連れて、

「地精種《モグラ》共は～、インザイン・ネビア級の幻想種《ファンタズマ》の動向を予測する術《すべ》はあった……でもぉ
手なづける術はなかったのですよぉ～♪　だからぁ、ちょっかいかけてぇ——」

そう、高速艦隊の強み。速度を最大限に発揮して——ッ!!

「あとは全力で逃げる。手近なぁ——一番多く森精種《エルフ》がいる方に♥」

「…………………」

自明のように語るシンクに、ニーナはただただ……絶句した。

確かに……森精種《エルフ》艦隊が幻想種《インザイン・ネビア》を確認すれば、普通は陣形を崩すだろう。

だがインザイン・ネビアが相手では——逃げ切れるかさえも怪しい。

混乱し、指揮も崩れた森精種《エルフ》のほぼ全ての北部戦力《ヘルルイン》は——最悪全滅する。

一方地精種《ドワーフ》は悠々と中央突破、ガラ空きの北方都市も——北部戦線さえ壊滅だ。

だが森精種《エルフ》が中央突破も散開も厳しい布陣を一切崩さず——読まれていれば？

それがあの結果だ、と。壊滅した地精種《ドワーフ》艦隊の駒を手で弄《もてあそ》んで、

「これで幻想種《ファンタズマ》の動向を予測した術を解析《ぬす》んでぇ――〝投了〟なのですよぉ♪」

そう笑ったシンクに、ついに理解及んだニーナは、身を震わせた。

――幻想種《ファンタズマ》の動向が読めない？　なら読める奴にきけばいい・・・・・・・。

あの戦闘は地精種《ドワーフ》艦隊の撃破、幻想種《ファンタズマ》捕獲――という程度に留《とど》まらず。

幻想種《ファンタズマ》の出現と動向を読む術を、地精種《ドワーフ》から暴き、そして盗むことで――
・・・・・その更なる先さえ見据えた技術を――〝一手〟で、無傷で得るものだった。
背筋も凍るその結論に、ニーナが思い出すは、かつてのシンクの言葉。

――『よーするに、この星を丸ごと殺してしまえばいい』

世界を滅ぼし、立っていたものがゲームの勝者、と愉《たの》しげに告げた口は。

神々さえ悉《ことごと》く凌駕《りょうが》し、出し抜き、殺し尽くさんと荒唐無稽《こうとうむけい》を語った口は。

だが今度は、その荒唐無稽を実現させる道筋を徹す名を紡ぐ。

「……『虚空第零加護《アーカ・シ・アンセ》』――あとは実証試験《つかう》だけなのですよぉ……♪」

すなわち――虚花計画《アカシャ》の目的。最後の『霊壊術式』の名を――

——『虚空第零加護《アーカ・シ・アンセ》』…………


百八十六重の術式——神霊種《カイナース》の加護《ちから》を利用し機能させる霊壊術式。

独立した精霊回廊である幻想種《ファンタズマ》の基幹《核》術式を、強制的に書き替え——自壊させる。

解き放たれた膨大な精霊は、霊壊術式によって〝連鎖的に崩壊〟して放出される。

故に戦局を誘導し、効果範囲内に敵を集めてしまえば。

——たった一発で、全《すべ》てが消え去る。

文字通り跡形もなく。天翼種《フリューゲル》も幻想種《ファンタズマ》も。一度《ひとたび》圏内に囚《とら》われれば連鎖崩壊に巻き込まれ、むしろ威力を増す燃料《ブースター》になり果て、抗《あらが》う術はない——理論上は、神霊種《オールドデウス》さえ。

大量運用すれば、本当に——この星ごと、全生命を滅ぼすことさえ——


「幻想種《ねんりよう》の調達が捗《はかど》ればぁ量産して——〝チェックメイト〟なのですよ～」

そう、ついに勝利——〝世界の破滅〟を射程に捉《とら》えたと告げる笑みに。

物騒極まりない、だが胸を高鳴らせる可憐《かれん》な笑みに、ニーナは思わず破顔する。

——嗚呼《ああ》。そう、これがシンク・ニルヴァレンだ——と。

分も弁《わきま》えず、立場も忘れて恋した、世界を廻す《プレイヤー》側のひとだ。

シンク・ニルヴァレンを超えるニーナ・クライヴの正体——なんてことはない。

本気になったシンク・ニルヴァレンその人が、ただ己自身を超えているだけだ。

当時でさえ、誰の理解も追随も許さぬ次元にあった天賦《てんぷ》の才が。

ただ一つの目的に、その全てを注ぎ、それでもまだ足りないと。

名誉も地位も………いや、ま～、そこまでする必要があったか疑問は残るが。

ともあれ私生活さえもなげうって、ついに至れる――極致。

森精種《エルフ》の可能性の限界、その果てが如何《いか》なるものかを示す存在《モノ》に他ならなかった。

すなわち――〝果てなどない〟と。

かく果てなき果ての体現に、高鳴る胸を抑え――故にこそ、ニーナは問う。


「で、でもせんぱい、地精種《モグラ》――いえ、〝彼〟がそうさせますかね……?」

そう。ただの地精種《モグラ》など、シンクはおろかニーナさえ眼中にない。

二人、共に揃《そろ》って〝彼〟と、敬意を以《もっ》て呼ぶのは――唯一の『敵』。

ニーナが不安に、シンクが不敵にチェス盤の対面に幻視する、唯一人の男だ。

かくもシンクを本気にさせ――そして未だ圧倒出来ずにいる、敵。


――ローニ・ドラウヴニル。

ニーナは面識もなく、シンクさえ戦場で一度対峙《たいじ》しただけという男は――だが。

シンクと同じ、事実上の指導者――戦局を手繰るもの、と二人、共に確信する。

――本来、触媒なしには魔法一つ使えない、紛う事なき下等動物《ドワーフ》。

だが、その触媒に刻印術式を施し『霊装《ぶき》』へ、兵器へと至らしめた者。

シンクの編み出す新たな理論・戦術に、同じく新たな兵器・兵法で対抗する存在《モノ》。

——この世界《ゲーム》で唯一、シンクに敗北の味を教えた同じ天才、同じ世界を廻すもの《プレイヤー》。

すなわち……『対戦者』に、ニーナは思う。


——恐ろしく知的で理性的。何より、魅力的な男なのだろう、と。

他ならぬシンクが『敵』と認め、あまつさえ一人では勝てない、と。

ニーナと共に大戦《ゲーム》の全《すべ》てを利用し切り、討ち破ると思い至らせた存在は。

尊敬と僅《わず》かな嫉妬《しっと》。そして何より、深い哀《かな》しみをニーナに抱かせる。

……よりによって汚く、臭く、惨めなモグラに生まれるという恐ろしき不幸。

どんな罪を犯せば、それほどの罰を受けるに値するんです——ッ!? と。

世界の残酷さを再認識するニーナに、シンクが薄く嗤《わら》って告げて、

「当然、そんなわけないのですよぉ〜らすとくえっしょんなのですよ〜?」

再度ログを戻し、ニーナが交戦した地精種《ドワーフ》艦隊を微笑《ほほえ》ましげに眺め、問うた。

「……ど〜して〝こんな戦力〟で〜、ここを目指したのですかぁ〜?」

「はい？　……それは、幻想種《ファンタズマ》を連れて来る奇策、でしたよね？」

「は〜い♪　でぇわたし達はそれを『捕獲』したわけなのですけどぉ……」

だがシンクはその苦笑いを、ニーナでなく、チェス盤に——否。

その奥に幻視する、ローニ・ドラウヴニルに向け、歌うように問う——

「じゃ～、それを知った『主力』は……い～ま～ど～こ～な～の～で～すかぁ♪」

「────────ッ!!!!」

──高速艦だけで編成された艦隊で、幻想種《ファンタズマ》を連れての侵攻。

なるほど上手《うま》く行けば、少数で北方都市《ヘルルイン》の制圧、北部戦線壊滅さえあり得た。

だがそれが確実に上手くいく確信があったのであれば──何故《なぜ》。

何故──〝後詰《ぞうえん》め〟を用意していない──ッ!?

「〝陽動〟だったんですッ!?　じゃあ本命《ねらい》は──あぁそんなまさか……」

「は～い♥　ニ～ナにしては上出来、正解なのですよぉ～。そ。本命《ねらい》はぁ～」

チェス盤の状況、そしてここまでの話から察し青ざめるニーナに。

シンクは上機嫌に微笑んで黒いキング──ローニを示すコマをつまんで。

とん、と盤上に置いたそこは、そう……

──幻想種《ファンタズマ》の動向が読めない？　なら読める奴にきけばいい。

そんなシンクと互角に渡り合うものは──ならば？

──幻想種《ファンタズマ》の制御《てなづけ》が出来ない？　なら出来る奴にやらせればいい。

どう捕縛し何をするか〝攻撃む意味《ぬすむ》〟がある場所──

「──〝首都《ここ》〟、なのですよぉ♥」

「ちょ——ま、マッパで寝たり、拙を触手で辱めたりしてる場合でしたあッ!?」

焦燥に叫んで、ようやく理解した事実に、ニーナは内心で歯噛《はが》みした。

北部戦線の地精種《ドワーフ》艦隊の役割は——〝試金石〟だった——ッ!!

幻想種《インザイン・ネビア》にこちらが対応出来なければ、無防備な北方都市《ヘルルイン》と北部戦線を壊滅させ。

だが対応出来れば——失敗に終わった先の実験——幻想種《ファンタズマ》の制御に成功すれば！

その制御法を、今度は無防備になる首都から略奪する——

——二重の罠《ダブルトラップ》のための……〝捨て駒〟だった——ッッ!!!


「い、今首都には一個連隊しか戦力がないんですよ!?　指示をくださいなッ!!」

一個連隊——六〇〇人の高位術者からなる大隊五個——計三〇〇〇人。

『草穹船《エーヴァ・レ・シエラ》』や『花航船《ヴァー・ル・プルム》』も、地精種《ドワーフ》主力相手には数にも入らない——ッ!!

だが、そうして慌てふためくニーナを何処《どこ》か愉《たの》しく鑑賞する様に、

「戦力ならぁ、じゅ〰〰〰〰っぷん！　あるのですよぉ？」

とシンクは満面の笑みを浮かべて、続けた。

「ドブモグラさんの～親・切・な・プ・レ・ゼ・ン・トでぇ、出来たての『戦力』が～♥」

——、

——ア——ッ
「『虚空第零加護《アーカ・シ・アンセ》』を使う気ですッ!?　でもまだ〝術炉〟がないですよッ!?」

確かに、幻想種《ファンタズマ》の『核』がある今『虚空第零加護《アーカ・シ・アンセ》』は完成したも同然だ。
だが自壊反応用《つかう》の炉は、虚花《アカシャ》計画本部の理論検証試験炉くらいしか――あ。
――あ。あは～。あはは。
いえいえ。ないない。ないですって。さすがに。ねぇ？
そりゃー世界なんて滅びちゃえばいいと思ってますし覚悟もしてますよ？
でもさすがにない、とニーナは己の理解を間違いであってくれと祈り――
「――『首都《ばくだん》』一つ。戦力として十分なのですよぉ♥」
だが祈り虚《むな》しく、そう、獰猛《どうもう》に、凶悪に笑みを歪《ゆが》めて足下を指さして。
これ以上なく愉快に告げたシンクの言葉に、ニーナは天を仰いで猛省した。
……神々ごと星を殺しましょって立場で、今更何に祈ったのだろう……と。
そして続けて――
「はいな……十分――**拙達が死ぬにも十分過ぎる件に一言くださいなッ!?**」
一瞬飛んだ意識を繋《つな》ぎ止《と》め、ニーナは涙目で訴えた。
否、自分達も死ぬどころの騒ぎではない。
首都中央直下で『虚空第零加護《アーカ・シ・アンセ》』起爆？

二十万の人口も、元老院も神殿も、都全《すべ》て――この森全域さえ消滅する。

なるほど、地精種《ドワーフ》艦隊なぞいくら来たところでひとたまりもない――が！

「森精種《せったち》も立ち直れない損害――地精種《ドワーフ》艦隊なんかと釣り合わないですよお⁉」

食ってかかるニーナに、シンクが唇を尖《とが》らせ、責めるように答える。

「む〜。ニ〜ナァ？　首都に戦力がないのはぁ、誰のせいなのですか〜？」

「幻想種《ファンタズマ》制御失敗の件で戦線が――ってええ拙のせいです⁉　せんぱいの指示ですよ⁉」

「は〜ぁ……地精種《ドワーフ》が首都《ここ》を攻めて来るのはぁ、誰のせいなのですか〜？」

「幻想種《ファンタズマ》を捕獲して来た拙のせいっていうですっ⁉　それもせんぱいの計画ですよね⁉」

「じゃ〜ぁ、『虚空第零加護《アーカ・シ・アンセ》』が使えるのは〜、誰のせいなのですかぁ〜？」

「地精種《ドワーフ》に幻想種《ファンタズマ》を連れ、て……来させ、た……――」

せん、ぱい――の――、と。

返答ごとに笑みを深めるシンクに気付き、ニーナは我知らず言葉を切る。

全てせ・ん・ぱ・い・の・せ・いというそれらに……まさか――、と。

残された違和感が繋《つな》がる感覚に、背筋に氷柱《つらら》を刺されたような悪寒が走った。

――何故《なぜ》。地精種《ドワーフ》が他ならぬ幻想種《ファンタズマ》を連れて来なければならなかったか。

――何故。捕獲されることを見越して攻め込んでくる準備をしていたか。

――何故。シンク・ニルヴァレンは〝三つも霊壊術式を隠している〟のか‼

まさか……まさか、まさかまさかまさかまさか――ッ!!

首都直下で『虚空第零加護《アーカ・シ・アンセ》』起爆など些末事《さまつ》に変じる――まさかに。

絶句するニーナに、シンクはただ両手を開いて肯定する。すなわち、

「――〝手札開示《ショーダウン》〟なのですよぉ？」

全《すべ》て。

この十年、数十年の戦局。戦況。今この時、この先まで全て。

――その細い〝掌《てのひら》の上〟だった、と。

呆然《ぼうぜん》と――そして愕然《がくぜん》とするニーナに、シンクは嗤《わら》って続ける。

「ニ～ナぁ？　理論検証試験炉で『虚空第零加護《アーカ・シ・アンセ》』臨界……威力は～？」

――二割未満。それでも首都中央は消滅――否。中央しか消滅しない！

それでは地精種《ドワーフ》艦隊を巻き込めな――

「ニ～ナぁ？　幻想種《ファンタズマ》の利用を確信する艦隊……首都をどう攻めるのですか～？」

決まっている。十中八九――否。〝十割〟、包囲だ。

目的は幻想種《ファンタズマ》の利用法。不自然なまでに手薄な首都――『罠《わな》』なのは明白だ。

その上で攻めるなら、最悪幻想種《ファンタズマ》との交戦さえ警戒した物量包囲しかない――

「ニ～ナァ？　そこに～この三つの霊壊術式、どれを使うのですかぁ～？」

ならば、と眼下に広がる三つの霊壊術式を見やって問うたシンクに――

……せんぱい、〝いつから〟です？　と、ニーナは問わなかった。

虚花《アカシャ》計画本部がここに作られた理由も、試験炉での威力も、影響も。

無防備にさせられた首都も、全てが無言で答えを告げていたからだ。

愚問――最初から。ともすればニーナに声をかけたあの日から――!!

「〝五つの切り札〟――これで〝彼〟を仕留めて地精種《ドワーフ》艦隊〝全軍〟を壊滅――」

シンクが不敵に嗤《わら》い、一転。くるりとニーナに向き直り、そして――

「――この手を読めるか……ニ～ナぁ、どう思うのですかぁ？」

そう息が触れる距離で、瞳《ひとみ》を覗《のぞ》き込《こ》まれ真摯《しんし》に問われたニーナの、

「……無理ですよ。たとえ読めても初見で対処なんて不可能ですもん、こんな！」

思わず身震いし笑って断じた言葉に、シンクはあの笑顔で返した。

最善でも、首都の半壊が前提――逆にいえば、そうまでしなければ。

二度目はない。仕留められないという、シンクが認めた世界唯一の敵。

――全てを計画通りと語る、世界を廻すもの《プレイヤー》二人が手繰ったこの大戦《セカイ》。

五つの切り札まで、読み切れるなら読んでみろ、とニーナさえ挑戦的に笑う。

それでもなお上を行くはせんぱいです、と確信するニーナは――――はて？

切り札は四つ――『虚空第零加護《アーカ・シ・アンセ》』と、ここの三つの霊壊術式では……？

「……？　せんぱい、切り札〝五つ〟って――ヒッキャァアアアアアッ!?」

「本気出して働いたのですよぉ!?　ちゃ～んとおっぱい舐《な》められるのですよ!!」

〝五つ目〟を問おうとしたニーナに突然、肉食獣《シンク》が襲いかかった。

「もふぅ～♥　ほんとニ～ナったらまな板なのですねぇ、へもま～許《む》ふのでふぉ♪」

――かくて、八重術式《オクタ・キャスト》の拘束という抵抗不可の暴力に、上半身を剥かれ。

胸に噛《か》み付《つ》きもごもご言う圧倒的強者《シンク》の理不尽な蹂躙《じゅうりん》に。

せめてもの叛逆《はんぎゃく》、ニーナは諦念《ていねん》と共に、彼方《かなた》へ思考を飛ばし……思った。


――永遠に続いたこの狂乱の大戦は――もう間もなく、終わる。

シンク・ニルヴァレン。本当に星さえ殺せる術《すべ》を暴き出すに至ったもの。

大戦を操り切り、神さえ手玉に取るその全能は――だが一人の特権ではない。

ローニ・ドラウヴニル。一歩も引けを取らぬものもまた、他に在るのだ。

どちらが先に世界《ゲーム》を滅《おわら》そうと、終止符が打たれるのは……そう遠くない。

だがふと、ニーナの脳裏に漠然とした不安が過《よ》ぎった――もしも？

もしも――そんな二人を以《もっ》てしても、なお出し抜くものが、他に在るならば。

――〝三人目〟の、世界《せかい》を廻《プレイヤー》すものが、もしも……在るとしたならば。

……いずれにせよ、大戦は終わる。

誰にもどうすることも赦《ゆる》さず。問答無用に、一方的に…………

■■■

――そうして、また幾ばくかの日が流れ。
黒灰が積もり、輝く雪原に変じた砂漠に、仮面《マスク》と外衣《コート》を纏《まと》った人影が佇《たたず》んでいた。
外衣の隙間から、血色の空に碧《あお》く舞う灰を仰いで――それは、ただ待っていた。
示し合わせもなく。待ち合わせもない。そもそもが、奇襲する側とされる側だ。
本来なら会うことさえ、あってはならない。
互いの思惑が交錯することなどありえるはずもない。
それでも――彼は必ず来る、と。
奇《く》しくも遠い日と、同じような空の下、同じような地の上に。
――『また遊ぼう』と。『この手で殺す』と言った者は。必ず来る。
来なければならない。さもなくばこの大戦《ゲーム》――真には終わらない。

どれほど待ったか、やがてゆっくりと迫る、一つの人影が現れた。
同じように仮面《マスク》と外衣《コート》を纏った、大柄な体躯《たいく》。
永き時を隔てた再会。ただ互い思考の積み重ねの果てに叶《かな》った対峙《たいじ》。
そんな奇跡的にして必然的な邂逅《かいこう》ながら、互いの顔は仮面《マスク》で見えず。
だが顔など見ずとも、互いが何者かはその背に負ったモノが示していた。

待ち迎えるは――シンク・ニルヴァレン。
魔法体系を二度覆し、芸術の域へと昇華してなお神域を臨む女。
森精種《エルフ》史において空前の八重術者《オクタ・キャスター》にして、絶後の術式編纂《へんさん》師。
その背に負うのは、首都メルリルンを覆う広大な森――森神カイナースの領域。

迫《せま》り来たるは――ローニ・ドラウヴニル。
触媒と刻印術式を、工学の域へと昇華して終《つい》には神業へ至らんとする男。
地精種《ドワーフ》史において空前の霊装使いにして、絶後の触媒設計師。
その背には身の丈の倍はあろうかという巨大な鉄塊《つるぎ》――刻印術式の触媒『霊装』。
そして空を埋めつくさんと広がる、無骨な飛空艦隊の偉容を担いでいた。

「…………………」

既に互い、互いの間合い。それぞれの業《ちから》を――ただ無言で構える。
比類無き二つの才。その邂逅《かいこう》に、元より交わすべき言葉などない。
全《すべ》ては『この手で殺す』という、あの日の交わされた誓約通りに。
貴様だけは、この手で討つ。是が非でも決着をつける――と、それだけだ。
所詮《しょせん》はゲーム。世界を廻すものは、複数いるほど面白いものだ。

だがその掌《てのひら》に収まり、滅ぶべき世界は一つ——必然、勝者と敗者が別《わか》つ。

——、

かくて互いの頭上を越え、森精種《メルリルン》の首都へ押し寄せる艦隊は思慮の外に。

ただ——その艦砲射撃が始まったのを合図に。

二人の実践主義盤上戦争家《プラクティカル・ウォー・ゲーマーズ》は、世界を廻《コワ》して交錯した。

■■■

——二つの天才が衝突した、その遥《はる》か北では。

「第六中隊、二式並列防護——展開」

そう指示を飛ばしたニーナ・クライヴの呟《つぶや》きと——同時。

上空を包むように生じた光の壁に閃光《せんこう》が衝突、激しい爆音が轟《とどろ》いた。

同刻——森精種《メルリルン》首都を包む広大な森には、鉄の津波が押し寄せていた。

それは灰燼《かいじん》に閉ざされ紅く灼《や》けた空を鋼色に塗り潰《つぶ》す、地精種《ドワーフ》が誇る飛空艦隊。

「……第七中隊、六式並列防護——展開」

森精種《エルフ》一個連隊——高位術者三〇〇〇が一個中隊二〇〇名ずつ。

交代制で上空に展開する大規模防護魔法を穿《うが》たんとするその砲撃は。

その悉《ことごと》くが虚空で不可視の障壁に阻まれ、都──森へと降り注ぐには至らない。

天を引き裂く閃光《せんこう》と、地を揺るがす轟音《ごうおん》だけが一帯を包む中──

「花冠卿《グラン・メイガス》！　このままでは消耗する一方です──ッ!!」

「配置分散──あるいは反撃せねば突破されますッ！　ご指示をッ!!」

焦燥、そして絶望の色濃く、各大隊長の悲鳴と絶叫にも似た報告が飛び交う。

圧倒的な物量による斉射──辛くも士気が保たれているのはひとえに──

「……第八中隊、一式並列防護──展開」

そう、冷静沈着に、視線一つ泳がせもせず呟《つぶや》くニーナの泰然とした姿故に。


──分散も反撃も出来ない。皆わかっている。数が多い──多すぎるのだ。

その斉射を防げはしても、短時間で一個中隊──二〇〇の術者が疲弊する。

交代制にせねば防御さえ追いつかない現状で、あの数に反撃？　焼け石に水だ。

まして、と天を覆う鉄塊に見覚えのない輪郭《フォルム》……地精種《ドワーフ》の〝新型艦〟を見やる。

その主砲が閃《ひらめ》く都度、不可視の軌跡が駆け──〝二つ〟の爆音を響かせる。

森精種《エルフ》の防壁に衝突し──穿つそれはかくて、常時二つめの防壁展開を強いる。

──増幅した精霊を肉眼に映らぬまで〝収束〟──針の如《ごと》く貫く力に変える。

あんな新型艦まで持ち出して、この数……確実に地精種《ドワーフ》のほぼ全軍は──

「花冠卿《グラン・メイガス》っ！　敵艦隊、左右に散開──包囲されますよ!?」

艦隊は砲撃前進を続け、防衛地点《ニーナたち》を通り過ぎ、首都の森《メルリルン》を包囲する。
その先——包囲を狭《せば》めつつの蹂躙《じゅうりん》劇に、絶望が広がる中、ただ一人、
「……ええ。包囲していただくんです」
全《すべ》てが世界を廻すもの《シンク・ニルヴァアレン》の掌《てのひら》と知るニーナは、いっそ愉快に唇を歪《ゆが》める。
——シンクと同じく、ローニもまた『切り札』を用意しているだろう。
あの新型艦がそうか、それ以上の何かがあるのかは——わからない。
「……地精種《モグラ》には上等過ぎますが——」
だがそれが何であれ、何を持ち出し何を伏せようと、無駄なのだ。
それが〝精霊で動くものである限り〟——
「……そこが——彼らの〝墓穴《はかあな》〟です」
そう笑みと共に言い残し、ニーナは部下に現場を任せ踵《きびす》を返した。
困惑を背に、ニーナは遠視魔法で以《もつ》て南方森の外——シンクの姿を探した。
——おそらく戦闘中であろう姿は、だがニーナには窺《うかが》い知《し》ることは叶《かな》わなかった。
視《み》えぬほど遠くにいない。ただ——窺い知るには。
——あまりにも、ニーナの理解を逸《いっ》し過ぎていただけだ。
一瞬の絶句から立ち直り——それもそのはず、とニーナは頭を振る。
全て盤上で決す彼女《シンク》の——まして、全力の戦闘を見るのは初めてだ。

瞬き続ける破壊の嵐《あらし》にしか見えないそれは、おそらく〝あの論文〟の産物――精霊場の時空間統一で可能にした『時間制御』で〝加速〟するシンクと――今思えば敗北した後、真っ先に考案した理由だろう――そんな彼女になおも追随するローニだ。

疑う余地なく森精種《エルフ》の――否。生物の限界さえ置き去りにするあの姿。

時を駆る彼女と、それに迫る彼に、ニーナは瞑目《めいもく》し――

「ま……それでも勝つのはせんぱいです。どうか徒労を重ねて死んでくださいな」

と、葬送の句を一つ。順調に首都の空を包囲していく艦影を見やって。

ニーナ・クライヴは宙を駆け自宅へ――〝手札開示《ショーダウン》〟の準備を急いだ。

■■■

――ニーナは知らないようだが。時間操作など――不可能である。

生物が『時間』において『点』として存在する限り――否。

精霊のように『時間』に『面』として跨《また》がる多元性があろうとも。

過去干渉は収束世界《げんざい》の無限膨張《インフレーション》を招き、未来は収束不確定性に干渉さえ出来ない。

故に、ただ『点』拡張させ、擬似的に己の時間だけ加速させるシンクは――

加速した己に――襲い掛かった空を裂く〝一撃〟に――否。

ローニが放った剣の斬撃と、同時に生じた極超高温の熱波。

異形の砂巨人を――錬成者《シンク》ごと――斬《き》り裂き揮発させる〝二撃〟を。
加速した時間を以《もっ》てして、辛うじて回避を為《な》し得《え》たシンクは――感動した。
ローニの鉄塊《つるぎ》――彼自身が考案したその『霊装』は嗚呼《ああ》……まさしく、
(芸術なのですよぉ～惚《ほ》れ惚《ぼ》れする――『武器《アート》』なのですよぉ～♥)
そんな感情を抱く日が来るとは、夢にも思わなかった者の追撃を捌《さば》き、思う。
――地精種《ドワーフ》。神の実在よりも自明ながら、論外級の下等動物。
低脳に相応《ふさわ》しい身体能力《バカヂカラ》は、だが本物の獣人種《イヌチクショウ》には遥《はる》か及ばない。
触媒なしには魔法が使えず、多重術式はおろか精霊量さえ森精種《エルフ》に遠く及ばない。
半端を最も嫌うシンクの美学では菌類にも劣る多細胞生物の――如何《いか》なる奇跡《ぐうぜん》か。
触媒にあらかじめ術式を刻印するという閃《ひらめ》きがもたらした、それは――
「――――――ツッツ!!!!」
振り下ろされた《大剣》が地に刺さり、その柄からローニの手が離れる。
その手が、刀身の〝左右〟へと滑ったのを認識するや否や、シンクは即断した。
――〝間に合わない〟。
編纂《へんさん》していた二つの術式を破棄し、温存した編纂済みの三つを発動――そして。
ローニの手が《大剣》から別たれた《双剣》を掴《つか》み、シンクのいた空《くう》を裂く様と。

前方一帯が大気を巻き込み氷結・粉砕する様を――ローニの背後から見た。
――もし、術式の放棄を一瞬でも躊躇《ちゅうちょ》していれば。
ローニの背後へ〝疑似空間転移《デミ・シフト》〟しなければ――即死した確信に冷たい汗が滲《にじ》む。

そう――術式をあらかじめ触媒に刻印しておけば、その発動は瞬時に終わる。
その都度編纂《へんさん》する森精種《シンク》が、術数や力で上回っても――速さで先手を取られる。
――ならば〝後の先〟を取ればいい――と思うだろうか？　と。

シンクが発動した術式は〝三つ〟。
ローニの背後へ転移した術式と――更に二つ、
疑似転移《デミ・シフト》の直前、ローニの眼前に残した魔法――『物質破砕式《マテリアル・フラクト》』と『電子加速式《エレメンタル・レイ》』。
氷結・粉砕魔法が刻印された《双剣》では捌《さば》けぬはずの置き土産《ばくだん》に、だが――
『――ハ――ハハァッ!!』
獰猛《どうもう》に嗤《わら》ったローニが地に刺さる《大剣》を一蹴《ひとけ》り、飛び出た《小剣》を掴《つか》んだ。
その刹那《せつな》には。既に《一つに合わさった双剣》が背後《シンク》目がけ投擲《とうてき》されていた。
――襲い来る《双剣》の意味は、シンクにはわからない――だが。
僅《わず》かに屈《かが》み飛来したソレを躱《かわ》し、編纂出来た『反射術式《リフレクター》』を以《もっ》て追撃せんとした。

前に二つ。背から一つ――先の二つの魔法を反射し増幅させる計三つの魔法。

ローニの掴んだ《小剣》の刻印《まほう》が何であれ、それも含め反射する魔法の展開。

――防御不能。回避も不可能。その確信があったシンクは――だが、

「――――ツッツッ⁉」

確信に逆らう直感に従い、『反射術式《リフレクター》』をローニの背ではなく――――ッ‼
・・・
自分の背に発動させた刹那――背後で膨大な力が反射し合う衝突を感じた。
眼前にあったはずのローニの姿が、淡い残滓《ざんし》光を残し〝消失〟したのを視界端に残して
ようやく追いつかせた視線。振り向いたシンクの背後には――
(――疑似転移《デミ・シフト》ッ⁉　――投げた剣の〝投擲先で発動〟する転移術式――ッ⁉)
シンクが躱《かわ》した《双剣》を掴み、もう一方の手で《小剣》を振り下ろす獰猛な笑み。
こちらの『反射術式《リフレクター》』と拮抗《きっこう》する、ローニの姿があった。

――当然ながら、刻印術式での魔法は『刻印された魔法』しか使えない。
複数の触媒を瞬時に使えば、なるほど複数魔法の同時使用は可能になる。
だがそれは到底――〝多重術式〟とは言えない。
術式の複合――相互的な応用が出来ない以上、決まった魔法を複数使えるだけ。
だが――、と。
加速時間の中、シンクはローニの手が極めて流麗かつ緩やかに動くのを視《み》た。

その手に握られた剣――氷結と破砕の魔法が刻まれた《双剣》だったはずの剣。

一つに合わさった途端、疑似転移魔法《デミ・シフト》の座標《アンカー》へと変じた剣が――バラッ……と。

今度は無数の《小刀《ナイフ》》に分離するのを――視《み》た。

そしてそこにあるはずのないモノを――視るや。

己の背後で地に刺さっていたはずの――ローニと共に転移した大剣《モノ》に、

「――っ!!　『刻印変式《イン・カリオン》』ッ!!」

刹那《せつな》。シンクは額と手に刻んだ刻印術式に発動を命じる悲鳴をあげた。

時間加速に展開していた二つの術式を瞬時改竄《かいざん》――空間への作用に変じると、同時。

二つの空間の衝突に、黒灰が降り注ぐ空も割り砕く、可聴域外の轟音《ごうおん》が響いた。

――、
咄嗟《とっさ》の、空間歪曲《わいきょく》魔法による強引な防御。
それでもなお防げなかった衝撃に、毬《まり》の如《ごと》く地を跳ねる。
砂灰を巻いて転がったシンク。だが追撃を警戒し跳ね上げた視線の先では。
……ローニもまた無傷とはいかなかったのか、追撃する代わりに膝《ひざ》を突き。
いくつかの触媒が損壊した様子の『霊装』に愉快げに嗤《わら》っていた。
そしてシンクもまた、この一瞬の交錯で見た全《すべ》てに――感銘に笑みが溢《あふ》れた。

──あの刹那、ローニの手は、宙に散った無数の刃物を。
神がかった手捌《てさば》きの曲芸《ジャグリング》で《大剣》へ──位置を〝組み替え〟格納した。
パズルのように〝刻印を繋《つな》ぎ組み替えて〟、ついに多重術式の域へ至る神業で以《もっ》て。
果たして、シンクの空間歪曲を穿《うが》つ空間作用さえ繰り出すに至った──

そう──つまるところこれが『霊装』という『芸術《ぶき》』の正体。
シンク・ニルヴァレンをして感動させる──『芸術《てき》』であった。
『霊装』だけでは恐るるに足りない。他の地精種《クソモグラ》が使っても脅威に値しない。
シンクが時間加速に二重術式《デュアル・キャスト》を常時使用し、やっと互角未満の──この男の。
反射・判断・読みの速度と精度──種を超えた異常あっての『敵《アート》』だった。
「見事この上ないのですよぉ……それでこそぉこの天才《わたし》の敵なのですよぉ♪」
『……？　フ──ハハッ』
敬意を抱かずにいられないシンクの声に──意味は通じずとも。
だが同量の敬意を込めた笑いでローニ・ドラウヴニルは応じる。
それもそのはず。『霊装』は明らかに森精種《エルフ》の──否。シンクの考案した魔法体系。
共通式を先に編纂《へんさん》し、状況に応じ代入する式を選択するものと、同じなのだから。
だが敬意を灯《とも》した瞳《ひとみ》はそのままに。
瞼《まぶた》を──重心を落とし『霊装』を構えるローニの気配が告げるは──ただ一つ。

――――『次で決める』、だ。

……ああ。このまま戦ってシンクに勝ち目など――〝ない〟。当然だ。
何せ元より、シンク・ニルヴァレンは。ローニ・ドラウヴニルに。
一対一で勝てると――ただの一度も思ったことはないのだから――ッ!!

故に。ローニの後背、首都を包む森の、上空を覆う鋼をこそ見据えた。
彼に負けた日から、一秒と忘れたことのない、夢にまで見続けた――青写真。
それが今――彼の立ち位置、艦隊の位置、空の色から風の匂《にお》いまで――全《すべ》て。
寸分違わず、過去の記憶を追体験しているが如《ごと》く一致するその情景に。
シンクは大手を広げ、最上の嘲笑《ちょうしょう》で以《もっ》て――告げた。

「決着《ショーダウン》の瞬間――なのですよ～♥」

そう隠し続けた〝五つの切り札〟の開示宣言を以て。
獰猛《どうもう》に笑みを歪《ゆが》め〝一つ目の切り札〟に、目覚めを命ずる。
まっすぐ――真下の地へと術式を撃ち下ろし、シンクが喚《よ》ぶは第一の霊壊術式。
かの『茨《いばら》』に与えた、その銘《な》を――すなわち――ッ!!

「――――『一動第一加護《ヴァー・ユ・アンセ》』――――ッッ!!!」
瞬間――ローニの〝足下〟で、唐突に。
水を編んだが如く光を透かす、巨大な睡蓮が花開き。
そして反応する間も与えぬ速度で、ローニを包みこみ花弁を閉じた。
――かくして。
世界で最も美しき死刑牢獄《ろうごく》に囚《とら》われた男は、同時に〝全て《それ》〟を見た――――

■■■

天を囲う鋼色の大艦隊が、艦砲射撃と共にじわじわと包囲を狭《せば》める。
誰もが絶望する空を、ニーナは屋敷屋上で、恥じ入る笑みで以て仰いでいた。
シンクが定めた未来が現在、そして過去に成る様に――幾度も重ねた愚問。

――四つの切り札。シンク曰《いわ》く本当は〝五つ〟らしいが。
ともあれニーナが知る四つの『霊壊術式《きりふだ》』は。
今日、この日、この状況、この瞬間を想定し――否、訂正だ。
遠い昔に〝決定〟され、順番に沿って、命名されていたのだ。

——ローニ・ドラウヴニル、ただ一人を。
——完全に。完璧《かんぺき》に。完膚なきまでに——降《コロ》す。
その為だけに積み上げた戦局戦線戦況であり、戦力《きりふだ》だった。
「それをどーして使わないんです～って……拙、どこまで阿呆《あほう》なんですかね」
切り札とは。
絶対に対処不可能でなければ——〝切り札〟とは言えない。
そして己と同等以上の敵を相手に、絶対が成り立つ条件など。
——『初見殺しの伏せ札』以外に、存在し得るわけがない……!!

そして遠視していたニーナの視界に、待ち望んだ瞬間が訪れた。
長らくに亘《わた》った伏せ札開示《ショーダウン》の刻——その到来を報《しら》せるもの。
〝一つめの切り札〟を切ったシンクの姿が、映ったと——同時。

——さあ。この大戦《ゲーム》、果たしてどちらの手の上か。
どちらがこの世界《ゲーム》に、終止符《ほろび》を打ち勝ち抜けるか。
この〝手札《フォーカード》〟を、読めたか否か。
その顔。拙にもみせてくださいな——ローニ・ドラウヴニル——ッ!!

内心吠《ほ》えて、ニーナはその足下——屋敷の地下奥深く。
広大な地下空間に眠る〝二つ目の切り札〟に、目覚めを命ずる術式を紡ぐ。
シンク・ニルヴァレンに代わり、ニーナ・クライヴが喚《よ》ぶは第二の霊壊術式。
無数に刻印された『穹窿《ドーム》』が顕《あら》わす流動の銘《な》——それは——ッ!!

「————『不動第二加護《ジアー・ラ・アンセ》』————ッ!!!」

瞬間——ニーナ・クライヴ邸の地下を中心にして。
目覚めると同時、死す定めにあった『穹窿《ドーム》』の、悍《おぞ》ましき断末魔が轟《とどろ》いた。
都を越え、森に響き、空を軋《きし》ませ——その外周まで届く奇鳴が溶けると、同時。
——世界が、静止した。

■■■

……もしや星が死んだのか、と危惧《きぐ》したことだろう。
都から大陸の一割に至るまで轟《とどろ》き渡《わた》った、悲鳴の如《ごと》き怪音を耳にした誰もが。
絶対的な——あるいは絶望的な静寂に、時すら止まったように感じられた。
それも当然。影響圏内の全《すべ》ての精霊が〝一時的に消耗《うしな》われた〟のだから——

――『不動第二加護《ジアー・ラ・アンセ》』…………
九十九重の――神霊種《カイナース》の加護《ちから》を利用し機能させる霊壊術式。
それは、簡単に言ってしまえば――〝魔法を封じる魔法〟である。
原理も単純。精霊回廊から精霊を吸い上げず、広範囲の魔法爆発を起こすだけだ。
爆燃の炎が一時的に空気を奪うように――地表の精霊を瞬時に搾取、消費しきる。
かくて僅《わず》かな時間、風は沈み、降りしきる黒灰の輝きさえも静止した不動の中。
ただ――重力と慣性に囚《とら》われて、鋼色の空が墜《お》ちていく――

そう……あらゆる魔法、術式から精霊を奪い機能不全化する魔法。
その原理上『不動第二加護《ジアー・ラ・アンセ》』自体も爆弾の如《ごと》く破綻《はたん》し、壊れてしまうのだが。
――地精種《ドワーフ》艦隊……あれほどの鉄塊を空に飛ばすという異常――いや？
構造的に、その巨体が潰《つぶ》れぬことが既に物理に反する代物が、はてさて？
一切の精霊――魔法が使えなくなればどうなるのか……その答えが〝これ〟だ。

自重に潰れ自壊し、虫ケラのように、儚《はかな》く哀《あわ》れに墜《お》ち逝《ゆ》く艦隊の姿に。
半透明な牢獄《ろうごく》――『蕾《つぼみ》』の囚人が、果たして見せてくれるのは……？
――嗚呼《ああ》、そうだ。この顔だ。
その顔が見たかったのだ――ッ!!　と。

『ッ!?　!?　!!』
ローニが眼《め》を剥《む》き怒鳴り散らす顔に、シンクは至上の幸福を噛《か》みしめ、笑った。
何を言っているか？　知る意味さえもない――その顔だけが彼女の望んだ報酬《すべて》。

驚愕《きょうがく》、驚倒、狼狽《ろうばい》。全くの想定外に直面したその〝吠え面《マヌケヅラ》〟ッ!!
あゝ知っていた。確信していた。疑ってもいなかった。
やはり。当然。無論――この手《ゲーム》は読めなかったというその顔に――――ッ!!
己が掌にあると確定《きめ》した世界を、ならばなお廻《コワ》す！　とシンクは地を蹴《け》った。

――チッ、と舌打ち一つ。たったそれだけで。
艦隊墜落と、迫《せま》り来るシンクが――時間を加速させていない事実に。
混乱を脱し〝魔法を封じられた〟状況を把握したローニは、やはり尋常ではない。
そして、ならばこの牢獄を、『霊装』の刃《やいば》と、己の腕力だけで斬《き》り破り、脱出する。
そう判断し、シンクには視認すら叶《かな》わぬ一閃《いっせん》を放った彼は――だが。
『ツ――――アアッン!?』
――残念。それは斬れないのですよぉ？　と。
弾かれた剣閃に驚愕を深めたローニに向かって、シンクが嗤《わら》って続ける。
「落ち込まなくていいのですよぉ？　その判断は～最善手なのですよぉ♪」

巨大な複層構造の『蕾《つぼみ》』──シンクが〝錬成〟した物《まほう》と思うだろう。普通は。
これ程の大質量を、森精種《エルフ》が単独で〝召喚《まほう》〟するなど不可能だから。通常は。
ならば魔法が封じられた今、維持する力のないそれは、ただの剣撃で壊せると。
ああ──普通は、通常は、本来は！　それで正解だ。
その正解を覆すものこそ、ローニの足下に埋まる『茨《いばら》』──一つめの切り札《ふつうでないもの》。

──『不動第二加護《ジアー・ラ・アンセ》』…………

八十六重の術式──神霊種《カイナース》の加護《ちから》を利用し機能させる霊壊術式。
シンクの地下室の『茨』と二つ対で運用する〝非疑似空間転移《シフト》魔法〟に依《よ》って。
召喚でも錬成でもなく──地下室から空間転移《シフト》させた物であると、誰が知れよう？
ましてや空間転移《シフト》させたその睡蓮《はな》──その『蕾』の牢獄《ろうごく》こそ！
〝三つめの切り札《常の通じぬもの》〟に他ならぬと、ローニが知り得るはずもない──ッ!!

それでも──否、故にこそか。捕えた『敵』の姿にシンクは改めて感心した。

『…………』

明鏡止水の極致、と片膝《かたひざ》を立て全霊を装填《そうてん》し『霊装《つるぎ》』を腰に構える姿が語っている。
全《すべ》てを仕組まれ、読み負けて、罠《わな》に嵌《は》まった──その上でなお、悟ったのだ。
この窮地に勝機があるとすれば、それは。

――刹那《せつな》未満。〝六徳〟さえ満たぬ一間のみ、と。

ローニに『不動第二加護《ジアー・ラ・アンセ》』の有効期限、魔法が使えぬ時間は知り得ない。

だが永遠ではない。また、長くもない。故にシンクは駆けると知り得る。

魔法解禁と同時、何らかの術で己にトドメを刺す為、駆けると知り得る。

シンクの術式編纂《へんさん》、開始から発動まで――確かに六徳に迫る神業であろうと。

編纂開始と同時――〝虚空〟の神速で以《もっ》て牢獄ごとシンクを斬《き》り伏せるまで。

ただそれだけの単純明快な、だが乾坤一擲《けんこんいってき》の妙手。

時の有と無の狭間《はざま》を縫い、斬って捨てる暴論――徹して見せる、と告げる一太刀は。

走り迫るシンクの指先に、微《かす》かな精霊の揺らぎを捉《とら》えた、と同時。

放たれた斬撃は――――、

「刻印術式、便利なのですよ～わたしの発明ってことにしちゃダメなのですかぁ？」

だが、振り抜かれることは、終《つい》ぞなかった……。

「事前に起動させておけばぁ～……『全自動《フルオート》』でも使えるのですよぉ～♥」

そう〝疾駆《ブラフ》〟を止め、優雅に歩み寄り上機嫌に語るシンクに、

『…………ハッ……ハッハハハハァ――――ッ!!』

ローニは、放つ前に爆ぜた『霊装《つるぎ》』を見下ろし一瞬呆然《ぼうぜん》と……そして笑った。

己を捉《とら》える『蕾《つぼみ》』の牢獄《ろうごく》――〝三つめの切り札〟にびっしりと刻まれた一文。
その正体と、意味するところに気が付いたのか――『蕾』を震わせ呵々大笑《かかたいしょう》する。

笑うしかないだろう？　斬《き》れるはずはなかろう？
何せ『蕾』の牢獄――緩やかに再び咲き誇らんとする透き通る睡蓮《すいれん》。
その内の全面に、目を凝らしやっと見えるほど薄く、とある文言が刻んである。
地精語で――意訳して『ざまぁみるのですよ』と云《い》うそれは。
ローニ・ドラウヴニルという男を、幾星霜想《おも》い続けた女の念。
シンク・ニルヴァレンという女が、森精種《エルフ》史上空前絶後の才能と。
情炎の限りを注いだ一三七層の花弁を埋め尽くす刻印術式を刻んだ――それは。
ただ彼《ローニ》だけに贈られる、彼《ローニ》専用の、彼《ローニ》の為だけに造った贈答花。
この世界でたった一輪の、たった一瞬だけ咲き誇った硝子《がらす》の睡蓮――

――『終天第三加護《アグ・ニ・アンセ》』…………
百三十七重の術式――神霊種《カイナース》の加護《ちから》を利用し機能させる霊壊術式。
ニーナが最初に起動し、だが『不動第二加護《ジアー・ラ・アンセ》』の効果で稼働停止した、それは。
閉じた『蕾』に封じたあらゆる精霊を崩壊させる、〝四つめの切り札〟の原型だ。
そう、あらゆる――『霊装』に迸《ほとばし》った精霊も例外なく――それが先の結果である。

だがその本領は〝地精種《ドワーフ》の精霊〟に限り、ある花言葉を贈ることで結実する。
即《すなわ》ち——ローニ・ドラウヴニルを形作る全精霊を、連鎖崩壊せしめるそれは、三千世界の何よりも美しい真炎を噴き上げ散り誇り——逃れられぬ訃音を報《しら》せる。
睡蓮の花言葉——『滅亡』、と。

そう——本来、シンクが走る必要など何処《どこ》にもなかった。
ただ優雅に歩み寄り、その『蕾』に触れ、花言葉を口にするだけで良かった。
だがシンクはあえて走ることで『霊装』を使わせ、破壊し、全《すべ》ての可能性を潰《つぶ》した。
妄執と狂気の果てにこの戦況を作り上げ、三つもの霊壊術式《きりふだ》で以《もっ》て。
求むるは——ローニ・ドラウヴニルの、完全、完璧《かんぺき》、完膚なき——死《はいぼく》。
その栄光《トロフィー》を瑣末《さまつ》と評するならば、それは男《ローニ》の価値と女《シンク》の渇望を知らぬのだ。

かくて、ひとしきり笑って彼方《かなた》を見やったローニの瞳《ひとみ》が、あるものを映す。
お探しのものだ。幻想種《ファンタズマ》の制御《りよう》法だ。つまりは——〝四つめの切り札〟だ。
地精種《ドワーフ》艦隊が、重力と慣性に従い首都中央へと、塵《ちり》を掃くように集まり墜《お》ち逝《ゆ》く。
——首都到達前に魔法を封じていれば、都市の外に墜とす事も出来たはず。
それをわざと接近、包囲、前進までさせた理由を察した様子のローニに、
「お友達もた～くさん着いて逝くからぁ、寂しくないのですよぉ♥」

……〝詳細は識《し》らぬまま。ただ敗北だけを識《し》って逝《ゆ》け〟とシンクは嗤《わら》う。
——理論検証試験炉での『虚空第零加護《アーカ・シ・アンセ》』臨界起爆。
本来の二割未満の威力に留《とど》まる破壊は、それでも首都中央を消し去り墓穴《はかあな》に変える。
たかが首都一つや二つで地精種《ドワーフ》全艦、霊壊術式《きりふだ》を視た生き残りも許さず証拠隠滅《くちふうじ》だ。
お買い得すぎる。買わなきゃ損だろう？

その全《すべ》てを知る術《すべ》はなく、だが大凡《おおよそ》の見当はついただろうそれらの策に、
『……ハッ！　ハハハハハハハァッ！』
ローニが心底愉《たの》しげな、だが悔しさを隠そうともせず、地精語で言葉を紡ぐ。
穢《けが》らわしく、口にするのはおろか、耳にするのも虫酸《むしず》が走る低劣な言語——だが。
——『やるな女。なかなか楽しいゲームだった。で、最後の切り札は？』
最大限美しく超訳すれば、まーそういう意味の——最期の言葉を聴くために。
わざわざ下劣で、低俗で、下品な地精語を学んだシンクは、笑顔で答えた。
「——はいぃ～切り札は最後まで伏せておく……教えてあげないのですよ～♥」
と最後《五つめ》の——否、最初の切り札を思い、シンクはローニ唯一最大の敗因を想《おも》う。
——一人で互角《おのれ》の敵を超えられるなどと、過信したことだ。
真にして唯一の天才であるシンクは、己を知っていた。

……誰も、己自身など知り得ないと――学習《し》っていた。

故に己も知らなんだ己を知る――知り得ないと知りなお信《しっ》じてくれたもの――

（わたしのとっておき――かわいい切り札《ニーナ》はぁ～見せてあげないのですよ♥）

その思いは胸に秘め、シンクは『終天第三加護《アグ・ニ・アンセ》』に触れ――『滅亡《くたばれ》』と。

敗者を微精霊すら残さぬ真炎の花に、一息に最期の真言を紡――


「――はぷぁすっ」


――ごうとしたシンクも。死に逝くローニも。本能的に凍り付き。

全てを中断し声の主――〝空から墜《お》ちて来た少女〟を揃《そろ》って見やった。

魔法封印で一時的に飛行能力を失ったのか、周囲を見回して頭にたんこぶをこさえた、ソレは。正しくは少女ではない。何せ生物でさえない。紛う事なき兵器の類《たぐい》であり――

「……………♥」

にっこりと微笑《ほほえ》んだ『番外個体《ソレ》』に至っては――嗚呼《ああ》。

森羅万物の何よりも空気を読まぬ、それは――そう。

如何《いかが》な才とて読むこと叶《かな》わぬ戦略《ゲーム》における〝最大の敵《イレギュラー》〟。

――『天災』以外の何物でもなかった――

■■■

……とはいえ、まあ。現実なんて、そんなものである。

いかに健康に気を遣い堅実に生きようと、事故一つで〝台無し〟になるように。

そう――たとえば文字通り、空から降ってきたあの『天災《てんげき》』のような〝事故〟。

前触れなく首都を襲った『隕石《フリューゲル》』という不幸な事故《げんじつ》を想《おも》うシンクは――

「ま、何事にも誤差はあるのですよぉ～一々気にしてもしょうがないのですよ♥」

だがそれさえも――〝些細な誤差〟、と切り捨てるように嗤《わら》った。


――元より、首都中央も地精種《ドワーフ》艦隊も、シンクの計画で消滅する予定にあった。

それが、何やら通りすがりの『隕石《ニワトリ》』のせいで、僅《わず》かな誤差が出ただけのことだ。

たとえば――全隊《三〇〇〇人》並列防護魔法もむなしく、首都〝全域〟が壊滅で済んだり。

上空を呑気《のんき》に墜落していた艦隊が〝ただの余波〟で軽く蒸発なんてしてみたり。

死体蹴《け》りよろしく、うろつく『隕　石《くうきよめないコ》』が、首都中央から避難させていた書物《ちしき》と生存者《いのち》の限りを略奪して上機嫌に立ち去ってみたりとま～、そんな些細《ささい》な誤差はあったにせよ!!

ともあれ、結果は求めたものとは、まー大きくズレていない。

何せそれらさえ、所詮《しょせん》は〝ただの副次目的〟でしかなく……。

「主目的――勝利《ゲーム終了》への計略はぁ～万事！　つつがなく進行中なのですからぁ♪」

「はいな……せんぱい大丈夫です……拙、拙！　……っ、信じてましたからッ!!」

不敵に明るく響くシンクの声に、ニーナは感涙にむせび泣いていた。

ええ、被害規模や奪われた魔法体系？　心底どうでもいい誤差ですとも、と！

些細《ささい》でない——せんぱいが黙して語らなかった日々を思えば無に等しい、と！


あれほどの歳月、戦局を操り積み上げて創った状況！

あれほどの好機、あれほどの勝利宣言を並べて——ッ!!

——『ローニ・ドラウヴニルを討ち損じた』ことに比べれば——ッ!!


「天地諧謔《かいぎやく》以来のドヤ顔からのアレ——はいな!!　二十四年引きこもった程度で立ち直るせんぱいの無敵メンタルに拙、なっ涙が！　拙なら思い余って勢いで死——キャアア!?」

かくて——旧首都《メルリルン》壊滅に伴って遷都された、新首都メルヴォイルの郊外。

装いを新たにしたニーナの新居——早築二十四年を数える屋敷の屋外温泉浴場において、
初めてその湯に浸《つ》かる——二十四年《セクハラ》ぶりに会うシンクへの偽りなきニーナの感動は。

だが、変わらぬ神業での異界触手の召喚に、悲鳴に変じて響き渡った——


——………

——あの日の『天撃』の余波は、シンクとローニの戦場にまで及んだ。

即断で全《すべ》て投げ出して、シンクは、疑似空間転移《デミ・シフト》を重ねニーナの元へ駆けつけた。

そして幼化《じゃくたいか》してなお悪夢の『隕石《バケモノ》』と交戦――ニーナを連れ、辛くも逃《に》げ果《おお》せた。

魔法の過剰使用に魂石《ジェム》を炭化させ、命からがら新首都《メルヴォイル》に着いたのと、ほぼ時同じくして。

『終天第三加護《アグ・ニ・アンセ》』ごと海へ流されたローニも、無事浜に打ち上がった報《しら》せが届いた……

直後、シンクは新居の地下室へと引き籠《こ》もり――二度と出て来ることはなかった。

それでもニーナは出て来るよう説得などと――〝侮辱〟はしなかった。

ただ毎日数回、扉の前に食事と――『報告書』を届け。

ただ毎日数回、カラのトレイと――『指示書』を回収しては、頷《うなず》いた。

せんぱいは立ち直ります、と。だってせんぱいはつよい子ですもん、とッ！

拙は今まで通り表向きの『花冠卿《グラン・メイガス》』として指示に完璧《かんぺき》に応《こた》えるだけ、と！

エロ本購入の指示も！　拙の着エロ指示――は巧《たく》みに回避し二十四年――!!

かくて、ついに出て来たせんぱいの勇気を思えば、この程度――ッ!!　と！

猛然と媚薬《びやく》を流し絡む異界の触手《セクハラ》に、ニーナはただ、称賛の感動を深める。

「まさか、まさかホントに二十四年風呂入らなかったとかウソでしょ的に伸び過ぎた髪で悪夢的臭い醸す毛玉になり果てでも出て来たせんぱいの勇気に拙ィイッキャアアッ!!」

「う～久し振りの会話で耳の調子がぁ……　『拙、孕《はら》む気になりました』ですかぁ♥」

「拙の滑舌が不便おかけします!!　変わらず見目麗しくフレグランスですぁッハ～っ!!」

更に一段、魔法を強化したのか。無駄に的確に皮膚を撫《な》で締める触手の感触に。

上気した頭で何かに目覚めそうな己を振り払って叫び、ニーナは内心訂正した。


変わらぬ姿？　変わらぬ神業？　——とんでもない。

その眼光も、魔法も、以前より更に高次元へ研ぎ澄まされるに至っていた。

……拙の理性を籠絡《ろうらく》しにかかる触手で確信《これ》したくなかったことですが、と。

必死に媚薬《びやく》中和の術式《まほう》を編むニーナを余所《よそ》に、シンクが再度湯船に浸《つ》かって言う。

「ニ〜ナァ、わたしが失敗を気にして引き籠《こ》もるとか……本気で思ったのですかぁ？」

——思ってないです、確信してます、と。

あの番外個体《フリューゲル》も、ローニも皆殺《みなごろ》す。必ず殺す。また何世紀かけても殺す、と。

そう燃ゆる焔《ほのお》を宿したシンクに、内心答えたニーナは、だが——


「気にする失敗《モノ》がないのですよ〜。わたしはぁ——一度も失敗したことないのですよ？」

不敵に、不遜《ふそん》に、揺るぎなく続いた言葉にニーナは息を呑《の》んだ。

すなわち——『真の天才は失敗などしない』という論理が語るは、ただ——

「これじゃまだ足りないってぇ——〝検証成功を無限に重ねるだけ〟なのですよぉ〜♥」

そう嗤《わら》って、シンクが宙にかざした掌《てのひら》の上に、小さな映像を生み出した。

そして、検証した成功を反映し地下に籠もって造っていたその銘《な》を告げる——

「――『久遠第四加護《クー・リ・アンセ》』……」

五つめの『霊壊術式』――その恐るべき作用を語られ、ニーナは理解した。
ああ……ローニの討ち損じも『天撃』も。本当に些細な誤差だった……と。

確かに、地精種《ドワーフ》側に四つの『霊壊術式《伏せ札》』を知られてしまったのは、痛い。
森精種《エルフ》の首都壊滅、地精種《ドワーフ》の全軍壊滅、共に単なる損害では済まない痛手だ。
両陣営の戦力不足は――〝単独での継戦困難〟を招き、大戦の様相を変えた。
各種族に、共闘――『同盟』を模索させる程に。
ならば、その行き着く先は何か？
畢竟《ひっきょう》――〝戦局を誘導し、効果範囲内に敵が集まる〟未来である。
かくして無事、世界《ゲーム》を滅亡《おわ》らせ、勝利を満たす為の条件は整った。
最後に立っていられる術――『久遠第四加護《クー・リ・アンセ》』を示し、シンクは再度告げる。
「勝利《ゲーム終了》への計略はぁ、万事つつがなく進行中――なのですよぉ♥」
この戦況すら、未《いま》だこの細い〝掌の上〟から脱していないのだ、と。
そう語るシンクの美貌に相応《ふさわ》しい、超越者の笑みにニーナは身体《からだ》を震えさせ――
「はぃ――――？　ぁあぁ～～ごぼぼぼっ!!」
突如消失した触手に、ニーナは湯船に放《ほう》り出され、鼻から湯を飲んだ。

危うく溺《おぼ》れそうな中——だが頭に染み込む魔法《こえ》が底冷えのする鋭さで、
『……家に、ナニカいるのですよ……？』
そう告げたシンクの言外の意を汲《く》んで、ニーナも瞬時に意識を切り替えた。

——ナニカが。家にいる。
シンクをして正体がわからず、侵入を悟らせもしなかったモノ。
『……拙と、せんぱい……どっちに御用でしょう……？』
何であれ敵だ。ならば問題は——誰の敵かだ、とニーナも声なく問う。
普通に考えればニーナだ。何せここは表向きの花冠卿《ニーナ・クライヴ》の家なのだから。
だが、その奥に潜《ひそ》む〝本物の花冠卿《シンク・ニルヴァアレン》〟をして、正体さえ掴《つか》めぬ敵に——

『…………「私」が行くわ……「あなた」は下がっていなさい』
数秒の逡巡《しゅんじゅん》を経て——危険だから下がっていろ、と。暗に告げて。
シンクは表情から口調、動作、仕草までも別人に切り替え、静かに湯船を出た。
パチンッ——と指音一つで髪と服を整えたシンクに、ニーナは重々しく頷《うなず》いた。
——誰に用があるのか……否。
誰の、何を、どう知り。そしてどこまで知っている——ナニモノか。
その全《すべ》てを探り出し、可能ならば口封《コロ》す。そう背で語るシンクを——

「……ごきげんよう、勝手にお邪魔しているよ」

――『幽霊《ソレ》』は、不気味に灯《ひか》る黒い瞳《ひとみ》を歪《ゆが》めた笑みで出迎えた。

■■■

……そして。ニーナは未《いま》だ信じられぬ光景に、半ば茫然《ぼうぜん》自失《じしつ》のまま、

「せ、せんぱい！　拙、アレを追、って……いい――いえ、追わせてくださいな!!」

と『幽霊』を騙《かた》ったモノの去った背を追うように、影から飛び出した。

アレがナニかなど、ニーナにはわからなかった――わかるはずもなかった。

無類の才媛《さいえん》が黙考し、質量さえ帯びたような殺意を纏《まと》って、語るはただ一つ。

――一切を悟らせなかった。

シンク・ニルヴァレンを――赤子をあやすかのように手玉に取ったナニカ。

それが何であれ――危険過ぎる――ッ!!　だが。

「……ニ～ナはぁ～、アレ、ナニに見えたのですかぁ……?」

「ナニ、って……せ、せんぱいにわからないのに、拙なんかにわかるわけ――ッ!!」

半ば悲鳴のように応じたニーナは、だがシンクの視線に息を呑《の》んだ。

――〝追っ手を想定しないような相手か？〟……と。

ただし。ただ一つ異なる点を、シンクは続ける。

「『切り札』を撃ち合わせてぇ──全員共倒れ《つぶしあわせて》の〝不戦勝狙い〟なのですよ♪」

なるほど『随爆』とやら──『神髄』起爆という、狂気の沙汰には驚きだ。

それが完成済みだというのが事実なら、それも素直に驚きだ。

なにより『虚空第零加護《アーカ・シ・アンセ》』を超える、などと宣《のたま》う狂気──最大の驚きだ。

相も変わらず分際を弁《わきま》えぬ気の触れたモグラ、断固根絶せねばならないが、

「ご苦労なのですよ──『幽霊』さんが焚《た》き付《つ》けるなら手間も省けるのですよ♥」

そう──詳細はさておき『虚空第零加護《アーカ・シ・アンセ》』の存在は、既に気取られたのだ。

ローニ・ドラウヴニルが、それに迫るものを用意するのは、わかりきっていた。

故にこそ、五つめの『霊壊術式』開発に、シンクはここまで急いだ──


──『久遠第四加護《クー・リ・アンセ》』…………

六十七重の術式──神霊種《カイナース》の加護《ちから》を利用し機能させる霊壊術式。

原理的に最強の防御──否、封印魔法たるそれは、作用境界面の精霊をただ封ずる。

時空間的多元性の精霊を封《と》めて生ずるその膜《かべ》は、原理的に如何《いか》なる作用も破れない。

天翼種《フリューゲル》の『天撃』も地精種《ドワーフ》の『随爆』とやらも、『虚空第零加護《アーカ・シ・アンセ》』すらも例外はなく。

〝最強の盾〟であるこれを、撃ち破れる〝矛〟など、この世には存在し得ない。

故に──撃ち合い上等。生き残るのは自分達だけ……そのはず、だったのだが──

「ど～やらぁ……その先――〝別の勝利《ねらい》〟がぁ、まだあるのですねぇ……」

そう苦笑気味に呟《つぶや》いて歩き出したシンクは、一転。

「上等なのですよぉ……必ず根絶《コロ》す相手が一つ増えただけなのですよ～♥」

挑発的な、獰猛《どうもう》な殺意にその笑みを歪《ゆが》めて言う。

「札はまだ一つ――『久遠第四加護《クー・リ・アンセ》』があるのですよぉ……」

だが慌ててその背を追いながら、ニーナは思った――気のせいだろうか、と。

「最後までわたしたちを動かしきれるか――見せて貰《もら》うのですよぉ～『幽霊』さん♪」

そう嗤《わら》うシンクに、いつもの超然的で絶対的な――自信が見えない気がして、

「せ、せんぱい！　以前もう一つ――〝切り札〟があるって、ソレを使えないんです⁉」

対ローニ用の『霊壊術式』の他に、あと一つ、ニーナにも明かされなかった札。

その詳細を問うように提案したニーナに、だがシンクは、ふわりと振り返り。

小さく――一瞬だけ、困ったような笑みを浮かべて――

「もう使ったのですよ♪　それがハズレることにぃ、初めて期待するのですよ♥」

悪戯《いたずら》っぽく笑って『教えてあげない』と、小さく舌を出した――

■■■

そして——シンク・ニルヴァレンは、運命《そ の》の日。

眠気を誘うまでに暖かい陽《ひ》に身を灼《や》かれながら、漫然と、天を眺めた。

……長い耳が拾うは、ただ風と波打つ草の音で。微睡《まどろ》む感覚を漂って。

六《む》つ菱《びし》を宿す瞳《ひとみ》は古い古い疑問の答え——ただ天の輝きを映していた。

それは、吸い込まれそうなほどに青い光。

降り注ぐ陽光——燦然《さんぜん》と照らされる白い雲光。

船団《エルフ》も、艦隊《ドワーフ》も、戦い争った全《すべ》ても、そっと降ろされたように墜《お》ちた地平。

その彼方《かなた》に聳《そび》える巨大なチェスのコマだけは、後付けだろう、と苦笑して。

——どうやらこれが、本当の空の色だったらしい。

永い大戦が終わった今、この世界はこんな美しい姿になったらしい、と……

そんなことを、夢見心地に嗤って、理解に至った…………

敗北した。

…………ああ、まただ。また負けた……と。

またも敗北したその胸に、去来するのは、だが怒りでも驚きでもなかった。

──〝ああ、やっぱり〟。
つくづく己の〝最大の切り札〟はハズレないという……再認《しんらい》だった。
だがそんな頼もしき切り札本人《ニーナ》は、茫然自失《ぼうぜんじしつ》から立ち直れないのか、
「……ぇっと、せんぱい……？　一体全体、結局なにが起きたんです……？」
そう隣でへたり込み、呆《ほう》けた顔で問うたるは〝全《すべ》て〟だそうだ。
──それはこっちが知りたい、と。内心愚痴り、訂正する。
何が起きたか、シンクは全てを見て、全てを知っていた。ただ単に──
「世界《ゲーム》を滅《おわら》された──ょ～するにぃ……先を越されたのですよぉ……♪」
つまるところ負けた。
それだけのことだ、と短く答えてシンクは立ち上がった。
そして優雅に歩き出し、一瞬だけ、確かに遠い彼方《かなた》に見た『幽霊』を睨《にら》んだ。
つまりあの自称・幽霊は──今は『人類種《イマニティ》』という名らしい〝お猿さん〟は。
機凱種《エクスマキナ》を含め、本当に。
全てを、見事に最後まで動かし切って見せた。
そして──
──世界《ほし》〝だけを〟殺した……。

誰も死なない事を願い、だが勝利を疑わぬ矛盾は、かくて解消される。

なるほど。その手があったか、とシンクは素直に己の至らなさ恥じた。

——全種族殺すとか、悠長やらずにさっさと星《ゲーム》を破壊《クリア》して終了《かち》、だろ？

と、あの人類種《ゆうれい》に言われた気がしたシンクは——ぐぅの音も出なかった。

……ただ、一つだけ、負け惜しみを言わせて貰《もら》えるなら、と。

シンクは、全てを見届けなお残る疑問を思い、蒼穹《そうきゅう》の天を仰いだ。

すなわち——何故それで『唯一神の座《しょうり》』が決したのか——


「……は～空気神《カイナース》でも鼻紙よりは使えると思ったぁ、わたしが阿呆《あほう》だったのですよ～」

——そんなルール聞かされてないのですよぉ……、と。

ほう・れん・そうも出来ない社会神失格《むのう》に毒づき、シンクは言葉通りに己を呪《のろ》う。

——『神霊種《オールドデウス》とは何なのか』……。

あまりに遅きに失したその考察、仮説が正しければ——と。

シンクは最大の敗因、あまりに愚かな見落としに、深く溜息《ためいき》を吐《つ》いて嘆いた。

「カイナースとかいう無能な上司《おかざり》を～、真っ先に殺すべきだったのですよぉ……」

「ちょ——せんぱい!?　事実でも禁句は守ってくださいなッ!!　て、天罰下りますよ!?」

サラッと同意したと無自覚なまま、慌てて制止するニーナに、シンクは嗤《わら》う。

ああ、今まではそうだったろう。だが——これからは違う、と。

先刻世界を創り直したという生意気な『唯一神《クソガキ》』の言葉を思い、続ける。

「だいたい～……たかだか創造《う》んだだけでぇ、逆らったら死刑《てんばつ》なんて道理が通るなら～、親に逆らった子は殺していいのですかぁ？　そんな器ちっちゃいヒステリー森神《ダメおや》にはぁ、唯一神《ゆいいっしん》の座より冷たい便座が相応《ふさわ》しいってぇ、ず～～～～っと思ってたのですよぉ♥」

積年の鬱憤を――とある確認を兼ねて――晴らすべく言いたい放題に並べ立てる。

ただただ狼狽《ろうばい》するニーナを連れて歩くシンクの前に――果たして。

……鉄塊を携え立ちはだかった一人の男の姿に、

「――ロ……ローニ・ドラウヴニル――ッ!?」

ニーナは息を呑《の》んでその名を叫んだ。


――『大戦』で誰より求め合った二人、互いを確認したと――同時。

シンク・ニルヴァレンは、かつてより更に洗練を重ねた『魔法』を。

ローニ・ドラウヴニルも、同じくより高次へ至ったろう『霊装』を。

それが自然であるかのように。

契約、誓約であるかのように。

互いに全霊の業《ちから》を構えて――地を蹴《け》り砕いた。

荒れ狂う破壊を約束する二人が――だが衝突するより早く、問答無用に。

契約も誓約も約束も、等しく凡《すべ》てに『却下』を告げる盟約《ちから》――すなわち、

【一つ】この世界におけるあらゆる殺傷、戦争、略奪を禁ずる
――どうやら本当に制定されたらしい、『十の盟約《ルール》』にねじ伏せられた。
互いを害さんとした二人の挙動はおろか――害すための〝術式《すべ》〟さえも。
精霊を――否。【十六種族《イクシード》】を蹂躙《がい》する術式《まほう》は、根底から禁じられ雲散霧消した。
……なるほど、と。森精種《エルフ》と地精種《ドワーフ》、互い最強の個は苦笑を交わし、踵《きびす》を返す。
言葉はやはり不要。
大戦――実践式の盤上戦争《プラクティカル・ウォー・ゲーム》は、もう終わった。終わらされてしまった。
ただの敗残者《まけいぬ》に過ぎぬ二人に、異論を唱える権利などなく――ならば。
「ニ～ナァ？　今すぐ優秀な子を集めてぇ――〝国〟を建《つく》てるのですよぉ」
「あっはいな～♪　……――ってぇぇえッ!?　くくく、国!?　え、なんで――」
打てば響く返事から一転、悲鳴を上げたニーナに、シンクは淡々と続ける。
現時点で状況を理解している森精種《エルフ》など皆無――故にこそ、見逃せぬ『危機《チャンス》』だ。
この機に乗じて森精種を割って――〝独立〟する。そして、
「お上《ボンクラ》は放置してぇ、早く〝ゲーム〟を始めなきゃ先手、取られるのですよぉ♪」
――先手を取られたマヌケが、ゲームに負け搾取される千載一遇の『好機《ピンチ》』だ。
助けを請われたところを――〝助けて《ふっか》〟あげねばなるまい。

そう——戦争《ゲーム》に負けた？　なら次の戦争《ゲーム》を始めるだけだ。
実践型盤上戦争《プラクティカル・ウォー・ゲーム》の決着は、持ち越された。
抽象的盤上戦争《アブストラクト・ウォー・ゲーム》——この盤上《ディスボード》の世界へと。

——大戦終結がいかにして、誰によって成されたかおそらく誰も知るまい。

このアドバンテージを教えてやる義理もない。記録にさえ残してやるものか。

魔法《せいれい》の運用が基礎から制約をかけられたのも——なに、好都合だ。

突如魔法に縛りがかけられたのだ……全種族が当分は混迷を極めるだろう。

だがこちらは既に二度魔法体系を覆した側だ。ならばもう一度覆すまでだ。

何ならば、今、ここででも——ッ!!

必ず殺す。何百年、何千年、何世代かけても、必ず殺してみせると誓った。

地精種《クソモグラ》、天翼種《とりあたま》、人類種《おさるさん》、あの唯一神《クソガキ》も——己の獲物。誰にも譲るものか。

そのためにも殺《ヤ》ることは山積している、と愉快に思考するシンクに、

「……あの……拙、さすがに疲れました……少し休みをくださいなぁ……」

だが返されたのは、燃え尽きたニーナの疲れきった声だった。

——長年費やした全《すべ》てが、だが結局は——敗北に終わったのだ。

そして休む間もなく告げられたるは『さあ、次の戦争《ゲーム》だ』――なるほど。

唯一無二ではなかったにせよ、それでも天才であるシンクは、己を知る。

この天才的不屈の殺意《ハート》がなければ――あるいは心も折れるだろう……と。

だが……

「じゃぁ～盟・約・に・誓・ってぇ――〝ゲーム〟をするのですよぉ～♥」

かくして――シンク・ニルヴァレンは大戦終結後、初めての、

「期限内に建国出来たらぁニ～ナの勝ち――っていうゲームなのですよぉ」

――『十の盟約』に基づくゲームを、提案した。


【六つ】〝盟約に誓って〟行われた賭《か》けは、絶対遵守される

新たな世界《ゲーム》のルールを思い出し眼《め》を丸くするニーナに、シンクが向けた笑顔。

「ニ～ナァ、何を賭けたら――これからも一・緒・に・戦争《あそん》・で・く・れ・る・の・で・す・か？」

「…………………っ……せんぱい……っ」

その笑みに秘められたシンクの想《おも》いに、ニーナは小さく喘《あえ》いだ。

――到底言葉に尽くせない感謝。それでも――負けてしまった。

次こそ勝つ……そのためにはニーナが必要だ。ならば何を以《もっ》て報《むく》いればいい？　と。

ど・ん・な・要・求・で・も・受・け・入・れ・る・と告げ、待ったニーナの言葉は――果たして、

「で、でしたら——せせ、拙、と……けけ、結婚してくださいなっ!!!」

……、

……………え………えへ、えっへへ～、さ、さすがはニ～ナぁ、と。

触手の仕返しから下克上まで覚悟した想定を上回る一手に、シンクは感動した。

「……ニ～ナぁ、戦後初の森精種《エルフ》国家に『同性婚可』ってリベラルなのですねぇ～」

「——いえ。あのっ！　あのぉ……ですね!?　せ、拙——」

元よりニ～ナが抱く恋心は、最初から知った上で持ちかけた話だ。

シンク自身は……正直、いまいち恋愛感情がわかっているとは言い難《がた》いが……結婚？

結婚。夫婦となること。生涯を共にすると誓うこと。

……それはこちらが頼んでいることでは、という冷静な思考に反し——

「ぁ、あ、別にいいのですよ!?　伝統保守クソくらえですし～わたしもニ～ナとなら——ほ、ほらわたしってぇ～天才なのですよ？　こんなこともあろうかぁと！　同性繁殖魔法も編纂《へんさん》済み——ぁ。新しい精霊運用に適式させるのに十五分ほど待つのですよ～♥」

妙に浮つき、落ち着かなくなったシンクは、そうまくし立て術式改変をはじめた。

顔が熱くなり視線が泳いでいる意味はわからない。だが、だらしなく照れ照れと崩れている笑みを悟られるのは——なんか、こう……と気を紛らわせるシンクに——だが。

ニ～ナは決死の覚悟で、一世一代の重みを込めて——こう告げた。

「あ、あのぉ……せ、拙────男……です……」

────


「……え、えへへ～、またまたまた～、冗談キッツいのですよぉ～♥

解析魔法一発でバレる嘘《うそ》つく意味がわからないのですよ～はい適式完了セイやっ♪

ほら～あっさり魔法使えたのですよわたしやっぱり天才なのですよ～!!　そりゃ～……

大戦は負けたのですよ？　でもでも、ほら、けっこ～いいところまで世界を読み切っ
「ニーナ・クライヴ──このわたしをずっと騙《だま》してたのですかぁ」

解析魔法が『男』と答えた刹那《せつな》、シンクは感情が凍結する音を聴いた。

沸点にあった感情が凝固点まで相転移する。上げてから落とす……か。なるほど。

想像もしなかった裏切《かなし》みに、壊れかけた心が自己防衛に止まった中──一歩。


──今日までの礼だ。

せめて痛みを知らず安らかに死ぬがいい──と。

天地滅す勢いで精霊を纏《まと》い一歩、また一歩と、歩み寄るシンクのその姿が。

眼前に達した時が、命が尽きる時と悟《と》ったニーナは残る寿命を賭した弁解を叫んだ。

「だだだ騙してませんッッ!!　あの!!　拙、一度も男だなんて言ってないです！」

「嘘は言ってない、ですかぁ……他にマシな言い訳があるなら急ぐのですよ♥」

「いえ何度も言おうとしましたよッ⁉　そのたびせんぱいが遮っ――」

「女装して～わたしの隅々まで洗って堪能《たんのう》してぇ言おうとはした……はぁい次♥」

「してません‼　せんぱいの裸や媚薬《ゆうわく》にひたすら耐えて――むしろ褒めて下さいなあ⁉」

迫り来る死に、我慢しなきゃ良かった、と。ニーナの無念の慟哭《どうこく》に――ぴたり、と。

これまでの記憶を回想しつつ、シンクは確認するように問うた。

「……自然体でぇ、わたしに男の子、って～一度も疑わせなかったのですかぁ？」

「――――男としてひどく悲しいですが、そうなります……はいな……」

涙に暮れて項垂《うなだ》れるニーナに、シンクはお日さまのような微笑《ほほえ》みを浮かべ――思った。

……可憐《かれん》な顔立ち、華奢《きやしや》に震える肩、高く澄んだ声……。

今この瞬間も、シンク・ニルヴァレンの眼《め》に何の疑いも抱かせぬ女の娘《おとこのこ》――なら、

「それはもう女の子なのですよぉ～♥」

断定するや、シンクが神速で編纂した術式は、だが――発動せず霧散し、

「……あ。性転換も同意なしじゃ『十の盟約』に抵触するのですかぁ……チッ」

「待ってくださいなあ⁉　今、問答無用で拙を女の子にしようとしたんですッ⁉」

戦後初の『十の盟約』保護を受けた森精種《ニーナ》の悲鳴に、シンクは苦笑を一つ。

「まぁ～、ニ～ナはぁ、ニ～ナなのですよぉ。性別なんてどうでもいいのですねぇ」

続いてシンク自身、上手《うま》く扱えない感情に眼を逸《そ》らし、はにかんだ笑みで――

「……いいのですよ。ニ～ナがゲームに勝てばぁ――」

……故にこそ、誰もが恋に落ちるだろう笑みで――こう、告げた。

「わたし、シンク・ニルヴァレンはぁ、ニ～ナの妻になると誓うのですよ」

その言葉に一瞬、ニーナは呼吸を止め――

「――ぁ……あ、はいっ！　はいなッ!!　拙、必ず期限内に建国終わらせますッ!!」

感涙に決意を固め、溢《あふ》れんばかりの闘志を燃やすニーナに、シンクは――続けた。

「その代わり負けたらぁ――ニ～ナがわ・た・し・の妻になるのですよぉ～♥」

「はいな！　――って、ぇ、あれ!?　拙も賭《か》けなきゃいけないんですッ!?」

【三つ】ゲームには、相互が対等と判断したものを賭けて行われる

「え、せんぱいを妻に求めるなら、拙も妻になるの賭け――ってそれ対等ですかねえ!?」

自分だけ負けたら・・・性転換、と賭け《リスク》の不当を訴えるニーナに、だが、ポツリと。

「……はい～……性別を賭けてまで妻にするほどの女じゃないのですよぉ……」

自虐的にそう微笑んで、うつむいたシンクに――、

「き、期限と……〝建国〟の達成条件は……？」

ようやくこの新しい世界《ゲーム》の本質――〝駆け引き〟に気付いたのか。

慎重に問うたニーナの瞳《ひとみ》を覗《のぞ》き込《こ》み、シンクはまず、

「最低二都市を統治して、行政を敷き全権代理を立てるのですよ♪　期限はぁ――」

そう言って、様子を窺《うかが》うように――呟《つぶや》く。

「――二年……」

「ににに、二年⁉　無茶《むちゃ》――あぁあ……いえッ‼　拙、せんぱいになら命を燃や――」

だがニーナの反応――それこそが、ニーナの知らない〝切り札〟なのだ、と。

シンクは内心ほくそ笑み、満を持して切り札を切って、改めて笑顔で告げた。

「――未満♥　一年十一ヶ月以内でぇ、ふぁいとっ！　なのですよぉ～♥」

「ちょ――えぇぇぇ⁉　ふ、不可能ですッ‼　無理言わないでくださいなあッ⁉」

たった一月減らしただけで、今度は不可能と断じたニーナを無視して。

「じゃぁ～、なんにせよ二年後には夫婦なのですよぉ。はい、お手々を拝借～♪」

そうはにかんだ笑顔で続け手を掲げたシンクに――ニーナは賭《か》けを整理し。

――〝求婚〟には、期限・性別に関《かか》わらず『はい』と告げられたことに、感動と。

夫《おとこ》になれるか、妻《おんな》になってしまうかという――極めて深刻な問題に恐怖して。

……既に勝敗が決しているゲーム、と。

ニーナ自身によって決した、とついぞ気付かぬまま――震える手を掲げた。

だがそれも当然。何せ――誰も己自身を知り得ないのだ。

シンク・ニルヴァレンが、シンク・ニルヴァレンを知り得ないように。
――ニーナ・クライヴもまた、ニーナ・クライヴを知る事は出来ない。
だから、ただ己以上に己を知る者を……〝知る〟しかない。
……己以上に己を〝知る《しんじ》〟と――そう〝知る《しんじ》〟ことが出来る者を。

それは、たとえばシンクの場合ならば……初めて心からの笑みを向けた者だ。
――『せんぱい……どうして無理してまで笑うんです？』……と。
無理しているとも、笑っているとも自覚《しら》なかったシンクにそう質問《おし》えた者だ。
そう、ニーナが、シンクには『可能』だと知る《しんじ》なら、可能だ。
同じくシンクが、ニーナには『可能』だと知る《しんじ》なら、可能なのだ。
可能にするのだ。可能にしてしまえる――してみせるのだ。
逆に――『不可能』だと知る《しんじ》なら――どう転ぼうとそれは不可能なのだ……。
あの日の『幽霊』を前には、どうすることも出来ないと知《しん》られた時点で。
――シンクは勝負を降りるべきだったのだ。
ハズレてくれ、などと疑《ねが》った時点で――敗北は決していたのだ……
……だがニーナはそれを自覚《しら》ない。シンクが教えていないのだから。
〝指示書《カンペ》を用意された程度で凡人に『花冠卿《グラン・メイガス》』が勤まるか〟――なる一言は。

シンクが出来ると知《しんじ》るなら、どんな無理難題でもニーナはやってのけるだろう。
故にこそ、シンクが不可能と知《しんじ》れば——自ら不可能にしてしまうだろう。
それを教えてあげるのは……まあ。また今度、とシンクは笑う。

(切り札は——決着《ショーダウン》の瞬間まで伏せるから切り札、なのですよぉ♥)

かくして——プラクティカル・ウォー・ゲームの終演を告げる終句に。
新たな世界、アブストラクト・ウォー・ゲームの開幕を告げる始句で以《もっ》て。
シンク・ニルヴァレンと。ニーナ・クライヴ。二人揃《そろ》って、息を吸った。
——どちらが妻になるか。当事者には重大ながら、些末《さまつ》な賭《か》けの開始を。
だが最盛期には、陸の三分の一を呑《の》み込《こ》むに至る大暗躍を開始する誓句を——

「さあ——ゲームをはじめるのですよぉ♥」

最後通牒《つうちょう》を残し、二人新たなる世界《ゲーム》に向け高らかに再戦を宣言した。

——【盟約に誓って《アッシェンテ》】——ッ!! と。

スリーフォールド・レビテーション

――如何《いか》なる大事件も、発端《ほったん》は概《おおむ》ねくだらない、些細《ささい》なことである。

ご多分に漏れず、今回もそれはやはりくだらない、些細なことに端《たん》を発《はっ》する。

某《ぼう》仕事しない王様《おうさま》二人と、その仕事をやらされている少女が互いにこぼした。

――ステフ、ほんっと馬鹿《ばか》だよな。

――駄目人間《だめにんげん》に言われたくないですわ。

掻《か》い摘《つ》まめば、本当にこれだけのことである。

そしてそれがつまりは、〝ある意味大事件〟へと至った五日間の始まりだった。


…………

三日目――深夜

エルキア王国改め、エルキア〝連邦《れんぽう》〟へ、制度改革中にある国。

草木も眠る丑三《うしみ》つ時《どき》に似つかわしくない叫びが城内に響いた。

「何故《なぜ》ですの――どうして勝てないんですのよぉおぉおほおおおッ!!」

顔を突《つ》っ伏《ぷ》し床を涙《なみだ》で濡《ぬ》らすのは『馬鹿』呼ばわりされた赤毛の少女。

ステファニー・ドーラ——内政を一向に手伝わない王様二人により、宰相《さいしょう》という都合《つごう》の良い肩書きを与えられ、面倒な仕事を押しつけられている哀《あわ》れな少女の叫びだった。

「なんでって言われてもなぁ……？」

「……なぁ……？」

一方、それを半眼で見やるのは『駄目人間』呼ばわりされた、二人の王様《兄妹》。

空《そら》——『I♥人類』と書かれたシャツの黒髪黒目の青年と。

白《しろ》——兄の膝上《ひざうえ》が定位置のような白く長い髪と赤い瞳《ひとみ》の——パンツを被《かぶ》った少女。

床に散乱するはこの三日間、ステフが自分は馬鹿じゃないと証明すべく、二人の王——人類種《イマニティ》最強のゲーマー『　』《くうはく》に果敢《かかん》にゲームを挑み儚《はかな》く散った形跡《けいせき》たる、無数《むすう》のゲーム。

——いや、正確には『　』《くうはく》に、ではない。

自分を馬鹿と呼んだその片割《かたわ》れ——空個人に挑《いど》み、やはり負け続けた形跡である。

「おかしいですわ！　ソラのイカサマも真似《まね》て、読んで、なんで勝てないんですのッ!?」

——そう。ステフは空に勝つ為《ため》。

馬鹿という言葉を撤回《てっかい》させ、仕事を手伝わせるべく既《すで》に三日、夜ごと空と白の部屋を訪《おとず》れゲームして朝日が昇ると共に帰って仕事を再開する日々を送っていた。

だが、その結果は——全戦全敗。

そして負ける度《たび》、服を巻き上げられ、現在その一端であるパンツが白の頭にあった。

——確かに『　』《くうはく》相手なら勝てる気は全くしない。

だが空一人を相手にだったら、僅《わず》かなりとも手応《てごた》えがあってもいいはずだ。

だが何度やっても勝負にすらならず、あしらわれるように負ける。

その理不尽《りふじん》に咽《むせ》び泣くステフに——流石《さすが》に思うところがあったのか。

「……ん、まあ……少しくらい教えるか……さすがに手応えなさ過ぎだし」

そう零《こぼ》す空の膝上、兄を見上げて白が溜息《ためいき》を吐《つ》く。

——手の内を教えるから頑張《がんば》れ、と素直《すなお》に言えばいいのに——と。

だがステフは空の言葉に突っ伏した顔を傾《かたむ》けて空を見やり、素直に聞く。

「ゲームにおいて、ポーカーフェイスの重要性は流石にもう知ってるよな？」

改《あらた》めて確認する空に、流石に顔をしかめてステフは頷《うなず》く。

いくらなんでも馬鹿にしすぎ——そう答えようとするステフを遮《さえぎ》り空は続ける。

「だが実はポーカーフェイスには限界がある。無駄なんだよ」

「——はい？」

ポーカーフェイスが無駄——ではどうすればいいのかと問う目のステフに、空。

「俺らの元の世界、この世界の人類種《イマニティ》、何故《なぜ》か天翼種《ジブリール》や獣人種《いづな》も——〝微表情《びひょうじょう》〟がある」

「〝微表情〟……ですの？」

知らない単語と概念《がいねん》、そう判断した瞬間。

ステフは突っ伏し泣き暮れていた顔を上げ、すかさずメモ帳を取り出す。

その様子《ようす》を、何処《どこ》か楽しそうに眺《なが》めて空はタブＰＣを——手に取らず、

「俺らの元の世界――ポール・エクマン、って心理学者がいてな」

自分の『特技《とくぎ》』の一端《いったん》を、流暢《りゅうちょう》に、惜しげもなくステフに語る。

「そいつ曰《いわ》く〝表情〟は育ちや文化に関《かか》わらず、どんなに意識しても一瞬無意味に〝感情〟が顔に出るものらしく――〇・二五秒未満程度の時間だが――それを〝微表情〟と言う」


――そう語りながらも、だが空《そら》は内心苦笑する。

物心《ものごころ》ついた時には、既に漠然《ばくぜん》と理解していたことだ。

それをお偉《えら》い学者様が何を今更《いまさら》と――そう思わずにいられずに。

だが空の内心など知る由《よし》もなく、熱心にメモするステフの姿に、頭を振って笑う。

「まー何故《なぜ》それが人類種《イマニティ》以外の種族にも出るのか知らんが、俺らの元いた世界じゃ、それを利用した視覚的嘘《うそ》発見器まで開発されてる。〝目は口《かお》ほどにものを言う〟――ってな」

「そ、それって……事実上心を読まれるってことじゃないですのッ!?」

メモを取っていた顔を上げステフが叫ぶ。

それはもはや魔法――少なくとも獣人種《ワービースト》の超感覚の領域だろう、と。

空達の元の世界の技術に恐怖さえ覚えるステフに、だが空は苦笑して首を振る。

「そこまで万能じゃない……〝微表情〟から汲《く》めるのは感情だけ。たとえば――」

そう言って、空はステフに唐突《とうとつ》な――あまりに唐突な『質問』をする。

「ステフ、おまえ、実はパンツ脱《ぬ》がされて悦《よろこ》んでるな？」

――。

「――は、はぁあぁぁ!? そんなわけないでしょうっ！」

一拍《いっぱく》置いて、心外極《しんがいきわ》まると絶叫《ぜっきょう》をあげるステフの反応に、だが――

「……え、うわ、マジ？」

質問した当《とう》の空こそが驚き、困惑気味《こんわくぎみ》に「え～と」と続ける。

「汲めるのは〝感情だけ〟……だから、質問への瞬間反応を見る技術なんだが――」

つまり、突然な質問に対し、ステフが浮かべた〝微表情〟を見る為の質問。

だがステフが浮かべた微表情は――伝えてもいいのだろうか。

逡巡《しゅんじゅん》する空は、だが意図《いと》を問うステフの目に、頭を掻《か》いて解説する。

「ステフの顔に最初に浮かんだ微表情は――『恥《はじ》』。これだけなら、恥《は》ずかしい質問への反応とも取れるが、叫ぶ直前は『怒《いか》り』を示す眉《まゆ》の寄りがなく、むしろ眉が上がった」

「『驚愕《きょうがく》』――何故バレた、だ。ステフそういう趣味――」

――それが意味することは、即《すなわ》ち。

「断・じ・て！　違いますわぁぁあ!!」

空の言葉を遮《さえぎ》ってなおも否定する赤面《せきめん》したステフに、だが。

空は、うわぁ……と漏らして、一歩退《ひ》いて言う。

「今度は『喜び』と『興奮』……怒りの形跡また無し……マジかよステフ」

「……ステフ……真性《しんせい》の……ドM？」

ステフのパンツをかぶり本を読んでいた白《しろ》が、ぽつりと口にする。

再度叫びそうになるのを堪《こら》え、ステフはそれ以上の情報を求め口を噤《つぐ》む。

そう──下を向き唇《くちびる》を噛《か》む──『恥』の微表情を浮かべて。


「つ、つまり、仮に！　百歩《ひゃっぽ》──いいえ、万歩譲《まんぽゆず》ってソラの言う通りだとして！」

空《そら》の言葉を肯定《こうてい》する気はない。だがもし本当なら──と、

「表情だけで、獣人種《ワービースト》のように嘘《うそ》を見抜けるようになる、ということですのッ!?」

本当なら、なんとしても身につけたい技能──そう考えるステフに、だが。

「そりゃ無理」

ガクッとステフが肩を落とす程、さらりと否定して空は白を膝《ひざ》に乗せて続ける。

「言ったろ。微表情に出るのは感情だけ。しかも瞬間的で無意識的。何故《なぜ》その感情が浮かんだかは時に本人《ステフ》にも自覚がない。だから──今みたく〝その後の行動〟が重要になる」

再度メモを熱心に取りながらステフが問う。

「私《わたくし》は違いますけど。私は違いますけど！　たとえば今のように反応を見るんですの？」

伊達《だて》に空と八年ゲームを繰り返していないと主張するように。

兄ほど鋭《するど》くないが、分《わ》かり易《やす》すぎるステフの反応に、思わず白すら半眼で呟《つぶや》く。

「……二回強調、して、怒る……ステフ……それ……『図星《ずぼし》』の、証拠……」

「そんなことどうでも良いんですのよ！　で、どうやるんですのよソラッ！」

魔法の言葉——『どうでもいい』を唱《とな》えて白を無視、ステフは空を問《と》い詰める。

「別に教えてもいいが——かなり難しいぞ？」

「どんとこいですわ！」

全《すべ》てメモって覚えて見せると息巻くステフに苦笑一つ。

膝に乗せた白とゲームをしながら空は思いつく限りを語る。


「まず『喜び』——つまり笑顔も、四秒以上続けば『作り笑い』だ」

「え——？」

「逆に瞬間的な笑みでも、目尻《めじり》が下がってなきゃ本心じゃない。本心からの笑みは頬《ほお》がつり上がり下瞼《まぶた》が持ち上がる。だがそれも片方だけだったら『軽蔑《けいべつ》』——つまり『嘲笑《ちょうしょう》』になるわけだな。だがそれが誰に対する嘲笑かまでは微表情じゃわからん。もし『嫌悪』の特徴も出ていれば自分に対する嫌悪の可能性もある。だから——」


——————


「……どうする？　続けるか？」

「……も、もう、いいですわ……」

喜び一つでメモ帳が埋まったのを見て問う空《そら》に、ステフは白目を剝《む》いて応《こた》える。

そもそも〇・二五秒の表情を読む——出来る気がしないと今更にステフは気付いた。

本当に今更だが。諦《あきら》めきれないのか救いを求める目を向けられて空が苦笑する。

「——ま、実践は難しいが、対抗策は簡単だぞ」

そう、簡単だ。

「顔を隠せばいい、以上」

一転《いってん》、パァァァと顔を輝《かがや》かせてステフが立ち上がる。

「な、なるほどっ！　それならすぐにでも実践出来ますわッ!!」

顔を伏《ふ》せっぱなしにするとか——と、思考するステフに、だが。

一点の曇《くも》りもない、故《ゆえ》にこそ嫌味《いやみ》に見える笑顔で空が続ける。

「ああ、そうだな。そして——顔を隠《かく》したら、今度は声と動作に集中される♪」

「………ええ、そうですわね。そういう人でしたわね……ソラって」

ステフは内心問う——持ち上げて突き落とすのが、そんなに楽しいだろうか、と。

そしてステフは内心答える——　〝最高に楽しいね〟と空なら返すだろう、と。

そう半眼で空を睨《にら》むステフに、だが意外にも空は丁寧《ていねい》に解説を続ける。

「けど声や動作は〝微表情〟ほど瞬間的じゃない。獣人種《いづな》みたいに、血流音《けつりゅうおん》や心拍音《しんぱくおん》まで
読み取る奴《やつ》らは別として、人類種《イマニティ》相手なら、意識すりゃ芝居《しばい》でミスリード出来る——」

——ほほう、と。ステフは内心深い笑みを浮かべた。

つまり人類種《イマニティ》、空相手なら——そうステフが考えていることを見抜くように。

いや、事実語った通りの手段を使い、文字通り読み切った空が皮肉に嗤《わら》う。

「——が。当然それも利用出来る。ステフには悪いが、俺にその手は通用しねぇぞ？」

「う、うぅ……」

そう、まさに今、思考を完全に読まれたステフは、ぐぅの音《ね》も出ない。

そもそもここまでの一連を教えたのは、他ならぬ空自身なのだ。

圧倒的に練度が違う空の特技で、空と張り合おうなど、それこそ空の独壇場《どくだんじょう》だ。

そう思考し項垂《うなだ》れるステフに——だが、ふと。


「……ま、それに」

何やら顔に陰を落として空は自虐的な笑みで——警告《モン》する。

「普段から意識して鍛《きた》えようと思うな。そんないい特技じゃねぇから、これ」

「…………」

空の言葉の真意、重さを汲《く》めた白《しろ》が、空の膝上《ひざうえ》で無言で俯《うつむ》く。

——見えすぎる。それが意味することは、だが——

「……はい？　なんでですの？」

正直者《しょうじきもの》を絵に描いたような少女——ステフの青い目に映る青年の姿——即《すなわ》ち。

自分自身に対する『嫌悪《けんお》』を浮かべた空は、白を撫《な》でて、羨《うらや》ましそうに笑う。

「……ま、ステフならその心配ないか。さて──じゃあ次は何をする？」

──不敵に口元を吊《つ》り上《あ》げる空《そら》に、かくして。

ステフが全裸《ぜんら》に剥《む》かれシーツ一枚になるまでゲームは続き、そして朝日が昇った……。

四日目──同じく深夜

普段は扉《とびら》を蹴破《けやぶ》って突入するステフは、だが今日はちゃんとノックし、ゆったりと。

──そう、勝利を確信した様子でステフが再度空と白《しろ》の部屋に現れた。

「今日こそ年貢《ねんぐ》の納《おさ》め時《どき》ですわよ、ソラ。働く心の準備は出来てますの？」

そう不敵に、優雅《ゆうが》な物腰でいうステフに、空と白が半眼で問う。

「……なぁ、俺らが言えた義理《ぎり》じゃないんだが」

「……ステフ……いつ、寝てる……の？」

「本・当・に！　お二人が言えた義理じゃないですわよね！　働きなさいなぁッ！」

──元々夜型《よるがた》、徹夜《てつや》など日常茶飯事の空と白は、まあ夜行性動物であり問題ないが。

ステフは昼間、宰相としての仕事に忙《いそが》しく立ち回っているはずだ。

そして夜には空と白のもとを訪れて──朝までゲーム。この数日ずっとである。

疲労を示す目元《めもと》のクマは昨日より濃く、そのバイタリティーには敬意を払うべきか。

……だが悲しいかな、それが報《むく》われることは、ない。

――そう。ないのだ。何故《なぜ》なら――

「今回のゲームは簡単ですわ」

――ステフは気付いていないのだ。

空と白には、この後の展開が――ほぼ予想出来ていることに。

「私《わたくし》が城内に隠した『あるもの』を見つければ、ソラの勝ちですわ！」

そう今日のゲーム内容を声高に叫ぶステフに。

白は即座《そくざ》にゲームを終わらせようかと思案し、だが空がそれを視線で制する。

そして――

「――ほ～『あるもの』ねぇ……ヒントは一切なし？」

「『これ』と書きましたわ。見《み》つかってから〝これじゃない〟とか卑怯《ひきょう》はしませんわ」

ふふん、と。自信満々に告げるステフに、空は黙《だま》って顔を伏せる。

その顔は定位置――つまり空の膝上《ひざうえ》にいる白にだけ見える。

伏せた空の目、顔は如実に。それはもう絶叫のようにこう語っていた。

――嗚呼《ああ》、何処《どこ》にどんな物を隠したか既にわかってるって言いてぇぇぇ――と。

だが、その欲求を鋼《はがね》の精神力で抑《おさ》え込《こ》み――それ以上に面白《おもしろ》い遊《おもいつき》びを口にする。

「……どんな手を使っても、見つければ勝ち、でいいのか？」

そう問う空の表情の意味は、長年共にいる白にはわかった。

——空《そら》が、兄が、ステフの回答をわかった上で問うている、と。

「いいえ、いづなさんや、ジブリールさんのように、匂《にお》いや精霊反応《せいれいはんのう》で辿《たど》れる方を連れて来られたらゲームになりませんわ。これはあくまでソラとのゲームですものッ！」

そして、ステフの回答も予想通り、そう笑う空の顔がその目的をも雄弁《ゆうべん》に語る。

それが——〝誘導〟以外の何ものでもない、と。

「俺一人とのゲームね……で、何処《どこ》にあるか〝当てるだけじゃダメ〟なんだな？」

「当然ですわ！　自由に探して結構、でも他《ほか》の方《かた》に頼らないよう監視《かんし》はしますわよ！」

——当然ですか。ああ、当然だろう。

そうでなければ、あちこち場所を言えばいつかは当たるのだし、監視も必要だろう。

ああ当然だな。ならば——仕方がないだろう？　そうだろう？

そうほくそ笑んで、空は膝上《ひざうえ》の白《しろ》をそっと膝からどかし、

「そうかそうか……あ～ぁ仕方ないなぁ……いや～俺も不本意《ふほんい》なんだけどなぁ～」

ヘラヘラと、臭《くさ》い芝居で仕方なさそうに立ち上がるのを見て、白がポツリとこぼす。

「……にぃ……性格……わるい……」

「白ぉッ！　滅多《めった》なこと言わないでください！　兄ちゃん首くくるぞッ!?」

気迫《きはく》さえ帯びた声に反し今にもマジ泣きしそうな顔で空が叫ぶ。

「……ごめん、なさい……言い過ぎ、た……でも、にぃ……」

本気で謝罪する白、だが兄の目的がわかっている以上譲るわけにもいかず——

「白ッ！　これはステフが提示したルール、俺と一対一のゲーム！　やむを得ぬ状況！　それとも何か、白は兄ちゃんが負けることを良しとするのかねぇ!?　ゥン〰〰ッ!?」

だが——やはり八年この兄と共にいるだけある白。

その扱《あつか》いも心得ている様子で——

「……にぃ、どさくさ紛《まぎ》れ……却下……」

たった一言で、〝空の思惑《おもわく》〟を封《ふう》じた。

ガーンという擬音《ぎおん》が見えるような絶望顔で空が固まる。

だがそれも一瞬、若干《じゃっかん》テンションを落とすも、灰色《はいいろ》の——いや。

桃色《ももいろ》の脳細胞《のうさいぼう》が活性化した空は、恐《おそ》ろしいまでの対応力で遊《おもい》びを《つき》変更する。

当初の予定よりは随分《ずいぶん》美味《おい》しくない展開だが——

「……まあ、いいか。じゃ、ステフ、手を出してくれ」

「え、あ、はい？」

そう言って手のひらを差しだした空に、キョトンとステフが手を重ねる。

「今から面白い遊びをしてやる、行くぞ？」

その手を軽く握《にぎ》って、空がとびっきりの笑顔で、告げる。

「ステフ——何処に隠したのか教えてくれ」

「——は、はい？」

そう言われて教えるわけがないだろう――そう言いかけたステフを、だが無視。

はじめから教えて貰《もら》うつもりはないというように、空《そら》はステフの手をゆったりと動かす。

上下左右へ、何かを確認するように――そして。

そこからゆっくりと、少し迷う素振《そぶ》りを見せながら――

「――ちょっ!?」

ステフの〝スカートの中に〟ステフの手を導《みちび》いて、

「じゃステフ、白《しろ》にお触り禁止言われてるから、自分で取れないのが無念極まるがッ」

心底《しんそこ》無念そうに、大きくため息ついて、だが疑《うたが》いなく空が断《だん》じる。

「パンツの中のもの・・・・・・、出してくれ」

「――――」

唖然《あぜん》。それ以外の一切《いっさい》の感情も言葉も浮かばず、ステフは言われた通り。

下着の中に仕込《しこ》んだ――『これ』と書かれた札《ふだ》……つまり〝捜《さが》し物《もの》〟を取り出した。

書かれた『これ』の文字を確認すると同時、空は笑って、

「はい、みっけ。これで俺の勝ちでいいのか？」

茫然自失《ぼうぜんじしつ》から立ち直れずにいたステフが、空がかけた声に弾《はじ》けるように叫《さけ》ぶ。

「――そんな、どうして――なんで分かったんですのぉッ!?」

本気で魔法の使用さえ疑うステフに、だが空は平然と答える。

「ステフ、たとえば誰かがステフの下着棚《したぎだな》に案内してくれ、って言ったら？」

「きょ、拒否《きょひ》するに決まっ――――あ……」

――気付いた様子のステフに、さすが――と内心空は感心する。

そう、ステフはけして馬鹿ではない。むしろ、かなり頭がいい。

だからこそ思考を読みやすい。

本物の間抜《まぬ》けなら、行動に脈絡《みゃくらく》がなく逆に読めないのだから。

「そ、行って欲しくない方へ誘導されると、どんなに意識しても――いや、意識すればするほどそれに逆らおうと力《りき》む。つまり見つけて欲しくないものの場所を教えて、と言われたら、力んだ方向にある。手品と呼ぶのすら憚《はばか》られる、安い〝心理トリック〟だ」

感心するように、目を剥《む》くステフに、だが。

「……にぃ、嘘《うそ》」

白が半眼でそれを嘘と断じる。

当然だろう――何故《なぜ》なら。

「……にぃ、最初から、ゲーム内容、も……何処《どこ》に、あるかも……わかってた……」

「――は、はいぃッ!?」

あまりにあまりな言葉に叫ぶステフに、だが空は、平然と頷《うなず》いた。

「当然だろ……普段ノックせず扉を蹴破《けやぶ》るステフが、今日に限っては最低限の動作で部屋に入ってきた……動いて落ちたら困るものを仕込んでると考えるのが自然だろ」

パクパクと声もなく喘《あえ》ぐしかないステフを捨て置き、空《そら》もまた定位置に。

つまり白《しろ》を膝《ひざ》に乗せて座って、続ける。

「加えて、微表情について語った昨日の今日だ。仕込みがある。勝つ自信に満ちた表情。なのに顔を隠していない。つまり負けそうになっても微表情すら出ない確信がある──」

──ならば、話は簡単だろう。

いくら仕込みをしようと、イカサマの仕込みなら負けはあり得る。

仕込みを使っても微表情にすら出ない確信があるなら、その意味は単純。

その仕込みは──〝使うためのものじゃない〟ということ。

ならなんのための仕込みか？


「〝仕込み自体が宝の宝探しゲーム〟──本人《ステフ》が持ってりゃ何処《どこ》探しても表情に出ない」

そう、仮に城内に何かを隠したとしよう。

だが微表情の話をした翌日、ステフは宝の位置に近づけば顔に出ると予想するはずだ。

監視の為に同行が必須《ひっす》であり、何処を探しても表情が変わらない場所。

そんなの──自分自身が持つ以上の隠し場所はない──加えて──

「いやステフ、今回は中々《なかなか》いい線行ってたと本心から認めよう。自分が持ってるとはいえまだ油断《ゆだん》せず！　更《さら》に伊達に十八年童貞やってない俺の生態、そして白がいることまでを考慮し、見当《けんとう》がついても安易《あんい》には調べられない場所に隠した！　頑張ったな……だが」

空の心からの賞賛。だが——

「——まだ足りない」

部屋に入った瞬間負けていた——その事実がステフの膝を折る。

そう、キメ顔で告げる空に、だが白は再度呟《つぶや》く。

「……にぃ、また嘘《うそ》……」

「——はぇ？」

これ以上どんな嘘があるのかと、魂《たましい》すら抜けそうな顔のステフを捨て置き白が続ける。

「……問題……そこじゃ、ない……」

「ああ途中で趣旨《しゅし》変えたからな。ステフが——〝見つけて欲しがってた〟から」

「へ？　え、あのどういうこと——」

——そう、ステフが自分の体に『宝』を仕込んだのは初見《しょけん》で空も白も見抜いた。

だが具体的に何処にあるかまでは、特定のしようがないのだ。

それを口実に、健全な範囲内であちこち触《さわ》る——それが当初の空の遊《おもいつき》びだったが。

白に釘《くぎ》を刺《さ》されて泣く泣く——空は予定を変更した。

すなわち。

「なあステフ、さっきの、見つけて欲しくないとこへ向けると力む心理トリック」

「は、はい……？」

「あの時、実はお前の手、どの方向に動かしても〝抵抗がなかった〟んだよ」

「────え？」

「だから俺も少し迷ったが、何故《なぜ》か下半身へ手を向けても抵抗がなかったんだよなぁ」

──さて、この場合どう解釈するべきか。

「可能性は二つッ！」

やおらテンション高く空《そら》が指を二本天井に掲《かか》げ叫ぶ。

「一つ、絶対の自信をもって隠した札をどう見つけられるか、微表情の話すら逆手に取ったこのゲームでもし負けるなら、どういう方法を使うかを確かめたかった」

──だが、と空は二本の指の一つを折って続ける。

「パンツの中なら普通、無条件で抵抗するだろ。その抵抗がなかったということは──」

そして空の膝上《ひざうえ》、半眼のままドストレートに言い放たれた白《しろ》の言葉に、

「……ステフ、目覚め、すぎ……」

────。

────────。

「ちが、違う──違うんですのよおおぉぉぉおほおおおおおおッ！」

ステフは顔を真っ赤にして泣き叫びながら部屋を飛び出して行くしかなかった。

………一方、それを見送って白がこぼす。

「……にぃ、今日の、ステフ……かなり、凄《すご》かった、よ？」

「そうな。俺と白の関係まで織り込んでた――いい感じになって来てるな？」

そう楽しそうに笑う空に、僅《わず》かにむくれた様子で白が言う。

「……でも、しろのほうが……つよい……」

「知ってるよ妹よ。でもあいつが俺みたいに歪《ゆが》まず俺を超えられるなら――」

その続きは言わず、空はただ不敵な笑みでステフが走り去った方向を見つめた――

五日目――夕刻

エルキア王城内を、幽鬼《ゆうき》のように徘徊《はいかい》する人影があった。

「……私《わたくし》、ひょっとして変態……ですの？」

白の言葉に胸を抉《えぐ》られ未《いま》だ立ち直れずにいる、ステファニー・ドーラその人である。

徹夜五日目、疲労もかさみ、ましてや十一歳児に変態呼ばわりされた。

空と白を、異常だ、ダメ人間だと言っておきながら最大の変態が自分だった可能性。

その疑惑が更に足下を覚束《おぼつか》なくさせて――

「ステ公《こう》、ゆーれーみてぇな顔でなにしてやがる、です？」

ふらふら歩くステフに声を掛けたのは元・在エルキア東部連合《とうぶれんごう》大使。

見た目年齢一桁台《ひとけただい》の、黒髪にフェネックのような耳の獣人種《ワービースト》の幼女、初瀬《はつせ》いづな。

天使を——あるいは幻《まぼろし》を——見る光のない目で、いづなを見つめステフが言う。

「あ～いづなさ～ん。うふふ、そ～ですわいづなさ～ん、ちょうど良いですわぁ～」

——空《そら》が言っていたように、意識と無意識が乖離《かいり》して表情に出るというなら。

獣人種《ワービースト》の五感を以《もっ》てすれば、自分の嘘《うそ》——無意識を看破《かんぱ》して貰《もら》えるかもしれない。

空の言っていることがデタラメで、自分は変態などではないと。

いづななら、素直で利発なこの子の言葉なら、空達の言葉など忘れられる——ッ！

「いづなさん、今から私が言うこと、それが嘘か本当か、教えて貰えますの？」

虚《うつ》ろな目で乞《こ》うステフの様子に何かを感じ取ったのか。

「……ステ公、すげぇ悩んでやがる、です。いづなに出来ることなら任せろや、ですっ」

そうなにやら使命感に燃えていづなが深く頷《うなず》く。

『血壊《けっかい》』一歩手前まで全神経を研《と》ぎ澄《す》まし、ステフの一切の情報を漏らすまいと構える。

そんないづなの様子に。

意を決して——ステフは、言った。

「——私《わたくし》、変態じゃないですわ」

…………。

………………。

──〝へんたい〟という言葉が何を意味するか、いづなは知らない。

だが直感的に、素直に言って良いか悩む。

しかしステフが自分に頼んだのは嘘か本当かを教えること──だから。

「……うその匂《にお》い、です」

素直に、その願いに応《こた》えた。

瞬間、ふ──と、ステフの体から力が抜けていった。

────…………ふふ。

────ふ、ふふ。ふふふふふ。

「……そう、そう、ですの。そうですのね。ええ、そうなんですのねわかりましたわ……ありがとうございますわ～いづなさん♪　憑《つ》きものが落ちたような気分ですわぁ～♪」

「そ、そうなのか、です？　むしろ変なモンが取り憑いた気がしやがる、で──」

だがいづなのツッコミなどもはや耳に届かないのか。

ステフは体が軽いと感じて思わず踊りながら礼を言う。

「本当に感謝しますわ～♥　お礼に後で魚料理好きなだけご馳走《ちそう》しますわね～♥」

――何故《なぜ》か。それはいづな自身にもわからない。

好きなだけ魚料理をご馳走する――本来なら垂涎《すいぜん》もののその台詞《せりふ》が。

だが、何故か――獣人種《ワービースト》としての直感か、あるいはいづなの勘《かん》か。

まるで――それが――『遺言《ゆいごん》』のように感じられて――

「……ス、ステ公《こう》！　ち、違う、です！　ステ公は〃へんたい〃じゃねぇ、で――」

取り返しの付かないことをした気がして大粒《おおつぶ》の涙を浮かべるいづなが、慌《あわ》てて自分の発言を撤回、大嫌《だいきら》いな嘘《うそ》まで吐《つ》こうとするが、ステフはスキップしながらもはや何も聞こえないかのように、城の奥へと消えていった……そして……。

同日（五日目）――深夜

「ど・っせいやぁあああああああ～～～～～～～～～～～～～～ああぁッ!!」

相も変わらず夜行性動物も呆《あき》れる夜型で、二人ゲームしていた空《そら》と白《しろ》の部屋。

盛大《せいだい》なかけ声と共にその扉を蹴破《けやぶ》り部屋に侵入した者は。

――一言で言えば、変態だった。

トランスフォームを意味するところのそれとは違う、完全なる変態だった。

額《ひたい》から口元《くちもと》までを隠す形で――わかり易く言うと変○仮面のようにパンツを被《かぶ》り。

服など邪魔くさいと言わんばかりの申《もう》し訳《わけ》程度の下着。

そして更に色眼鏡《いろめがね》で目を隠したその姿を変態と呼ばず何と呼ぼう。


「……え？　あの――まさか、ステフ……さん？　ですか？」

あまりにあまりな姿に空も白も硬直し、辛《かろ》うじて空がさん付けで震え声で確認する。

だがそんな二人になど取り合うつもりもないのか、ステフ(仮)はボルテージ高く告げる。

「私《わたくし》、ようやく目が覚めましたわぁッ！」

「いや……申し訳ないが精一杯好意的に解釈して寝ぼけてるようにしか――」

声から辛うじて、恐らくステフと確認した空が、引《ひ》き攣《つ》った顔で返す。

だがやはり取り合う気はないのか、ステフ(推定)は鋭く空を指さし叫ぶ！

「ソラは――変態ですわッ!!」

「うむ、まあ特に否定する理由もないな」

「そして――シロッ!!」

再度風切《かざき》り音《おん》さえ伴う鋭さで今度は白を指さしステフ(疑惑)はなおも叫ぶ！

「この兄にしてこの妹あり！　シロも――おませな変態ですわッ!!」

「……にぃと、同じ、なら……おーるおっけー……」

同じく特に否定する理由もないと、眉《まゆ》一つ動かさず肯定する白に、さもありなんと。

一層自分の（謎《なぞ》の）確信が強まった様子でステフ（疑問）はテンション高く頷《うなず》く。

「つまり!!　ゲームに強い条件、それは変態であることですわぁぁッ!!」

我《われ》、遂《つい》に真理に至《いた》れり。

顔はパンツとサングラスで窺《うかが》えないが、その声にはそんな響《ひび》きがあった。

「……ステフ、おまえ疲れてんだ。反省する。俺たちも仕事するから寝て――」

「ラ・ス・ト・ゲ――ムですわぁぁぁあああ！」

もはや何も聞こえていないのか、ステフの脳裏《のうり》にはただ無数の記憶が過ぎるのみ。

この男の、空《そら》の、この変態の！

今までの行動。その全《すべ》てを総括し、今回賭《か》けるのはたった一つ――ッ！

「賭けるものは――ソラ！　私《わたくし》が勝ったら――私に惚《ほ》れなさいなぁっ！」

びしぃ～～～～～～～～ぃッ！　と鋭く空気が弾け。

しぃ……と虚《むな》しく残響を残し消える。

そして迎えるのは、深海のような静寂《せいじゃく》と。

宇宙よりなお深い慈悲《じひ》の二対《につい》の目だけが、温《あたた》かくステフに注《そそ》がれる。

「……ステフ、寝よう。本当に反省してる。俺らもここまで追い詰める気はなかった」

「……ステフ……ゆっくり……休む……正気《しょうき》に、もど、って……ね？」

空は懺悔《ざんげ》するように、白《しろ》は涙目で訴えるように懇願《こんがん》するが、やはり——無視。

「そして私《わたくし》が負けたら——お二人に私の全てを差し出しますわぁっ!!」

——そう。

ようやくわかった、とステフは澄み渡った（気がする）思考で内心断じた。

空に——いや、『この二人』に勝つため、自分に足りなかったもの。

それは——〝覚悟〟だ——〝開き直り〟だ——ッ！

馬鹿？　上等じゃないですの！

変態？　結構なことじゃないですのッ！

この二人に勝つなら正気なんて——邪魔でしかない。

必要なのは狂気《きょうき》に等しい集中力と精神力。それ以外の全ては——ただ邪魔なのだ。

確信するステフに、それを見透《みす》かしたように空が頭を顔を覆って呟《つぶや》く。

「……おい白。どうするよ。こいつ凄《すさ》まじい方法でマジで真理に行き着いたぞ」

「……でも、ステフ……壊《こわ》れ、てる……しろが、わるか、った……？」

本気で罪悪感に見舞われているのか、空に縋《すが》り付《つ》き涙目で言う白を宥《なだ》めて、

「いいや白、兄ちゃんの責任だ。ステフ（変態）は悪くない」

そう言って空は、眼前のステフ（変態）を眺める。

「ふふふ……どうしたんですの？　怖《お》じ気《げ》づいたんですの？　今日の私《わたくし》は今までの私《わたくし》とは違いますわよッ！　そう、今の私《わたくし》はネオ――ネオ・ステファニー・ドーラですわ！　今なら空だって飛べますわぁ！　ふふ、サインが欲しいなら今のうちですわよ？」

そうクネりながら言うステフ(大破《たいは》)に、内心、空《そら》は頭を抱えて思う。

――〝惜《お》しい〟と。

ステフは、完全に正しい。ようやく〝正しく開き直れた〟――なのに。

ぶっ壊れてしまっては、元も子もないだろう。

「……いいぜ。俺が相手になろう。ステフ、おまえをこうしちまった責任はとる」

そう言って立ち上がる空に、白《しろ》が珍《めずら》しく怯《おび》えた様子で服を摘《つ》まみ告げる。

「……に、にぃ、今のステフ、つよい……っ、単純計算八倍……ステフ八人分……」

「どういう計算か見当も付かんが、そりゃ厄介《やっかい》だな……」

だが、やるしかあるまいと腹をくくって空が眼前の変態に向き直る。

――その目に、いつものような余裕はなく、白を相手にする時のように。

ただただ〝本気〟のオーラだけが漂《ただよ》っていた。

「ステフ。ステフ～聞こえてるか～？」

「は～いはいはい？　サインですの？　ゲームですの？　それともわ・た・く――」

「ゲームだ。要求変更はなし。それでいい――で、ゲーム内容は？」

――さぁて、空童貞十八歳。

己《おのれ》の技術、駆《か》け引《ひ》きの多くを飲み込み、正しく開き直ったステフ——即《すなわ》ち。

——自分より頭が良い敵《ステフ》を相手に、果《は》たして自分が何処《どこ》まで通用するか。

なんにせよ——


「さぁ——ゲームをはじめますわよ」


そう据《す》わった目で告げるステフに、空は一つだけ断言出来る。

——白抜きで相手するなら、白に迫《せま》る過去最高級の敵になることは確実だろう、と。

そう、空は舌舐《したな》めずりし冷《ひ》や汗《あせ》かいて——だが何処か楽しそうに笑った。

——…………

♜

「…………あ、あれ？　私《わたくし》……」

「お、ようやく目が覚めたか」

「……ステフ、おかえり……」

ステフが目を覚ますと、空と白の顔に迎えられた。

周囲を見回すと、そこは空と白のベッド——もとい布団《ふとん》だった。

「ソ、ソラ？　シロ？　あれ、私《わたくし》、なんでここで寝て……」

――寝て？

――――寝ていた⁉

「――ッ⁉　わ、私、何時間寝てたんですの⁉」

毛布をはね除け起き上がろうとするステフを、だが空《そら》が優しく制し静かな声で答える。

「寝てたんじゃなく過労で倒れた。安心しろ、一日寝てただけだ」

――一日？

何をどう安心すればいいのか、とステフの顔から血の気が引いていく。

無数の会談や執務を丸一日すっぽか――そう混乱するステフに、空と白《しろ》が答える。

「ステフの仕事なら、俺らが引《ひ》き継《つ》いで……さっき終わらせたとこだ」

「……こくこく」

「――え？」

空と白が仕事した――？　いや、自分の仕事をした――⁉

この二人に政治を任せたら、それはそれでとんでもないことをやりかねな――

「何を心配してるかもわかってる。大丈夫、ステフがこなしてる仕事量、俺と白だけでやれるわけないだろ……爺《いの》さんといづな、ジブリールと巫女《みこ》さんにまで手伝って貰《もら》った」

「…………………」

何故《なぜ》だろう、ステフはそれを聞いて――落ち込んだ。

「少なくとも今日と明日、明後日の予定は、もうない。もう少し寝てろ」

「で、でも——」

そして今更に気付く。政治だけは誰にも負けない——その自負《じふ》があったこと。

それを、あっさりとやってのけたこの二人に、やっぱり自分は——

だがその思考を遮るように空がいう。

「俺と白だけならまだしも、ジブリールまでいても出来ない仕事、ステフはよくこなしてるよ。爺《じい》さんがいなきゃ俺らもどうにもならなかったし。政治は一番の苦手だからな」

——それが出来れば。

元の世界で苦労しなかったしな、と内心こぼす空に、白が続ける。

「……でも、何とか……した。ステフ、もう少し、寝てて……」

ステフは気付かないが、その目に僅《わず》かな怯《おび》えがあった。

ステフ(完全変態)がよほど怖かったのか、寝てて、というそれは懇願だった。

一方、空が目を逸《そ》らして頬《ほお》を掻《か》いて言う。

「まあ……なんだ。俺らの苦手を引き受けさせて悪い。けど正直、多種族連邦《たしゅぞくれんぽう》の構築なんてやれる奴《やつ》なんて、ステフ——おまえだけだ。実際、俺と白、ジブリール、爺さんに、いづな、巫女《みこ》さんまで総掛《そうが》かりでやればおまえの仕事、一週間くらいは巻いて、休暇作ってやれると思ったんだが——三日が限界だったからな……その、なんだ」

そう言って、ステフが寝ていた丸一日。

ステフの仕事を三日巻くのに秒刻みで働いたとわかる疲労濃い顔で空《そら》と白《しろ》が言う。

「——さすがだなステフ。今は休め。まだ倒れられちゃ困る」

「……ステフ、いつも……ぐっじょぶ……」

…………。

そう言われ、毛布を被《かぶ》るステフが恐る恐る問う。

「ソ、ソラ……」

「うん？」

「わ、私《わたくし》、馬鹿じゃない、ですわよね？」

「いいや。全くもって馬鹿だ」

「——そ、そう、ですの……」

「ああ。尊敬すべき大馬鹿だ。馬鹿じゃなきゃあんな仕事廻《まわ》せねぇ」

「……ぁ……」

「まー今はもう少し休んで、疲れ取れたら……そうな、久し振りにお菓子《かし》作ってくれ」

「……ステフの、お菓子……おい、しい……」

「……はい、ですわ……」

そう顔を毛布で隠すように、ステフはなにか悪い夢を見ていたような気がするが——

その思考を余所《よそ》に、意識は睡魔《すいま》に沈《しず》んでいった。

——一方、穏《おだ》やかな寝息《ねいき》を立てはじめたステフを確認して。

「……なんとか上手《うま》くいった、か」

「……ん……あぶな、かった……」

ステフ(完全変態)とのゲームに、辛《から》くも勝利した空は、ステフの全《すべ》てを手に入れた。

そして、命じたことは単純だった。

——『今日の出来事を、寝不足や壊れじゃなく理解して開き直れるまで忘れろ』

そう命じて、全ての権利を返すから寝ろ。それだけだ。

それだけ、だったのだが——

「……にぃ、よく……勝てた……ね……」

白をしてそう言わしめる程《ほど》に、空は恐ろしい苦戦を強いられた。

白とは全く異質の強さ、自分を相手にするような感覚は、さしもの空も初めてだった。

故に、素直に認める。

「ステフの寝不足が幸いだったな。本調子のアレ相手は『　』《くうはく》じゃなきゃ勝てねぇよ」

そう語る空は、だが何処《どこ》か楽しそうで、白は何処かムスッと頬《ほお》を膨《ふく》らませる。

だが白も否定出来ない。あの時のステフは——控《ひか》えめに言って壊れていた。本来ゲームの決定権は挑まれた方にある。なのにステフが提示したゲームで応じた。だがそれらを差し引いても傍目《はため》にわかるほどステフは――兄を相手に〝ほぼ互角《ごかく》〟を演じたのだから。

「こいつがぶっ壊れずにあの境地《きょうち》に達したら……楽しいことになるな」

そう楽しそうに言う空《そら》に、だが白《しろ》は言う。

「……その時……は、『　　《くうはく》』として……応じる……」

「また俺一人で挑むのも手だと思うぞ。俺と同じ手段で俺を超えるなら――」

そして不敵な笑みを白に向けて空が言う。

「――超え返すまでのことだ。そしたら今度こそ白に勝ち越せるかもしれないぜ？」

そう挑発するような空に、白もまた苦笑する。

そう綺麗《きれい》にまとまろうとする室内に、ふとステフの寝言が響く。

「……むにゃむにゃ……ぇ……裸《はだか》で散歩ですの……？　それは……あ、いえ……め、盟約《めいやく》、ですもの……仕方ない、ですわ……よね……むにゃむにゃ……あぁ皆見てます……わ」

「…………」

「…………」

――もしかしたら、アレこそがステフの本性ではないのか。

そんな思考が空と白の脳裏を過ぎったが。

ステフの名誉《めいよ》のために二人は、とりあえず聞かなかったことにした。

ワンペア・オア・ハートストレートフラッシュ

エルヴン・ガルド、クライヴ州ニールナ郊外、その海辺。
一枚の貝殻《かいがら》を手に、黒髪の少女が虚《うつ》ろな目で呟《つぶや》いた。

「……あ……綺麗《きれい》……」

クラミー・ツェル、十八歳。森精種《エルフ》の名家ニルヴァレン家に仕《つか》える——奴隷《どれい》だ。
この日、彼女はニルヴァレン家と取引のある貿易港の商家へ使いを命じられた。
その帰り、通りかかった砂浜に輝くものを見つけ、何気なく拾い上げてみた。
それは掌《てのひら》大の貝殻だった。砂を払い陽《ひ》にかざすと、虹《にじ》色に透けた光が煌《きら》めく。
クラミーは思わず貝殻を胸元に抱いて、周囲を見回した。
——『十の盟約』は、あらゆる〝略奪《りやくだつ》〟を禁じている。
つまり〝所有者〟がいれば、道ばたの石ころ一つでも誰も〝盗む〟ことは出来ない。
クラミーは貝殻を抱いたまま、おそるおそると、数歩後ろに下がってみた。
——〝盟約によるキャンセル〟は——働かない。
つまり、この貝殻は、誰の物でもない。
ならば自分のものにすることが出来る——そう、普通ならば。

「普通なら……ね」

奴隷の場合、〝所有する〟にはもう一つ手続きが必要になる。

クラミーは自嘲気味《じちょうぎみ》に笑みを浮かべ、貝殻を抱いたまま砂浜を後にした。


――――……………


「――ご主人様、このような貝殻を見つけました」

とクラミーは己《おのれ》の主人にひざまずいて、報告する。

主人――クリーム色の長い髪をした森精種《エルフ》、フィール・ニルヴァレン。

侍女達《じじょ》に囲まれたフィールは陽のこぼれるような笑顔で、だが――

「そんなゴミを一々《いちいち》報告しないで欲しいのですよぉ、好きにするといいのですよぉ」

とゴミを見るような目で告げ、侍女達を連れて立ち去る。

――そう、これで、ようやく『自分の好きにしていい』という手続きが完了する。


これが、エルヴン・ガルドでの『奴隷』の立場だ。

奴隷に『所有権』などない――いや、『権利』など何一つとして存在しない。

奴隷は主人の所有物であり、所有物の所有物は全《すべ》て主人の物である。

『盟約』によって、そう文言が交《か》わされた以上、それは絶対である。

僅《わず》かな違いがあるとすれば、それはクラミーの場合――

去《さ》り際《ぎわ》、主人《フィール》はちらりとこちらを振《ふ》り返った。

——綺麗《きれい》な貝殻《かいがら》なのですよぉ、大事にするといいのですよ、とその視線で語って。

そう、クラミーは、〝普通の奴隷《どれい》〟と、少しだけ違う。

クラミーの主人、フィール・ニルヴァレンは——友人だ。

ただの奴隷に過ぎないクラミーを、親友とさえ呼んでくれている。

——自分の家族が、曾祖父《そうそふ》の代から奴隷として受けた扱いを考えれば、変な話だ。

いくら友と呼び慕《した》おうと、本来憎しみが先立って当然かもしれない。

……それが、フィールでなければ。

フィールだけは、いつも苦しんでいるクラミーをあの手この手で助けてくれた。

辛《つら》い時、泣いている時、公《おおやけ》に出来ずとも手を差し伸《の》べ、支えてくれた。

だがニルヴァレン家——名家の令嬢であり、先代が鬼籍に入った今はエルヴン・ガルドの上院議員代行を務めるフィールは、人目のある場所でそんな態度は見せられない。

森精種《エルフ》が言葉を話す猿《イマニティ》と親しくしているなど、醜聞《しゅうぶん》以外の何物でもない。

故《ゆえ》に、ただただ申し訳なさそうな顔で、婉曲《えんきょく》にああ言うのが限界だ。

だがクラミーは思う——問題ないと。

曾祖父の代から奴隷の家系だったクラミーには、それでさえ、十分に過ぎた。

味方がいる。たとえ表向きはそう見せられずともそれだけで、十分。

十分……なのだ。

♟

その夜更《よふ》け。

ニルヴァレン邸の隅にあるクラミーの部屋に、フィールが訪《おとず》れた。

「ク・ラ・ミ～♥　今日も寂しいと思ってぇ、愛《いと》しのフィーが一緒に寝に来たので――」

「あ、ちょ、ちょっと待ってフィー、すぐ――」

慌《あわ》てて目元を拭《ぬぐ》って、平静を装おうとするクラミーに、だが。

フィールは簡素な部屋――文字通りの意味で簡素過ぎる部屋を見回した。

そこにあるのは奴隷の服と、最低限着飾らねば主人が恥《はじ》をかく程度の外行きの服。

そして地べたに敷いた藁《わら》、ベッドとすら呼べない――巣と表現すべきもの。

それだけで――あるべきものが、ない。

「――昼間の貝殻、どうしたのですかぁ？」

「……す、捨てた……わ」

「――盗《と》られて、捨てさせられた……のですねぇ」

奴隷であるクラミーは、主人であるフィールに嘘《うそ》を吐《つ》くことは出来ない。

だから事実だけを告げたクラミーの、しかしびくりと跳ねた肩が全《すべ》てを物語っていた。

奴隷《どれい》であるクラミーが何かを所有するなら主《あるじ》の許可が必要。それを素直に許可し、奴隷を贔屓《ひいき》にしていると思われれば、侍女達のクラミーへの対応が更《さら》に陰湿になる。

だからゴミと言ったのだが――フィールは内心歯噛《はが》みする。

主がゴミと言ったならその所有権は『誰にもない』――ただのゴミになる。

クラミーの反応から見るに、侍女達は文字通りゴミだから寄越せ、と言ったのだろう。それも本当にゴミとして扱い、その場で砕《くだ》いたのだろうと、クラミーの赤くなった目から容易に想像出来た。この簡素過ぎる部屋が語るように、侍女達からすればクラミーが何を持っていようと気に入らないのだ――それが貝殻《かいがら》一枚であろうと。

フィールは思う――もう我慢の限界だ、と。


「全員、クビにするのですよぉ」

笑顔のまま、だが昏《くら》い声で立ち上がるフィールに縋《すが》り付いて、クラミーが叫ぶ。

「待ってッ、フィー、違うの!!」

「なにも違わないのですよぉ？　今のニルヴァレン家当主はわたしなのですよぉ。そのわたしの親友をぉ、傷つけるのをこれ以上我慢してあげる理由、ないのですよぉ～？」

本来なら社会的に――いや物理的に抹殺《まっさつ》してやりたいところを、解雇で済ますのだ。

むしろ感謝して欲しい、とフィールは半ば本気で思考する。

「それじゃフィーに迷惑がかかるじゃない！　そんなの、絶対認めないからっ！」

強い口調で、クラミーが諌《いさ》めた。

この家に仕《つか》える侍女達とて、ニルヴァレン家ほどでなくとも身分ある家の出だ。

それをたかが奴隷への嫌がらせ程度で解雇すれば――報復を受けるのはフィールだ。

「ねぇフィー、お願い……私は、フィーがいてくれるなら奴隷でいいの。でも――」

目尻《めじり》に涙を溜《た》めて、クラミーは懇願した。

「私のせいで唯一《フィー》の親友が迷惑するのだけは――絶対にイヤなの……お願い――」

「クラミー……」

「私は、大丈夫だから――この国じゃ、人類種《イマニティ》なんて犬にも劣《おと》――」

フィールはクラミーをきつく抱《だ》き締《し》めて、その先の言葉を遮《さえぎ》った。

そして笑顔で、宥《なだ》めるようにクラミーの髪を撫《な》でながら。

だが――マグマのような怒りを湛《たた》えた瞳《ひとみ》で虚空《こくう》を眺《なが》める。

その穏和な笑みとはまるで対照的な、どす黒い思考がフィールの頭を埋める。


――この国は、腐《くさ》っている。

森精種《エルフ》だというだけで、その生まれにあぐらをかいて他種族を――他者を蔑《さげす》む。

それも、ニルヴァレン家の資産に群《むら》がる寄生虫の分際《ぶんざい》に過ぎない者でさえ。

クラミーは森精種《エルフ》から見れば人類種《イマニティ》が犬にも劣ると言おうとしたが――その通りだ。

少なくともこの国では、そういう扱いになっている。

奴隷《どれい》──奴隷だと？

エルヴン・ガルドにおける『奴隷』に課せられる盟約を思えば、奴隷など生温《なまぬる》い。

──家畜、もしくはそれ以下だ。

何せ主人が『爪を一枚ずつ剥《は》がせ』と命ずれば、抵抗不可能なのだ。

痛みに気絶することさえ許されない、『盟約』による絶対遵守《じゅんしゅ》が本当にそうさせる。

それが、そんな狂気が、さも当然のようにまかり通っている。

そんな国が、聞くところによれば『民主国家』を騙《かた》っているそうだ。

フィールは思う──笑えない低劣なジョークだと。

上院議会も、下院議会も、選挙制度などとっくに形骸化《けいがいか》している。

フィールが議員代行──亡くなった父親の職責を娘が世襲《せしゅう》している時点でお察しだ。

議員になる条件は三つ、家柄、財力、そしてコネ──以上だ。

その上院、下院議会すら、結局は『元老院』の下っ端《したっぱ》に過ぎず、『元老院』を構成するのはさらなる名家──つまりは老人共とその世継ぎで、選挙すらない完全な世襲制だ。

そして『元老院』の決定には全権代理者を含む顧問団すら容易には逆らえない。

現エルヴン・ガルド全権代理者──フィールから見ても危険で、また全権代理者としても〝最強〟と思わせる男も、民衆の圧倒的支持で辛《かろ》うじて対抗しているに過ぎない。

だがその任期も残すはあと──三年と数ヶ月だ。

今は『元老院』すら抑え付けている『全権代理顧問団』だが、彼らが全権代理から退《しりぞ》いた時『元老院』と、他の議会がその反動で何をするか——容易に想像がつく。

故に思う——腐ってる。腐りきっていると。

こんな国、一度崩《くず》れ去ったほうがいい。

それが叶《かな》わぬなら、いっそ——


「クラミー」

フィールは親友を抱きしめていた手をゆっくりと解《ほど》き、そして告げた。

「わたしは、『クラミーの全権利の保有』を、放棄するのですよ」

「——え？」

その一言で。

たったそれだけの言葉で、クラミー・ツェルは『奴隷』ではなくなった。

幼い頃からずっと、彼女の命と人生を縛り付けていた枷《かせ》が、こんなにも容易《たやす》く。

「ま、待って——」

だが『解放』されたクラミーは真っ青な顔色になって、喘《あえ》ぐように言った。

「フィー、私を捨てる……のっ⁉」

奴隷身分から解放されたというのに、その表情は少しの喜びもない。

その悲愴《ひそう》な面持ちは、むしろ絶望しているようだった。

それは、きっと――と、フィールは思う。

クラミーにはわからないのだ。自由である、ということ。自分が何処《どこ》へ行き、何をするのかなんて、きっとどうしていいかまるで想像もつかないのだ。

そんな当たり前さえ――許されて来なかったのだから。

それを許さなかったのは誰か。

唇を噛《か》んで言葉を呑《の》み込《こ》み――いつもの柔和《にゅうわ》な笑みを消して、フィールは言う。

「クラミー、わたしはぁ、クラミーが心から笑って、幸せなら――なんでもするのです」

小さく震えるクラミーの手を――フィールもまた微《かす》かに震える手で取り、
だから――と続ける。

「奴隷《どれい》の鎖《くさり》がない、クラミーの自由意志に……聞きたいのですよ」

意図がわからない様子のクラミーに、フィールは目を伏せ、懺悔《ざんげ》のように告げる。

――『二つ』の決意を、胸に秘めて。

「わたしがぁ、どんなに親友なんて思っていても……クラミーの家族にニルヴァレン家がしてきたことを思うとぉ、わたしにそんな資格、ないのですよぉ……だから――」

「フィー」

よく考えて答えて欲しい――と続く言葉を遮って、クラミーはまっすぐ答えた。

「くだらないこときかないで。盟約があってもなくても、私の答えは変わらないわ」

即《すなわ》ち、答えは一つだ。

「私はフィーがいればそれでいい。でもフィーも幸せじゃなきゃ、私は笑えない。私の大事なものなんて、フィー以外には何もないんだから」

――………

「……本、当……なのですか？　誓《ちか》えるのですか？」

「誓えるわ。だから――お願い、私をフィーの奴隷に戻してちょうだい」

その言葉に、フィールは躊躇《ためら》うように目を伏せる。

「でも……クラミー……」

「〝それ〟は、その鎖は！　私のフィーとの絆《きずな》なのッ！　何にも持てない『奴隷《わたし》』でも、その契約《くさり》だけは他の森精種《エルフ》にも――誰にも、奪《うば》われないから……っ」

と、クラミーは力無く項垂《うなだ》れ、とぎれるようなか細い声で、言う。

「お願い……貝殻《かいがら》なんてどうでもいい。フィーとの絆まで失ったら――私……」

――生きていけない、と。

そうまで言うクラミーを、だがフィールは目を伏せ思う。

その心を作ったのは果たして誰なのか、と。

曾祖父《そうそふ》の代から『奴隷』として、人類種《イマニティ》が森精種《エルフ》の集団の中で生きる――それがどれ程《ほど》壮絶なことか、フィールは、想像しようと思うことすらおこがましいと理解している。

――クラミーの自由意志からの言葉を聞きたいと、『盟約』を解き、問うた。

だがそれは、本当に――クラミーの自由意志だろうか。
全《すべ》ての自由を奪《うば》った末《すえ》に最後に縋《すが》り付いた自由ではないだろうか。
フィールは目を伏せ涙を隠す。求められた安堵《あんど》、だが求めさせた疑惑の罪悪から。
歪《ゆが》んだ関係、歪《いびつ》な感情、何が正しく、何が間違いか、フィールにはもうわからない。
だが――それでも。

「わたしもぉ、クラミー・・・・・と同じ想い・・なのですよぉ――だから」
こぼれかけた涙を誤魔化《ごまか》し〝一つめの決意〟を、フィールは捨て去る。
一つ目の決意――クラミーが己を拒み、自由を求めるなら、叶《かな》えるという決意。
それでクラミーが幸せになれるなら。クラミーさえいればという己の幸せなど棄《す》てるつもりだったが、クラミーがそれを望まぬならば――〝二つめの決意〟しかない。
クラミーを幸せにするには、フィールが一緒に幸せになるしかない。
だがそれは――この国《エルヴン・ガルド》ではけして叶えられない。
この国は腐っている――こんな国、崩《くず》れたほうがいい。
それすら叶わぬなら――

「人類種《イマニティ》の最後の国――エルキアを乗っ取るのですよ」

──フィールが語った計画は、こういうことだった。
現在、彼女は上院議員代行──次の選挙までは発言権がある。
そしていかにフィール自身が無能と蔑《さげす》まれていようと、ニルヴァレン家自体の影響力は
なおも絶大なものがあり──当然、それが気に入らない者もいくらでもいる。
・・・・・それを利用して、別の上院議員に人類種《エルキア》を奪う機会を提案する。
現在エルキアは崩御《ほうぎょ》した国王の遺言《ゆいごん》で、次期国王選定ギャンブル大会が開かれている。

そこへ森精種《エルフ》の間者《かんじゃ》と、フィールの奴隷《どれい》──人類種《クラミー》を送り込めば傀儡王《かいらいおう》を作れる、と。

もちろん、何故《なぜ》、と問われるだろう。

あんな小国、まして人類種《イマニティ》に、今更《いまさら》何の価値がある、と。

だが──提案された議員は必ず了承する。

何故ならフィールがこう言うからだ。

──『東部連合《とうぶれんごう》』にけしかける材料になる、と。

東部連合はエルヴン・ガルドが過去四度に亘《わた》り敗北し、〝唯一〟攻略の糸口すら見えない急進国だ。ゲーム後に記憶を消されてしまうため、ゲームの内容さえ、わからないのだ。

そこで、傀儡をエルキアの王座に就《つ》かせ、先の『愚王《ぐおう》』と同じように挑ませる。

だがその人類種《イマニティ》は〝こちらの奴隷〟であり、厳密には──人類種《イマニティ》ではないのだ。

その全権利はフィールのもの、そこに東部連合《とうぶれんごう》の記憶消去を回避する手段がある、と。
——無論、こんなものは穴だらけだ。
そもそも肝心《かんじん》の部分——〝どう東部連合のゲーム内容を暴《あば》くか〟がまるで曖昧《あいまい》だ。
そして——それが・・・・・ポイントだ。
もっともらしく聞こえるが、手落ちな企《たくら》み——如何《いか》にも無能《フィール》が思いつきそうな案。
そ・う・と・認・識・さ・せ・れ・ば・議会は承認する——必ず承認するのだ。
ニルヴァレン家を〝失墜《しっつい》させるためだけに〟、あえてこの計画を承認するのだ。
万一成功すれば、提案された議員と承認した上院議会は、元老院にいい顔が出来る。
失敗しても、それはニルヴァレン家の失敗であり、名誉失墜となる。
どっちに転んでも彼らは得しかない故《ゆえ》に、必ず承認する。
そして彼らは、けして気付かない。気付けやしないのだ。
クラミーをエルキアの王にし、フィールが返す刀で狙《ねら》うは『東部連合《とうぶれんごう》』ではなく、

——『エルヴン・ガルド』——だなどと。

その為《ため》に。彼らを油断させる為に。いつかこの腐敗臭漂《ふはいしゅうただよ》う国を壊す——その為だけに。
物心ついたその日から『無能を演じ続けた五十年』という切・り・札なのだから——

──そうフィールが語ったクラミーの部屋を。

森精種《エルフ》の一流術者ならなんと思うか──あるいは何も思わないか。

防音術式を張り──術式を隠蔽《いんぺい》する術式を更《さら》に隠蔽し、精霊反応さえも消して。

ニルヴァレンの恥《はじ》と呼ばれる──当代最強の術者《ヘキサ・キャスター》の一人、フィールは問う。

「いかがなのですかぁクラミ～♪　きっと上手《うま》く行くと思うのですよぉ♥」

「…………………」

穏和な笑みとは対比的な、悪魔的発想と知性に、クラミーは声もなく喉《のど》を鳴らす。

「次の選挙が来ればぁ、わたしは他の議員の横槍《よこやり》でぇ、議会から外れるのですよぉ。なら
その前にエルキアを獲《と》ってぇ、エルヴン・ガルドから領土削ってサヨナラなのですよぉ♪

東部連合への牽制《けんせい》と見せかけての八百長《やおちょう》、クラミーがわたしに宣戦布告して行《おこな》えばぁ～、
一度限りは元老院《ぼんくらども》を出し抜けるのですよぉ。必要な領土を奪ったあとはぁ、一切《いっさい》の貿易を
閉ざしてぇ……勝負を受けざるを得ない状況に持ち込ませないようにするのですよぉ♪」

──ヘラヘラと、お日さまのような笑顔で語るそれは。

だがつまりは──フィールが森精種《どうぞく》を裏切り、寝首《ねくび》を掻《か》くということだ。

なるほど人類種《エルキア》の国ならば、クラミーは住みやすかろう──だが。

「で、でもそれじゃあ、今度はフィーが幸せになれないじゃないのっ！」

目の前にいる親友が、全《すべ》てを棄《す》てて居心地の悪い地に行くことになる。

だが──フィールは、にゃ～と笑って、

「わたしはぁ、クラミーが幸せなら幸せなのですよぉ？　クラミー誓《ちか》ったのですよぉ」

「──なっ……」

ハメられた──なんで、こんな時でさえフィールは自分を振《ふ》り回《まわ》──

「大丈夫なのですよぉ、わたしは人類種《イマニティ》のフリをするなりなんなり出来るのですよぉ、東《と》部連合《うぶれんごう》は難しいですけどぉ、周辺諸国から更に領土を取り返して人類種《イマニティ》の生存圏を拡大すればぁ、わたしにとっても過ごしやすい場所が作れるかもしれないのですしぃ～♪」

…………。

「……フィー、ねぇ……どうして……たかが奴隷《どれい》にそうまでしてくれるの」

「クラミーはぁ、いやなのですかぁ？」

「そんなことない──ッ！　で、でも私のために、フィーがどれだけを失っ──」

だがその疑問にフィールは、笑顔で即答する。

「たかが富と財と名声でぇ、クラミーの笑顔が買えるなら安いのですよ」

──その答えに、クラミーはただ俯《うつむ》く。

計画はわかった。だがフィールはあえて明言をしなかったこともわかった。

五十年温存した切り札──国崩しの切り札を。

クラミー一人の為に使い、その結果全てを失うと。

「…………」

クラミーは思う。嬉《うれ》しくないといえば嘘《うそ》になる。

フィールにそうまで想《おも》われるのは、控《ひか》えめに言って泣きたい程《ほど》嬉しい。

だが、こんな自分なんかに、そこまでする価値が——

「それじゃぁ、奴隷の盟約を、交わし直すのですよぉ～」

その思考を断《た》つフィールの言葉に、クラミーは腫《は》れぼったい目をこすり苦笑する。

「またあの法典みたいな盟約文を読みあげるのね。後先考えずに盟約放棄するから——」

正式な『奴隷盟約』は口頭だけで出来るものではない。

うかつに盟約で『一切の権利』を奪えば、食事や排泄《はいせつ》、睡眠など生命活動の維持にさえ一々許可を与えねばならなくなり、奴隷として使い勝手が悪すぎる。だが安易に一括で許可すれば、今度は奴隷自身の裁量が大きくなり主に対する裏切りの余地が生じる。

完全な『奴隷』にするにはあらゆる穴を潰《つぶ》し一切のファジーさを排す必要がある。

その膨大《ぼうだい》複雑な——法律書に匹敵《ひってき》する盟約を読み上げた後、【盟約に誓って《アッシェンテ》】のゲームを行い、奴隷を負かすことで初めて『奴隷盟約』が完成する。

実にエルヴン・ガルドらしい、抜け目のないえげつないその仕組み、だが。

フィールはにっこりと笑みを浮かべて言った。

「あんなクズい文書、どうでも良いのですよぉ♪」

「はい……？」

ぽかん、と目を丸くするクラミーをよそに、フィールは楽しげに宣誓した。

「フィール・ニルヴァレンは、クラミー・ツェルに勝負《ゲーム》を挑むのですよぉ～賭《か》ける対象はあ～——『病めるときも健《すこ》やかなる時も二人が永遠に共に歩む』なのですよぉ——♪」

「ちょ、待ってフィー！　それ奴隷《どれい》じゃない！　けけ、結婚契約みたいじゃないっ⁉」

「えぇ～？　似たようなものなのですよ～？」

「違うわっ！　全然違う。違うからッ！」

そもそも——それでは有名無実の契約も同然だ。

そんな適当な契約では、事実上何の拘束力《こうそくりょく》も発生しない——

慌《あわ》ててそう訴えるクラミーに、フィールはしかし笑みのまま続ける。

「わたしとクラミーが欲しいのは〝絆〟、盟約で結ばれた固～い〝誰も侵害出来ない証《あかし》〟でぇ、それを奴隷と呼ぶか友達と呼ぶか夫婦と呼ぶか、些細《ささい》なことなのですよぉ♥」

「——いやっ、冷静に考えなくても全然違うわよソレっ⁉」

「そんなことないのですよぉ～、ささ、ずいっと盟約を……」

誰にも奪えない鎖《くさり》が欲しいというなら。

共に巻かれてあげる。それがフィール・ニルヴァレンの答えだった。

そして、笑みを消して。決然と——告げる。

「クラミーが笑って幸せに生きられる場所――わたしが作ってみせるのですよぉ」

――その価値が自分にあるか。

未《いま》だぬぐえぬ疑問に、だが、クラミーはこくりと、頷《うなず》いた。

それが、ほんの一ヶ月程前の話だとは。

今でも信じられないと――クラミーは思う。

……

――…………

国王選定ギャンブル大会、存在オセロ――正気の沙汰《さた》を逸《いっ》した連戦の果て。

ついにエルキアVS.東部連合戦が終わり、エルヴン・ガルドに帰ったクラミーは久々の簡素な奴隷部屋の藁《わら》で横になり、天井を仰《あお》いで金貨を手で弄《もてあそ》びながら苦笑していた。

くるくる指先でまわる金貨を眺めて、思い出すのは――あの男。

自分の目を、森精種《フィー》が背後にいた自分の目を、毅然《きぜん》と覗《のぞ》き込《こ》んで、その男は言った。

「……あまり、人類《おれら》をナメるんじゃねぇ、か……」
クラミーには、その時はどうしてもその言葉が信じられなかった。
魔法を使えぬ身で、クラミーの目を通し──その背後。
森精種《エルフ》を含めた、全《すべ》ての種族に向けて彼は言い放ったのだ──人類《おれら》をナメるな、と。
その気になれば、上位種族すら──神さえ喰《く》らい尽くして見せる、と。
あり得ない話だと思うだろう。普通に思考してそう思うだろう。
ましてクラミーには、森精種《エルフ》の魔法の問答無用さが骨身まで染みていた。
そうでなければ世代を跨《また》いで奴隷《どれい》で居続けたわけがないだろう。
だから至極当然に、疑った。他種族の関与を疑った。それが常識だからだ。
だが疑うべきは別にあった。もっと早く気付くべきだった。
果たして──記憶を共有して得た答えに、
「そう──正気を疑うべきだったわ。そうね、彼は、あの二人は──狂ってる」
笑いを堪《こら》えきれず、吹き出しながら思い出す。
彼らが東部連合《とうぶれんごう》に挑む前、自分と共有した記憶──空《そら》の記憶。
悪夢に等しい記憶の群《むれ》が、今なお己の精神を蝕《むしば》んでいるのは、確かだ。
だが、同時に──その悪夢を全て吹き飛ばすほどの。
燦然《さんぜん》と輝く光も──また。
再度笑う。今度は苦笑ではなく、不敵な笑みで、指先で廻《まわ》していた金貨を握る。

──やることは多い。

フィールは今、元老院のボケ老人共に東部連合とのゲームの正体を報告に行っている。

空に盟約によって改竄《かいざん》された記憶で、虚偽《きょぎ》の報告を。

今のうちに、自分に出来ることをしようと部屋を出ると──

「ようやく戻って来たと思ったら随分《ずいぶん》ゆっくりね、奴隷の分際で」

「いつまで外行きの服着てるつもりなの？　さっさといつものぼろ切れに着替えたら？」

──懐かしきニルヴァレン家の侍女達が出迎えた。

ほんの少し前まで、睨《にら》まれるだけで緊張したその面々に──だが今は。

フィールをさえ出し抜き、欺《あざむ》ききった男──空の記憶がある、今となっては。

目の前の森精種《エルフ》ども……間抜け面が、いっそ愛《いと》おしく見える。

こんなものに怯《おび》えていたのかと思うといっそ自分が滑稽《こっけい》に思える程に。

「──って、あんた何よその金貨」

その間抜け面《づら》の一人が、クラミーの手にある金貨に気付く。

空の記憶の中にある、無限とさえ思えるイカサマやペテンの数々。

その全てを自分の体にも教え込むためフィーに貰《もら》った、と言えるはずもなく。

さてなんと答えようかと、クラミーは思慮し──そして、ふと思う。

──やることは多いのだ、と。

さしあたり、こっちはこっちで出来ることをしておこう、と。

たとえばそう——奴隷《どれい》らしく『掃除』など、どうだろうか？

「申し訳ありませんが、これはご主人様から預かっただけのものです」

笑みをかみ殺し、五枚の金貨を丁寧《ていねい》に見せつけ——そう嘘を吐く。

預かっているだけ。それを奪うのは即《すなわ》ちフィールから奪うことを意味する。

暗《あん》にそう警告するクラミーに一瞬たじろぎ、だがリーダー格の侍女は嗤《わら》う。

「——は、さすがニルヴァレン家の恥《はじ》ね。人類種《クズ》の国一つ掌握《しょうあく》するにも失敗するだけあって奴隷にそんな大金を預けるなんて——ホント、何を考えてるかわからないわね」

「なにも考えてないのでは？　頭に行くべき栄養が胸に行ってるだけかと」

「うふふ、あり得ますわね！」

口々に好き放題言う侍女達にも、顔色を変えずクラミーは更《さら》に餌を撒く。

「——御言葉《おことば》ですが、ご主人様はそれを利用して、東部連合《とうぶれんごう》のゲームを暴きました。結果を見れば、世界第三位の国を飲み込む突破口を空けたと思われますが……？」

——もちろん嘘《うそ》だ。

フィールが元老院に報告しているのは虚偽の記憶なのだから——だが。

「それはウェール卿《きょう》の手柄よ。落ちこぼれ《フィール》の失敗を有効活用した方がいただけでしょ」

「身の程《ほど》を弁《わきま》えて黙ってればいいものを、議会で口なんて開くから低能が露呈《ろてい》するのよ」

——そう、そういうことになっている。

だから彼女達はクスクスと、軽蔑《けいべつ》の笑みを浮かべ口々にそう言う。

それを注意深く眺めて、全員がしっかりフィーの陰口を叩いたのを確認して。

〝餌撒《えさま》き完了〟と内心呟《つぶや》き、満面の笑みでクラミーは言う。


「そ。じゃあ、そろそろ身の程を弁えて通してくれるかしら低能の皆さん？」

————。

あまりに唐突なクラミーの態度の変化に、一瞬場が静まりかえり、

「——は？　あんた、今なんて言ったのかしら」

「またまたぁ……聞こえたでしょ？」

ヘラヘラと笑うクラミーに、怒りに震える森精種《エルフ》が物騒な笑みを浮かべて言う。

「自分の立場を忘れてるようね……もう一度躾《しつ》けなおす必要が——」

「私の立場？　……ごめんなさい忘れてるわ。あんた達の立場から整理させて貰《もら》える？」

と、なにやら必死に考えるような仕草《しぐさ》でクラミーは語る。

「先代当主が亡くなって、ご主人様一人には〝多すぎる〟侍女がた。解雇されれば実家の下等貴族——あら失礼。中の上の庶民の家に帰される能無し——であってるかしら？」

あまりの発言に誰もが呆気《あっけ》にとられる中、クラミーは構わず続ける。

「ニルヴァレン家の次の奉公先《ほうこうさき》のあて——いえ、実家にまず居場所はあるのかしら」

——一瞬の硬直。

ようやく我に返ったのか、怒り声を上げようとする侍女達に、だが——

「ああ思い出したわ！　私の立場——『奴隷《どれい》』よ！　ご主人様の陰口《かげぐち》をご主人様に問われたら全《すべ》て吐くしかない憐《あわ》れな奴隷！　そうよ思い出したわどうして忘れてたのかしら！」

続いたクラミーの声に再度、硬直する。

「でも……あれ？　私の記憶じゃ失言してない人はいないけど……面白いわね」

そしてにっこりと、フィールのような笑顔を浮かべ、五枚の金貨をちらつかせて。

「誰が最初にクビになるか賭《か》けてみるのも——って、あら残念。自分の持ち合わせはないんだったわ。私ってばほら、ただ大金を預かってるだけの憐《あわ》れな奴隷だものね」

互いの顔を見やりはじめた侍女達の間を縫《ぬ》うように通り抜け——そして。

口論が始まるのを背後に聞きながらクラミーは、

「フィー、今日は大漁よ？」

そう、誰にも聞こえない呟《つぶや》きを残して足取り軽く立ち去った。


——夕刻《ゆうこく》。ニルヴァレン邸のリビング。

フィールの前に、五人の侍女が集められていた。

用件に心当たりがあるはず——そう黙って一同を眺めるフィールの様子に、侍女達はクラミーが口にした〝陰口〟の件を思い、緊張の面持ちでフィールの言葉を待つ。

だが——果たしてフィールの口から飛び出したのは。

「単刀直入にぃ、わたしが奴隷に預けていた金貨を巻き上げた方がいるそうでぇ？」

——想像以上の話に、侍女達が一斉に凍《こお》り付いた。

陰口程度ならまだ言い訳のしようもあるが、間接的窃盗は——一発で解雇だ。

ましてそんな疑いがかかれば二度とまともな仕事も——

「あ、あの！　な、何のことかわかりかねます——っ！」

慌てて声を上げるリーダー格の侍女に、他の四人も一斉に頷《うなず》く。だが。

「そうなのですかぁ？　そうなのですねぇ……では全員持ち物を机に出すのですよぉ」

そう言われ各々《おのおの》がエプロンなどのポケットから持ち物を取り出し——そして。

ポケットの中。指先に触れた——金貨の感触に凍り付く。

取り出すのを待っている間、フィールが隣に控《ひか》えたクラミーに問う。

「奴隷さん？　盟約を以て問うのですよぉ……確かに取られたのですよねぇ？」

「はいご主人様……ですが、いつ、どうやってかは、記憶がまったくありません……」

心底申し訳なさそうに俯《うつむ》くクラミーに、森精種《エルフ》の侍女達は焦燥《しょうそう》で——思考を巡《めぐ》らせる。
——奴隷《どれい》が主人に嘘《うそ》を吐《つ》くことは『盟約』で原理的に不可能。
フィールが預けていただけのお金なら『十の盟約』で略奪も不可能。
ならば誰かがクラミーから、『ゲームで奪った』ことは確実になる。
それは——フィール・ニルヴァレンに対する、間接的窃盗だ。
クラミーの指摘通り解雇されては困る彼女達に、そうする理由はない。
だが、金貨が自分のポケットに入っているという——事実。
瞬間、全員の脳裏《のうり》を過《よ》ぎるのは、クラミーの言葉。
——多すぎる侍女……全員が陰口……最初にクビになるのは——ッ！
その場の誰もが同じ結論に達する——即《すなわ》ち。
陰口を理由に解雇を免れるために、誰かがクラミーからゲームで金貨を奪い。
〝自分のポケットに仕込み、陰口以上の罪を着せてクビを回避〟しようとしている！
しかも——〝五枚の金貨のうち四枚も手に入れた上で〟……ッ!!
そうして互いを見合い疑心暗鬼に陥る様を眺め、俯《うつむ》いたままクラミーは内心嗤《わら》う。
——そう。
そうとしか思えないだろう。
そうでしょうね、ええそうでしょうとも——そう思うしかないでしょう。

（私がフィーに嘘を吐けること、金貨が私のもの――と知らなければ、ね？）

こういうペテンを、自分の力だけで思いつけるようになってみせる、と。

クラミーは空《そら》の記憶の中にあった、一つの皮肉の引き出しを開ける。


『十の盟約』によって〝略奪《りゃくだつ》〟は確かに禁じられている。

だが――〝贈与《ぞうよ》〟は、別に禁じられていないのだ、と。

それが、すれ違い様にポケットに落とした――〝贈与〟であっても。

それが、どんな結果を招こうと――たとえばこんな結果であろうと。

ステファニー・ドーラで〝実験までしたその確認〟の記憶に、クラミーは俯き笑う。

――空の下着をステフのポケットに仕込んだ、その時の彼女の反応に――


――と、そろそろ事態が動くだろうと、まさにクラミーが顔を上げると。

「私じゃありません！　御覧《ごらん》の通り、私は何ももっていませんッ！」

クラミーが唯一――金貨を仕込んでいないリーダー格がそう言えば？

「う、嘘よ彼女が犯人よッ！　いつもフィール様をニルヴァレンの恥《はじ》って言ってたわ！」

そう、残る四人全員、彼女が犯人だと思い込む――するとあら不思議。

「――なっ!?　あんたがそれを言うの!?　ノエル卿《きょう》の執事《しつじ》と出来てて、ニルヴァレン家の内情を流してたの、わたし知ってるのよッ!?」

――さぁ、泥沼《どろぬま》の暴露大会《ばくろたいかい》、ここにはじまりはじまりでございます。

喧々囂々《けんけんごうごう》と罵詈雑言《ばりぞうごん》が飛び交う中、フィールがお日様のような笑顔で告げる。

「よ～くわかったのですよぉ、我が家には生《なま》ゴミまみれの害虫しかいなかったってぇ♪」

これで、フィールが〝彼女達を解雇する正当な口実〟が出来上がる。

主人のお金を不正に奪った前科付きで。

それが如何《いか》に他の名家の連中から蔑《さげす》まれているフィーであろうと。

主人のお金を巻き上げるような連中の、次の就職先はさて、どこかしら？

そう薄く笑うクラミーに、フィールが笑顔で視線を交《か》わして侍女達を連れて行く。

「それではぁ～、一人ず～つ、個別に言い訳を聴《き》いてあげるのですよ～♪」

連れられて行く一同の背中を眺め――ふとクラミーの脳裏《のうり》に浮かぶ言葉があった。

知らないはずの言葉――故《ゆえ》に空《そら》の記憶だろう、すなわち。


――『天下の難事は必ず易《やす》きよりなり。千丈《せんじょう》の堤《つつみ》も螻蟻《ろうぎ》の穴を以《もっ》て潰《つい》ゆ』――


（額面通り読めば――どんな大事も原因は些細《ささい》。堤防が蟻《あり》の穴で崩れるように、かしら）

――だが、どうやら空は、そう読まなかったらしい。

記憶に添えられた〝空の自己解釈〟に、クラミーは思わず吹き出す。

「全《すべ》ては単純。どんなご立派な要塞《ようさい》も小さな穴一つで崩せる——あいつらしい解釈ね」

たった〝四枚〟金貨があれば——森精種《エルフ》の集団を破滅させられるように。

そう、残った一枚を手で弄《もてあそ》びながら、クラミーは笑う。


ニルヴァレン邸の、正門前の庭園。

その中央の、木で編んだテーブルにつき、クラミーはティーカップを傾けて。

——生まれたその日から自分を虐《しいた》げて来た連中。

その一人が、また一人がと、荷を手にニルヴァレン邸を追い出されていく姿を眺める。

「……これも復讐《ふくしゅう》の一種……なのかしら」

そう呟《つぶや》いてみるも、不思議とクラミーの胸に去来する想《おも》いは、何もなかった。

この程度のことで排斥《はいせき》できた者達に、自分は怯《おび》え、震えていたのだと思うと。

達成感より己の滑稽《こっけい》さの方が際立《きわだ》つようにさえ思えて、立ち去ろうとしたところで。

ふと、リーダー格の侍女——訂正。元・侍女がクラミーの姿を捉《とら》え目が合う。

「————」

咄嗟《とっさ》に浮かんだ笑みに、クラミーは自分でも思う。

空の記憶に毒され過ぎているようだ、と。

だがその笑みに――ようやく気付いたのか、森精種《エルフ》の侍女が目を剝《む》いて叫ぶ。

「……あ、あんた……ッ！　ま、まさか、私達をハメ――」

そのヒステリックな声を、対照的に平淡な声でクラミーが遮《さえぎ》る。

「気付かないほうがいいわよ。不正が露見《ろけん》してニルヴァレン家をクビにされて――」

そして死神《しにがみ》の鎌《かま》を思わせる笑みを浮かべ。

「その上――〝取るに足らない猿《さる》にハメられたド無能〟のレッテルまで欲しいの？」

――なら構わない、人類種如《イマニティごと》きに騙《だま》されハメられたと。

さぁ高らかに、いざ己の無能を歌い上げて――どうぞ。

そう告げるクラミーは――ついに森精種《エルフ》の血《ち》の気《け》が引き背筋《せすじ》が凍《こお》る様を見た。

嗚呼《ああ》――なるほどこれは悪くない、とクラミーは思った。

森精種《エルフ》〝さま〟からすれば家畜以下に過ぎない人類種《イマニティ》の奴隷《どれい》如きが。

軽蔑《けいべつ》や怒りではなく、驚愕《きょうがく》と――恐怖を向けられる。

「うん……中々楽しいわね。ここで眺めてた甲斐《かい》も少しはあったかしら」

「あ……ぁ……」

言葉も出ない侍女に、クラミーは考える。

受け売りもつまらない――少しアレンジして――いやダメだ。

今は、これ以上の言葉が浮かばないと結論付け、クラミーはあの日の、あの言葉。

自分も言ってみたかった、その言葉を口にする――すなわち。

「──あまり人類をナメるんじゃねぇわよ♪」

果たして、どんな顔でクラミーは口にしたのか。

自分ではわからないが、その森精種《エルフ》を恐怖に引《ひ》き攣《つ》らせる表情ではあったらしい。

なら、もう気がすんだ。

「それでは、ごきげんよう膝傷持《ひざきず》ちの元侍女さん。あなたの幸先《さいさき》を祈るわ、地・獄・に・ね・」

そう笑顔で手を振るクラミーからまるで逃げるように森精種《エルフ》が走り去って行く。

──この世の全《すべ》てはただのゲームで、ゲームは始・ま・る・前・に・終わっている。

空《そら》が東部連合を飲み込む際のコイントスが、トス前に終わっていたように。

ならば、こうも考えられないだろうか？

ゲームが始まる前に終わっているなら──ゲームに参加する必要さえ、ないだろう？

勝手にゲームをやらせ、潰《つぶ》し合うのを眺《なが》めて一人勝ち。そんな手も、ありだろう？

「──ま、空ならこう言うかしら……〝不戦勝なんて美しくない〟って。悪かったわね、
それでもこっちは使える手札《てふだ》を全て使うわ。あんたを追い越すまで──げへゃっ！」

「ク～～ラ～～～ミ～～～～♥」

優雅に締《し》めようと立ち上がったクラミーに、飛びつくように──いや。

本当に二階から魔法で飛びついて来たらしいフィーに首を絞《し》められ妙な声をあげる。

「うっふっふ～これでこの屋敷はぁ、わたしとぉ、クラミーだけなのですよぉ～♥」

――――は？

「ちょ、待ってフィー、あの五人だけじゃなく〝全員を〟クビにしたの!?」

確かにクラミーは『掃除』をするつもりだった。

だがここまでの『大掃除』は流石《さすが》に想定外だ。

しかしフィールはきょとんとした顔で、告げる。

「え、クラミーそのつもりじゃなかったのですかぁ？　一度疑心暗鬼にさせてぇ、個別に尋問《じんもん》すればぁ、み～んな関係ない人の不正まで洗いざらい吐《は》いてくれるのですよぉ？」

クラミーの記憶に再度、聞いた覚えのない知識が浮かぶ。

――『囚人《しゅうじん》のジレンマ』――と。

フィールが『個別に言い訳を聴く』と言ったのはその為《ため》――

「みんなお互いをかばい合えば助かるのに、情状酌量《じょうじょうしゃくりょう》をちらつかせれば全員が全員を裏切るのですよぉ～♪　これで全員の家名に傷つけてぇクビにしてぇ～、更《さら》にあの子たちの秘密や実家、他の名家の裏事情までごっそり手に入れてさよなら、なのですよぇへへ～♥」

――今更驚くことでもない。

確かに大漁とは思っていたが、フィーが自分より一枚上手《うわて》なのはいつものことだ。

『大漁』どころか――『乱獲』してのけた挙《あ》げ句《く》に『根絶』した。それだけの話だ。

そう、それ自体は驚くに値《あたい》しない――問題は。

「そして～これでクラミーとふ・た・り・き・り♪　愛の巣の完成なのですよぉ～♥」

——もしや、地獄に飛び込んだのは、自分のほうだったのか？

クラミーを芝生《しばふ》に押し倒し、にじりにじりと迫《せま》って来るフィールに、

「フィ、フィー、その、おおお落ち着いて、ね！　ここまだ人目がありえるし——ッ」

「あ、それもそうなのです……じゃ寝室でぇ、体を綺麗《きれい》にして待ってるのですよぉ♪」

「そういう意味じゃな——ってもういないしぃぃぃあぁぁぁぁ!!」

転移魔法の類《たぐい》でも使ったのか、影も形も消えたフィールにクラミーは頭を抱えて叫ぶ。

そして思う。

——森精種《エルフ》だろうが神だろうが喰《く》らい尽くす——そう目で語った空《そら》だが。

果たして、本当に自分はフィーを上回ることが出来るのか——？

「ってなに早速《さっそく》弱気になってるのクラミー・ツェル!!　あ、相手に取ってふ、不足なしよ！」

……ああ不足などあろうはずもない。

ただ——過剰なだけだ。不足など、そう、全くない……


深夜のニルヴァレン邸、フィールの寝室をノックする音が響く。

「う〜クラミー遅いのですよぉ！　一人ではじめちゃうところだったのですよぉ!?」

むくれた顔でそう言うフィールに、〝何を〟とは問わずクラミーは答える。

「あのね……言いたくないけどフィーが侍女全員クビにしたから、家のことを全部私がやらなきゃいけなくなったのよ……それこそこの枕一つ、服一枚の洗濯すら、ね」

胸に抱いた枕でふて腐《くさ》れたように主張するクラミーに、だがフィールは言う。

「どうせこの屋敷とは遠からずおさらばなのですよぉ、掃除洗濯なんてこの部屋だけで十分ですしぃ、言ってくれればぁ、わたしが魔法ですぐ終わらせたのですよぉ～」

確かにここからは空《そら》の作戦通り、エルヴン・ガルドを内部から切り崩す。

屋敷にいる時間は短くなり、それを察知《さっち》されない為に侍女を全《すべ》てクビにした。

付け加えれば——計画通りならこの屋敷そのものから出て行く日も、遠くはない。

が——それはそれとして、と半眼でクラミーは言う。

「……明日の朝食、どうする気だったのよ」

「あ——……え、えへへぇ、ク、クラミーの手料理楽しみなのですよぉ♥」

フィールにも、ミスや苦手があることに、安心すべきか呆《あき》れるべきか。

ともあれクラミーは溜息《ためいき》を吐《つ》いて部屋に入る。

——が。

「むぅ、クラミー、その服はムードがないのですよぉ～」

「ム、ムードって……無茶《むちゃ》言わないでよ、私の持ってる服なんて二着だけ——」

「だめなのですよ～♪　二人きりの記念すべき初夜《しょや》に相応《ふさわ》しい格好があるのですよぉ」

「しょ、初夜って言わないでくれな——」

反論するクラミーを遮《さえぎ》り、瞬間的に精霊が渦巻く。

クラミーにはただ、フィールの瞳《ひとみ》に浮かぶ模様が僅《わず》かに揺らめいて見えただけで──

「ちょ────ッ⁉」

一瞬にして裸《はだか》に剥《む》かれたクラミーが声をあげ色んな部分を隠そうと手を動かす。

──より早く。フィールが笑顔で告げた。

「はぁい、出来上がりなのですよぉ～」

「……ほんとデタラメね……魔法って」

絹《きぬ》のような上質な手触《てざわ》りの、白いネグリジェがクラミーの身を包んでいた。

ひとしきり感心するクラミーに、だがフィールはただ、笑顔で応《こた》える。

それが──〝ただ幻惑《げんわく》魔法で編んだだけ〟の服であり。

フィールの目には、はっきりくっきり、クラミーの肌が見えていることも。

更《さら》にフィールが寝れば術式維持が途切れ──朝起きれば裸だとも言わず、ただ笑顔で。

「ささ、クラミー♪　おいでおいで～なのですよぉ～」

そう、ベッドをぽんぽんと叩《たた》くフィールに、

「──色々と嫌な予感がするんだけど……まあ、いいわ」

今まで侍女達の目もあって、フィールが一緒に寝てくれる時は、いつもクラミーの奴隷《どれい》部屋のあの藁《わら》で寝るしかなかったのだ。フィールの──フィールにとって寝心地いい──ベッドで一緒に寝るのははじめてという負い目もあり、言われるままベッドに横たわり。

そして——信じられない程の心地よさに、クラミーが内心息を呑《の》む。

こんなベッドで普段寝ていたのに、自分の為《ため》にあんな藁《わら》の上で寝てくれていたのか、と。

内心申し訳なさに背を向けそうになるクラミーに、だが、

「……クラミー、許して欲しいのですよ」

「——は？　え、なにを？」

虚を衝《つ》かれたクラミーに、だが淡々とフィールが謝罪する。

「本当はクラミーも気付いてるのですよねぇ？　本当にクラミーの幸せを望むだけならぁ全部棄《す》てて二人、エルヴン・ガルドを飛び出してぇ、放浪生活すればよかった、ってぇ」

「…………」

——気付いていなかったと言えば嘘《うそ》になる。

だけどそれは——

「でも、怖かったのですよぉ……だってクラミーは……人類種《イマニティ》。どうしたって、わたしより先に……死ぬのですよ。クラミーがいなくなった時に、全《すべ》てを棄てたわたしが一人で生きられる気がしなかったのです……種族も違うからぁ、子供も残せないですしぃ……」

「——真面目《まじめ》な話してるところごめん。あの、子供ってちょっ——あーた」

——森精種《エルフ》は、長寿なものは千年の時を生きる。

フィールが魔法を駆使《くし》しても、クラミーが生きられるのは精々《せいぜい》二百年未満だ。

その後は？　フィールはどうするのか——だから気付かないフリをしていた。

だが——

「……ねぇ、フィー……どうして私にそうまでしてくれるの？」

あの日。エルキアを乗っ取ろうと話した日の疑問が再度クラミーの脳裏《のうり》を過《よ》ぎる。

自分が慕《した》っている、フィールが自分を慕ってくれるのは当然、嬉《うれ》しい。

だが何故《なぜ》そうまでしてくれるのかやはりわからないクラミーに、フィールはただ、

「自分《エルフ》にはないものを、クラミーに見た……で、今は納得《なっとく》して欲しいのですよぉ」

深夜の寝室にあってなお、陽《ひ》の光を思わせる笑顔で答えた。

「——？　それはどういう……」

クラミーの質問に、だがやはり笑みだけで応えてフィールは続ける。

「わたしがクラミーにとって幸せな場所を作る……そう気負って、臆病《おくびょう》に逃げて、本当はクラミーも、自分も信じてなかった——それがわたしなのですよぉ……だから——」

「……謝らないでよ、フィー」

そう謝罪——いや、懺悔《ざんげ》のように続けるフィールを遮《さえぎ》ってクラミーは言う。

「私、信じて貰《もら》えなくて当然だったもの」

「……え？」

クラミーが苦笑気味に、空《そら》と共有してわかった記憶を語る。

「エルキアの新王決定戦ね、空は口にした通り——私に任せて構わないと思ってたの」

唐突に話が飛んだように感じて呆然《ぼうぜん》とするフィールに。

だがクラミーはなおも苦笑して続ける。

「信じられないでしょうね。けど、あいつ本当に、心の底から『王様とか面倒くせぇ』って思ってたのよ……その上で――私達に勝負を仕掛けた理由、笑えるわよ？」


「『てめーのツラが気に入らない』――よ」


「…………」

「私が語った戦略は、フィーの戦略で――私が考えたものじゃなかったでしょ」

そう、自嘲《じちょう》気味《ぎみ》にクラミーは振り返る。

「人類種《イマニティ》は他種族に勝てない。そんな奴隷《どれい》根性に塗《まみ》れた私に、人類は任せられない――彼、フィーの戦略は評価してたのよ。それを〝私が〟考えて口にしてたなら……彼は本当に勝負を降りる気だったの。あの二人は――『ゲーマー』であって『政治家』じゃないもの」

そう――だからこそ、執政はステファニー・ドーラに投げる。

彼らは理解してる。自分達は、ゲームは出来ても人を導《みちび》く器《うつわ》などない……と。

「だけど、今はもう――違う」

そう天井を見上げてこぼすクラミーの目は。

もう、フィールが知るクラミーの、あの虚《うつ》ろな目ではない。

何かを求め、目指す、遠い彼方《かなた》が――見えている目だった。

「私、もうフィーに頼り切ったり、フィーに迷惑をかけるから、なんて逃げ口上《こうじょう》つくって一人で背負い込まないって、約束するわ。だからフィー、初めて――このお願いをする」もう逃げない。何からも――だから。

「……フィー、私を、助けてくれる？」

「はいなのですよぉ～。二人でぇ生涯共に歩むのですよぉ～」

――即答。

その答えに、思わず涙をこぼしそうになるクラミーに、だが。

「二人で一つ、手取り足取り腰取り合体で頑張るのですよぉ」

――続いた言葉が、引っかかった。

――いや、とクラミーは認める。最初からずっと気になってはいた、と。

「……ね、ねぇフィー、その……私はフィーが好きよ？」

「はぁい♥　わたしもぉ、だ～い好きなのですよぉ～？」

「う、うん、それは嬉《うれ》しい……でもちょっと確認したいの、私たちって――」

「はぁい？　『パートナー』なのですよぉ♪」

「あ、うん。奴隷《どれい》と主人以上に――でもその『パートナー』ってどういう――」

――以前交わしたファジーな『奴隷契約』を思い出す。

果たしてフィールが口にしている『パートナー』とは。

あの時交わした盟約が、何処《どこ》まで本気だったか――

だがそう思案するクラミーを、フィールの不安に揺れる瞳《ひとみ》が見つめる。

「クラミー……やっぱりぃ、種族の壁……気にするのですかぁ？」

「そ、そんなことないッ！　今も昔も心から信じられるのはフィーだけ──」

その言葉に一転、ぱぁっと笑顔で手を合わせフィールが微笑《ほほえ》む。

「じゃぁ～、性別の壁なんてぇ、もっと気にしなくて良いと思うのですよぉ～♥」

「いや待って！　ちょっと──いえかなりッ！　話が飛躍《ひやく》してるわよねぇッ!?」

「わたしはぁ、クラミーを愛してるのですよぉ……クラミーはぁ……？」

そう問うフィールの不安げな顔に、一瞬クラミーは困惑する。

森精語における『愛してる』は、人類語での『愛してる』とは少し違うからだ。

森精語では、家族愛、友愛、多くを「愛してる」と一括《ひとくく》りに表現する。

だが人類語の「愛してる」は、人に対して言う場合、その……恋愛的な意味が強い。

果たして今、自分達は人類語で喋《しゃべ》っている。

ならばフィールはいったいどちらの意味で──

「……愛して──ない、のですかぁ？」

今にも泣きそうな顔で、震え声で言うフィールにクラミーが狼狽《ろうばい》して答える。

「ああ、愛してるッ、愛してるわよッ！　だからその顔やめてっ!!」

そしてまたも、仮面を外したように、くるっと笑顔に変わって。

「はぁい♥　言質とったのですよぉ、相互同意、何も問題ないのですよぉ♪」

言ってささ～っと、クラミーの服に手を掛けるフィールに堪《たま》らず、叫ぶ。

「脱がそうとしないでぇえッ！　ま、まだそういうのわからないからぁあッ！」

「まだ。また言質《げんち》とったのですよぉ、じゃ～もう少し気長に待つのですよぉ♪」

――と、明らかにからかっていた様子で、あっさりと引き下がるフィールに。

だが、クラミーが恐る恐る問う。

「……ね、ねぇフィー……その、いまの何処《どこ》まで冗談《じょうだん》だったの？」

「ん～？　冗談ってなんのことなのですかぁ？」

「――へ、部屋に戻るわっ！　その貞操《ていそう》的に！」

「えへへ～大丈夫なのですよぉ、とって食ったりしないのですよぉ～♪」

「今まさに食われそうになったのは気のせいだと言い張りたいのッ!?」


「……自分でも……わからないのですよぉ」

――唐突に、声のトーンを落としたフィールの声に、クラミーも固まる。

「わたしはクラミーの親じゃないのです……まして普通の森精種なら、人類種《イマニティ》にここまで執着しないのもぉ十二分《じゅうにぶん》に……自分がおかしいことくらい、分かってるのですよぉ……」

見た目は十代の少女のようなフィール。

だが既《すで》に半世紀以上を生きている彼女が、ハッキリと答える。

何故《なぜ》クラミーに執着するか――答えは〝わからない〟――と。

「森精種《エルフ》に――自分にはないものを、クラミーに見た、それは本当なのですよ。でも……わたしがクラミーに抱く感情をぉ、表す言葉が思い浮かばないのですよぉ」

俯《うつむ》き、初めてその本音を。困惑気味にフィールは吐露《とろ》する。

「親友は軽い気がするのですよ。でも親でも家族でもない、まして奴隷《どれい》も違うのですよぉ」

「……フィー……」

だから――とフィールは顔を上げて、言う。

「考えてみたのですよぉ～クラミーとぉ、キス するのに抵抗あるか、って♥」

「――は⁉」

「そして答えはNOだったのですよぉ。ならやっぱり恋人《パートナー》、夫婦《パートナー》、が一番近――」

「へへへ、部屋に戻るわぁッ！」

「えぇぇぇクラミー『フィール様の奴隷にしてください』って言ったのですよぉ！」

「い、いいいい言ったけどっ！　あれはそういうのじゃ――」

取り乱すクラミーに、しょぼくれた様子の上目遣いでフィールは問う。

「じゃあ……どういうのだったのですかぁ？　クラミーは……いや、なのですかぁ？」

「――――――か、回答保留にさせてっ！　あとその目反則だからやめてよ！」

うるうるとクラミーを見つめる目に耐えられず、クラミーは枕を被《かぶ》って思考する。

からかわれている、それは確かだ。

だが本音が混じっていることに気付かない程《ほど》、浅い仲ではない。

――どうして、異種族であるフィーを信じられるか。ここまで心の拠所《よりどころ》に出来るか。

やはりフィーは自分より一枚も二枚も上手《うわて》だ、とクラミーは素直に認める。

自分にとってフィールは何か。主人と奴隷《どれい》は正確ではない。血の繋《つな》がりもない。

単なる友情でここまで信頼し、命を預け合えるだろうか――難しいように感じる。

空《そら》の記憶を漁《あさ》ってみるが――あの二人は、少し特殊過ぎて参考にならない。


……フィーに倣《なら》ってみるのはどうだろう、とクラミーは考える。

たとえば、フィーとキス出来るか――

「――てぇ!! ち、違うっ！　キス出来る出来ないは別に関係ないじゃない!?」

「むぅ、バレたのですよぉ……クラミー手強《てごわ》くなったのです……」

ちっと軽く舌打ちし、だが続いてにんまりと笑ってフィールが言う。

「でももう遅いのですよ♪　一度生じた疑問は徐々にですねぇ～?」

「あああああ、あああああ聞こえなあああい寝る寝る寝るううう！」

これ以上、この肉食系エロフに付き合っていたら何かに侵食される。

そう叫ぶ理性に従って、クラミーは無理矢理寝ようと思考を閉ざす。

♟

──………

かなりの間を置いて、ようやく寝息を立てはじめたクラミー。

その寝顔を眺め、フィールは考える。

ああしてクラミーをからかってみたものの、フィールは本当にわからないのだ。

森精種《エルフ》としての血──理性は、やはりこう囁《ささや》く。

……たかが人類種《イマニティ》に何故《なぜ》そこまで執着するのか、と。

だが、クラミーが買い被《かぶ》っている己の理性を、遥《はる》かに上回る感情が答える。

……知ったことか彼女の為《ため》ならなんだってする、と。

そう思慮して、ふと脳裏《のうり》を過《よ》ぎったのは、あの二人──空と白《しろ》だ。

「ソラさんの記憶があるクラミーなら分かるかと思ったけどぉ……空振《からぶ》りなのですかぁ」

・・・・・・・・・・・・・・・・・

クラミーの反応からして、この感情の答えはどうやら空にもないらしい。

──気にはなる。

だが、別に答えがわかったところで、何が変わるわけでもない。

今まで通り、感性が告げるままに、ただクラミーと共に歩む。

それだけだ──それだけ、なのだが。

「……『十の盟約』で相手の権利侵害は不可能、寝ていようと同じなのですよねぇ……」

もしも、という考えがフィールの脳裏に浮かぶ。

寝ているクラミーに、キス出来れば。

つまり、行動をキャンセルされなければ。

それはクラミーの了承があったということで——それで答えが出るのではないか？

…………。


「ん〰〰〰〰〰〰〰〰〰〰……ん！　やっぱりやめておくのですよぉ♪」

どうせならファーストキスは、互いの記憶に残って欲しい気がする、と。

にへら〜と笑って考えたフィールは、続けて——それに、と思う。

「ソラさん達出し抜いて唯一神《ゆいいっしん》になれば、クラミーの寿命も種族も関係ないですしぃ？」

——空《そら》の計画に協力はする。

だが、テトを倒すのは自分達だ、と。そうフィールは薄い笑みを浮かべる。

空は、いや、あの兄妹《きょうだい》は。ただゲームがしたいだけだ。

それも、強い相手と。それこそ自分達を上回るほどの者と。

根っからのゲーマーで、そして——子供なのだ。

故《ゆえ》に、フィールにはわかる。クラミーも空の記憶を持っているなら気付いている。

自分達を『共闘者』としておきながら——

盟約で縛らなかった理由など、一つしかない。

「〝再戦の機会は与えた、いつでもまた勝負しようぜ〟──なのですよぉ……上等なのですよぉ～♪　お望み通り、完膚《かんぷ》なきまでに負かせてあげるのですよぉ……♥」

そう凶暴《きようぼう》な笑みを浮かべてフィールもまた瞳《ひとみ》を閉じる。

クラミーもフィールも、負けたままでいてあげるほど〝大人〟ではないのだから。

ハイカード・オール・レイズ【前編】

神話に曰《いわ》く。かつて天に〝二つの最強〟という矛盾が対峙《たいじ》した。
──遥《はる》かな過去に存在した、この世でもっとも高く聳《そび》えた山、灼熱の高座《ムスペルギャルヴ》。
今は喪《うしな》われ、もはや登ることも、仰《あお》ぎ見ることも出来ない。
それでも、その畏《おそ》るべき対峙は、今の世にも絶えることなく語り継がれる。
最強の神霊種《オールドデウス》──『戦神《いくさがみ》』アルトシュ。
最強の龍精種《ドラゴニア》──『終龍《しゅうりゅう》』ハーティレイヴ。
気も遠のく古《いにしえ》の、世界を見下《みお》ろす頂点を定めた熾天《してん》の決闘である──
「問おう──〝強さ〟とは如何《いか》なるか？」
灼熱の高座《ムスペルギャルヴ》の天頂において、『戦神』アルトシュは言った。
──其《そ》れは『戦』という概念の顕現。
生と死を以《もっ》て競い争い魂を研磨する円環《えんかん》の理《ことわり》の具現たる其れは疑いなく世の頂点。
天地に並ぶモノなき無双の強者、だが問いを投げかけた相手も、また──。
「汝《なんじ》には永久《とわ》に解《わか》り得ぬもの」
戦神の問いに、『終龍』ハーティレイヴは物憂《ものう》げに答えた。
──其れは天覆う【王】なる龍の一対《つばさ》。

神の骸《むくろ》より生まれ出でし龍精種《ドラゴニア》の最古の個体。

この灼熱《ムスペルギャルヴ》の高座から世を睥睨《へいげい》する孤高の龍王の、魂と肉体は不滅。

何物も傷つけること能《あた》わず、その言《こと》の葉《は》は神さえ挫《くじ》く――やはり疑いなき世の頂点。

神と龍。最強と最強。その対峙は――問答から始まった。

「――何故《なにゆえ》にか」

「汝《なんじ》最強が故《ゆえ》に」

戦神が問い重ね、龍王は即座に答えた。

「――ならば〝最強〟とは如何なるや」

「答えること能《あた》わず。我もまた最強と呼ばるる存在たる故《ゆえ》に」

「――最強なれば、最強を知ることは敵《かな》わざるか」

「然《しか》り。最強を理解し定義し得るは、常に弱者故《ゆえ》に」

「――ならば如何《いか》にして余等は己《おの》が最強を証明せん」

「不可能。理の己が理を証明し得ぬが如《ごと》く。満ちし杯のもはや酒は注げぬが如く。際限なき勝利も只《ただ》、自然《じねん》を示すのみ。何も敵わず、何も叶《かな》わず、其の問いは無限循環へと至れり」

沈黙が落ちた。しばしの、あるいは永《なが》い静寂。

真なる超越者の対峙に、その場の時間さえも意味を喪っていく中――

「――ならば誰が最強を証明できる！」

天を揺るがした戦神の怒声に、龍王は大地を戒《いまし》める重みを以って応えた。

「力無き者。最強に挑む者のみ最強を証明し得る。汝敗《なんじやぶ》れたる時汝は最強を識《し》る」

龍王《りゅうおう》の答えに、戦神《いくさがみ》は鼻白み、不快げに頭を振った。

「──敗北に至らねば最強を証明できぬと抜かすか」

「然《しか》り。弱きを識《し》らずして強きを識《し》ること能《あた》わず。光を識《し》らずして闇《やみ》を識《し》り得ぬように」

静かな声音と共に、アルトシュは眼前の龍を睨《にら》みつけた。

「──ならば、最強の龍よ」

いつの間にかその手に握りしめた光り輝く一条の槍《やり》を突きつけ、問う。

「──汝に挑み、敗れれば、余《よ》は余の最強を知り得るか」

「否《いな》。汝は決して──我に〝敗れ得ぬ〟が故《ゆえ》に」

龍王の言葉に、戦神ははっきりと失望したようだった。

「憐《あわ》れな戦神、祈られ望まれし、故《ゆえ》に最強たる虚《うつ》ろなる最強よ。汝は我に挑むのではない。汝は常通り唯最強を示すのみ。決して理解には至らぬ──だが悲観するにも能《あた》わぬ」

龍王──ハーティレイヴは理解していた。

戦神の手にする槍《やり》は時すら灼《や》き尽くし、不滅たる己《おの》が鱗《うろこ》も、血肉も、骨も融《と》かすと。

だが己《おのれ》が滅びを目前に、『終龍《しゅうりゅう》』と呼ばれた孤高の龍王はなおも温かく告げた。

「我はこの日を知っていた。遠い昔に、我はすでに汝に敗北していた。其《そ》れ故《ゆえ》にこそ終《つい》に来たるその日、今日、我は断じよう。汝もまた敗《やぶ》れると。最強と呼ばれ、最強故に敗れる日が来ると。其の時汝は知ると。強者の如何《いか》なるか、弱者の如何なるかを──と」

待ち焦がれた日の訪れに幸を噛《か》みしめ、同じ幸を戦神にも願うその言葉に。

アルトシュは憤怒と、憎悪と、拭《ぬぐ》いがたい──嫉妬《しっと》に唸《うな》った。

「痴《し》れ言よ。余は永劫の勝利を重ね、至高の座にあり続ける」

「然《しか》り。そう在《あ》るが故に、汝《なんじ》は必然の敗北へと至る」

汝に幸あれ──そう虚ろげに響く声と共にハーティレイヴは緩慢に翼を広げた。

この世でもっとも高き灼熱《ムスペルギャルヴ》の高座の頂《いただき》から、大陸全土を覆わんばかりに。

「無為な問答であった、最強を棄《す》てし龍よ」

「有為な問答であった、後に知るべき最強を未《いま》だ知り得ぬ戦神よ《きょこう》」

──語る言葉尽きしこの時、天地に轟《とどろ》く〝最強〟の呼び名は一柱のものとなった。

二つの最強《ムスペルギャルヴ》──矛盾の衝突は天を閉ざし、地を碧《あお》く死に染めたと伝えられている。

最も高き灼熱の高座は、最も深き大穴に──そして海となった。

今なおその神話を語り伝えるように、衝突した力の残滓《ざんし》に、沸騰《ふっとう》し雷鳴を放って。

今日《こんにち》、地を這《は》うものどもから、轟く裂け目《スリュムガップ》と呼ばれる海峡である。

──それが、一と半万年もの過去の史実にして──正しく神話である。

──────……………

《[illegible]暦[illegible]年[illegible]日》
今日は森精種《エルフ》と幻想種《ファンタズマ》と妖精種《フェアリー》をたくさん殺しました。
楽しかったので私は楽しいと思いましたのでよかったと思いました。

――『大戦』。
神々《かみがみ》が唯一神《ゆいいつしん》の座を賭《か》け、その眷属《けんぞく》達と共に永遠を争った戦《いくさ》。
生きとし生けるものが、憎み憎まれ、殺し殺される、無限循環。
天を灰燼《かいじん》に赤く閉ざし、地を霊骸《死》で碧《あお》く覆い、星をさえ殺さんという戦乱は。
だがそれでもなお、飽き足らぬと悠久に続く、果て無き殺し合いの時代。
流血の染みぬ地も悲鳴の響かぬ空もない、唯々《ただただ》絶望と、悲嘆と、憎悪に充《み》ちた世界。
如何《いか》なる詩聖の才も、詠《うた》うこと敵《かな》わぬ――死してなお徘徊《はいかい》する屍人《しびと》が如《ごと》き世界。
地獄と呼ぶのも生温《なまぬる》いそんな世、血塗られた時代に――だが。
気楽に。安楽に。極楽絶頂に。
嗚呼《ああ》、それはもう楽しそうに。
和気藹々《わきあいあい》と幸せに暮らす種族があった。

「ねぇちょっと聞いてよぉ！　私の【レア3】首、サラキールちゃんがパクったのよ!?」
「パクったとは失敬ね～君～、奪・っ・たと言ってくれないかな～あはは♪」

「ねねね、地精種《モグラ》どもが自称最強艦隊造ったの！　殲滅《せんめつ》競争する人この指と〜まれ♪」


言わずもがな……『天翼種《フリューゲル》』である。

――そこは楽園《エリュシオン》だった。

可憐《かれん》な乙女達の笑顔と、殺伐《さつばつ》とした嬌声《きょうせい》に満ちていた。

天空を漂う幻想種《ファンタズマ》アヴァント・ヘイムの背に聳《そび》える都は、今この時まさに楽園。

溢《あふ》れる緑、風に乗る花弁、囀《さえず》る小鳥を連れて美しい天使達は優雅に空を舞い――

それはもう楽しそうに、この上なく幸せそうに、日々を謳歌《おうか》していた。

――あらあらククク♪　キャッキャブッ殺《ころ》♥　とテンションも↑↑《アゲアゲ》である。

殺伐とした世の中ひたすらフルスロットル。

血塗られた時代を余すことなくエンジョイ。

天地も星も死に往《ゆ》く中、ここまで生《せい》をトゥギャザーにエンジョイしている者達もいるまい。

世界を地獄の悪魔も目を背ける惨状《さんじょう》に変えた張本人《ちょうほんにん》達は、だが。

ビー・トゥギャザー・ラブ＆ピース《キルウォー》を享受し、楽しげに今日も物騒《ぶっそう》な会話を交わす。

……不条理《ふじょうり》に思うだろうか。

明日をも知れぬ、死した世界で己《おのれ》の無力を呪《のろ》い、絶望に頭を垂《こうべ》らす地上の者共の。

その遥《はる》か頭上――幸せに生を謳歌する者共を、理不尽《りふじん》で不条理に思うだろうか？

だがぶっちゃけ——世の中、そんなもんである。
誰かが幸せになれば、その分だけ誰かが不幸になる。
幸せとは概《おおむ》ねそのような仕組みになっていて——然《しか》るに！
全世界を不幸のどん底《ぞこ》、その更に底の奈落の果てまで突き落としている天翼種《フリユーゲル》が！
世界に満ちる幸福を悉《ことごと》く独占していることに如何《いか》なる不合理があるだろうか⁉
それはさながら資本主義のごとk——いや、まあ、つまりなんだ。あれだ。
再度言おう——世の中、そんなもんである。

そもそも——不条理《ふじようり》とは即《すなわ》ち、天翼種《フリユーゲル》そのものだ。
憎み憎まれ、殺し殺される。その妄念、世界を戦乱で覆《おお》ったその想念こそが。
天翼種《フリユーゲル》を——ひいてはその創造主を産み落とした『神髄《しんずい》』に他ならないわけで。
実のところ不条理などない。生きとし生けるものが戦《いくさ》を望んだ結果が、〝これ〟。
戦火を世に撒《ま》く者、死の体現者として、彼女達が産み落とされた。
いわば〝自業自得〟——。
とはいえ、その事実を素直に受け入れろというのも、中々の剛胆な話であろうし。
何より当の天翼種《フリユーゲル》にとってそんなことはまさしく、知ったことではないわけで——
と、そんな悪夢のごとき天空の楽園に、突如。
明るく、ユルく、気の抜けた女の大音声が響き渡った。

「にゃにゃにゃ～っ!! みんなぁ～アズリール他一同、今ここに凱旋《がいせん》にゃ～ッ!!」

殺伐《さつばつ》とした会話を弾ませていた天翼種《フリューゲル》達が一斉に視線を向ける。

次いで空間の歪《ゆが》む高音——天翼種《フリューゲル》の用いる空間転移《シフト》の余波——が響いて。

下界に降りていた者達の、帰還の報《しら》せとして鳴り渡った。

「あ、アズリールさま、お帰りなさ～い♥」

と笑顔で言った一人の天翼種《フリューゲル》の声に、更なる空間転移《シフト》の音が重なる。

続けて現れたのは、血に塗れた百名近い数の天翼種《フリューゲル》達。

その中には、彼女達の末っ子——番外個体の名を持つ一人の天翼種《フリューゲル》の姿があった。

「ジブリールちゃんもお疲れ～！」

「ねぇねぇ！　結局森精種《エルフ》どのくらいブッ殺したのっ!?」

番外個体《ジブリール》——一際長いプリズム色の髪を靡《なび》かせ、琥珀《こはく》の瞳《ひとみ》に十字を宿した天翼種《フリューゲル》。

戦闘から帰還し、返り血に塗れた天翼種《フリューゲル》の一団の中、一際《ひときわ》存在感を放つ少女は、

「【レア2】の首など数えておりません。目についた全《すべ》て——それと幻想種《ファンタズマ》を一匹♥」

そう、滴った口元の血を舐《な》めるように、天も恋する笑顔で告げる。

ジブリールの答えに、集まった天翼種《フリューゲル》達が一斉に大歓声を上げる。

詳しくと——何をどれだけ殺し、どんな地獄を地上に描いたのかと。

血腥《ちなまぐさ》い話の期待に胸を膨らませて押し寄せる姉妹達に、しかしアズリールが言う。

「にゃあ〜みんな待つにゃ！　話はまずアルトシュ様に報告してからにゃ！」

最初番個体《アズリール》の言葉に、集まってきた天翼種《フリューゲル》達が名残惜《なごりお》しげに道を空《あ》け。

そして、帰還した一同はアズリールを先頭に歩き出す。


「大人気だな、ジブリール」

そう、何処《どこ》か嬉《うれ》しそうに、ジブリールの横を行く天翼種《フリューゲル》は言う。

欠落したように破綻《はたん》した光輪と、片翼片目の天翼種《フリューゲル》──ラフィール。

──かつて天翼種《フリューゲル》が神霊種《オールドデウス》に挑み、そしてただ一度、勝利し神を討《う》ち滅ぼした戦《いくさ》。

ジブリールが造られる以前の戦故《ゆえ》、口伝で知るのみだがその際、アズリールと並び軍勢を指揮し、そして──『神髄《しんずい》』をその手で穿《うが》ち破壊した、勝利の立役者《たてやくしゃ》だ。

その代償に、主の加護を以《もっ》てしても修復不能な傷を負いながらも──

「いえ、私などラフィール先輩に比べればまだまだ……」

──この通り、今も前線で戦う彼女に、さしものジブリールも尊敬の念に頭《こうべ》を垂れる。

だが神殺しの天翼種《ラフィール》は、苦笑一つ、末妹の頭をくしゃりと撫《な》でて言う。

「謙遜《けんそん》するな。おまえはそれに見合う働きをしている。胸を張って主の御前に出ろ」

「にゃにゃッ⁉　ラフィールちゃん、うちを出し抜いてジブちゃんの好感度稼ぎにゃ⁉」

――と、アズリールがジブリールの頭を撫でるラフィールの手を払ってそして。

「うちのジブちゃんを撫でていいのはうちだけにゃっ！　下がるにゃぁッ！」

ジブリールに抱き付き、威嚇《いかく》する猫のようにフシャーと唸《うな》るアズリールに、だが。

「アズリールセンパイ、気安く触らないで頂けますか。鬱陶《うっとう》しゅうございます♥」

「にゃぁぁなんでにゃぁぁ！　ラフィールちゃんはいいのかにゃッ⁉」

ジブリールに笑顔で――だがゴミを見る目で告げられアズリールがのけぞり叫ぶ。

それを呆《あき》れ気味に、だが何処か困ったように笑ってラフィールは言う。

「ジブリール、そうアズリールを嫌うこともないだろ。一応我らの実質の長だぞ」

「お言葉ですが先輩、アレを敬《うやま》うのは至難の業《わざ》でございます」

ジブリールの言葉に、地に伏し泣き暮れ列から置いて行かれるアズリールを見やって。

「……昔はあんなじゃなかったんだがなぁ……まあ、いいか」

そう嘆息し、そして一同は。

血に塗れた姿のまま、誇らしげに玉座《ぎょくざ》の間――主の許《もと》へと凱旋《がいせん》した。


――主のおわす玉座の間。

先程までの気の抜けた、おちゃらけた様子など――誰にも微塵《みじん》もなく。

帰還し、凱旋《がいせん》した天翼種《フリューゲル》、またその報告を聞きたいとつめかけた者も。

例外なく膝《ひざ》をつき、静かに頭《こうべ》を垂れている。

その崇拝を集める至高の座でくつろぐは、巌《いわお》のように逞《たくま》しい巨躯《きょく》の男。

最強の神にして、戦神《いくさがみ》。天翼種《フリューゲル》の創造主——神霊種《オールドデウス》アルトシュである。

跪《ひざまず》く己が愛しき羽達《フリューゲル》を、その黄金の瞳《ひとみ》で見下ろし、傲然《ごうぜん》とした声が広間に響く。

「——我が羽ども大儀である」

鋼のような強い黒髭《くろひげ》を撫《な》でながら、アルトシュは愉《たの》しげに言った。

「——『最初番個体《アズリール》』、『四番個体《ラフィール》』『番外個体《ジブリール》』——戦果を述べよ」

その言葉に、まずはアズリールが報告を始めた。

「戦績から申し上げます——敵は『根絶』、こちらの損耗は『十二』にございました」

彼女達が交戦したのは森精種《エルフ》——正確には森精種《エルフ》が試験的に考案した術式。

——魔法生命体を、強制的に支配、操作し、戦力とするという術式。

ニーナ・クライヴなる小賢《こざか》しい森精種《ざこ》が考案した術式、正常に機能すれば幻想種《ファンタズマ》や巨人種《ギガント》、果ては天翼種《じぶんたち》すら操れるという代物は——だが、ジブリールが嘲笑《ちょうしょう》を隠さず続ける。

「森の雑種が天翼種《われら》を扱おうなど、ちゃんちゃらおかしい妄想、所詮《しょせん》は泡沫《うたかた》の夢と教育して差し上げました。憐《あわ》れな畜生とて見る夢の分《ぶ》は弁《わきま》えて頂きたいものでございますね♥」

そう告げるジブリールの、天よりなお高き上から目線に対して。

交戦結果はただそれを裏付ける。

アズリール、ジブリール、ラフィールが率いた、計百体の天翼種《フリューゲル》は。

その術式の干渉の一切をはね除け、ただただ笑顔で蹂躙《じゅうりん》した。

術式編纂《へんさん》に関与した全森精種《エルフ》、関連施設まで全《すべ》てを残らず文字通り消滅させ。

また、術式編纂に協力したと思しき妖精種《フェアリー》の里もついでに討ち滅ぼし帰還した。

ただ——とラフィールが引き継ぐ。

「当該術式に関与した妖精種《フェアリー》は、ご存知の通り『里』——空間位相境界『洛園《スプラトウール》』に身を潜《ひそ》めており、発見は困難……特定出来た隠れ里は二つのみにございます——また」

と、ラフィールがちらりとジブリールに視線を向け。

「不完全ながら術式を受け、暴走した幻想種《ファンタズマ》『クラウドヴォーテックス』と交戦」

続くように、凱旋した天翼種《フリューゲル》の視線がジブリールに注がれる——そして。

「——これを、ジブリール率いる三十体が——撃滅致しました」

その言葉に、今度は凱旋した天翼種《フリューゲル》以外の全員の目が驚愕《きょうがく》に見開かれた。

——クラウドヴォーテックス——意志持つ雲と呼ぶべき、幻想種《ファンタズマ》。

その性質上文字通り天災、意志もつ天変地異であり存在自体が曖昧《あいまい》である。

討伐《とうばつ》は困難を極める——が、ジブリールは事もなげにその視線に笑みで答える。

「森精種《のうたらず》が親切に干渉して教えてくれた『核《かく》』を、ただ破壊したまでにございます♥」

アズリール、ラフィールが事務的に戦果報告する中、ジブリールだけは笑顔で私感を交えて語る。主の御前にありながら。嘲笑《ちようしよう》や悦《よろこ》びを隠そうともしない。

制御術式が不完全に機能した結果、幻想種《ファンタズマ》は暴走した。

ならば、とジブリールは推察した。暴走──破綻《はたん》した魔法と化した幻想種《ファンタズマ》の、破綻の元を遡《さかのぼ》ればそこが『干渉された部位』、そして制御の為に干渉したならそこが──『核《かく》』だ。

かくしてジブリールの推測は、見事的中。そして尚《なお》も笑顔で続ける。

本来、討伐《とうばつ》するならば三桁《けた》の損害は覚悟しなければいけない幻想種《ファンタズマ》に加え──

「敵死者数は、まあどうでもよろしいですね♪　感知出来た生命反応は掃除《こんぜつ》致しました♥」

──総括、とラフィールが引き継ぐ。

「損耗は重軽傷十二、再起不能〝ゼロ〟。負傷個体には修復術式を施しております」

森精種《エルフ》の大軍勢、危険な術式、想定外に幻想種《ファンタズマ》とも交戦し──

その全《すべ》てを撃滅。我方の損耗、ゼ・ロ・。

──完全勝利。つまる所、それが『戦果報告』だった。

それを、アズリールが誇らしげに引き継ぎ語る。

「幻想種《クラウドヴォーテックス》を、交戦開始時に想定された被害をゼロに留《とど》め、更《さら》に撃滅まで出来たのはジブちゃ──ジブリールの機転と指揮による功績にございます、我が君」

幻想種《ファンタズマ》討伐——その途方もない妹の功績に、思わず頬《ほお》が緩み。

危《あや》うく主の御前で気が抜けかけたアズリールは辛《かろ》うじて口調を正し、そう報告した。

「ほう——」

その報《しら》せに、アルトシュもまた感嘆したようだった。

ジブリールへ視線を向け、その美しい肢体《したい》を染め上げる鮮血、決して少なくも浅くもない負傷の一つ一つをじっくりと検分する。

そうして、アルトシュは満足げに頷《うなず》いて言った。

「よい働きだ、ジブリール」

「もったいなきお言葉にございます、我が主」

「余が貴様に与えた力のみで為《な》し得《え》る事ではあるまい。貴様が戦場にて競い、争い、己の魂を研磨してきた証《あかし》であろう。貴様の成長、余は嬉《うれ》しく思うぞ」

アルトシュの上機嫌な言葉に、居並ぶ天翼種《フリューゲル》達の間にざわめきが走った。

突き刺さるような羨望《せんぼう》の視線が、ジブリールの背中に集まる。

「——今日は気分がいい」

と、アルトシュは滅多《めった》に見せることのない微笑を浮かべて言った。

「褒美《ほうび》を取らせよう。何なりと申すが良い」

「ありがたき幸せ——ではお言葉に甘えまして♥」

そう頭《こうべ》を垂れていたジブリールが、おもむろに一礼して立ち上がり——そして。

ジブリールを中心に空間が胎動。
アヴァント・ヘイムさえ驚きに揺れるほどの精霊の収束が生じ。
そして――
宙を漂《ただよ》う幻想種《ファンタズマ》アヴァント・ヘイム、その背に聳《そび》える都市の一区画が〝消滅〟した。
埃《ほこり》と残留する『天撃《てんげき》』の光だけが渦巻く広間の中。
アルトシュ以前と、以後を二分するように。
幼女の姿に縮んだ――『天撃』を放ったジブリールは、だが恍惚《こうこつ》に身を震わせた。
「あぁぁん♥　やっぱりまったく全然ちっとも効かないのでございますね！　あはぁ！
嗚呼《ああ》次はもっと工夫を凝《こ》らした一撃を御覧に入れてみせます!!」
アズリールは内心、戦果報告を訂正して、頭を抱える。
――こちらの被害が、十二から、二十ほどに増えた、と。
ジブリールが撃った『天撃』は。
だが身じろぎもせず受け止めたアルトシュによって生《しょう》じた衝撃波で。
「……ラフィールちゃん、今ので怪我《けが》した子、修復術式施術室に連れて行くにゃ……」
「了解」
手慣れた様子で命じられたラフィールが、怪我した個体を連れて転移していく。

──別に驚くことではない。今にはじまったことでもない。

というかぶっちゃけた話──その場の誰もが想定していたことだった。

ジブリールが戦果をあげ、主の前に跪《ひざまず》くと聞いて、全員が玉座の間に入る前には。

とっくに防御や回避の準備をしていた。

ジブリールが『天撃』を撃つ直前、殆《ほとん》どの者がその気配を感じ空間転移《シフト》で逃げていた。

怪我とは言っても、些細《ささい》なものばかり。だが──

「ジ・ブ・ちゃ〜ん♥ちょ〜っといいかにゃ〜被害を増やしてどうするにゃぁあ!!」

だが、ジブリールは縮んだ体で不思議そうに首を傾《かし》げる。

「しかし、アルトシュ様が望みを、と仰《おつしや》ったので、私の望みなどアルトシュ様をあの玉座から動かすこと以外ないと──先輩の空《から》っぽな頭でも想像出来たでしょう──」

「もうやるなって何回言えばわかるにゃ！　誇《ほこ》らしげにジブちゃんの戦果を褒《ほ》めたうちがバカみたいにゃぁぁ！」

「センパイまたまたご謙遜《けんそん》を〜。みたいではなく、そのものでございましょう♪」

「──善《よ》い」

主のそのたったその一言で。

主の前だというのも忘れてジブリールに詰め寄っていたアズリールが慌てて傅《かしず》く。

「悪くはない。だがまるで足りぬ。〝次〟とやらに期待しよう『番外個体《ジブリール》』よ」

「あはぁ♥　勿体無《もったいな》きお言葉にございます♪」

――主がそう言ってしまっては、もうアズリールに何かを言う理由はない。

ただ疲れた様子で、周囲の天翼種《フリューゲル》に絞り出すように告げる。

「……暇《ひま》な子を集めてここ修復にゃ。ついでに壊される前より綺麗《きれい》に、にゃ」

「は～い……」

――と、まあ。割とこれが天翼種《フリューゲル》の『大戦』時の日常であった。

戦乱に明け暮れ絶望に飲まれる星にあって、天空を漂《ただよ》うアヴァント・ヘイムだけは。

……まあ、不条理《ふじょうり》に、理不尽《りふじん》にも。ある意味、全く平和そのものであった……。

♜

「ジブちゃん……今お姉ちゃん怒って――」

主の玉座の間を出るや開口一番、アズリールはジブリールを叱《しか》ろうと――

「はい？」

「にゃぁあちっちゃいジブちゃん可愛《かわい》さが当社比八十パーセントアップにゃぁぁ――って
ちっがうにゃぁッ！　お姉ちゃん、今怒ってるのにゃぁッ!!」

――して、子供の姿になったジブリールに抱き付き頰《ほお》ずりしながら叫んだ。

怒りに顔を歪《ゆが》め、だが頰ずりをやめないその行動を半眼で見やって、心底鬱陶《うっとう》しそうに、ジブリールは吐き出すように零《こぼ》す。

「さようでございますか……でしたらまずその発言と解離した行動をやめて頂けますか。甚《はなは》だ不愉快ながら、今は振りほどく力も、転移で逃げる力も残っておりませんで」

「百も承知にゃ！　チャンスは逃がさないにゃ頬ずりして怒る――一石二鳥にゃ!?」

抗《あらが》う術《すべ》のないジブリールはただ溜息《ためいき》を吐《つ》いてされるがままになるしかない。

そんなジブリールに、尚《なお》もしつこく頬ずりしながらアズリールは問う。

「ジブちゃん何考えてるにゃ！　アルトシュ様に『天撃《てんげき》』撃つなんてどうかしてるにゃ！」

そう叫びながらもアズリールは思う。そう問うのは何度目か、と。

――正直いつものことである。

だからこそあの場の誰もが事前に察知し避難、または防御していたのであり。

つまるところあれも日常の一つに過ぎず。アルトシュがそれを笑って赦《ゆる》すのもまた――

だがアズリールもまた、いつものように、その真意を問う――が。

「はて、何をと仰られましても――そうでございますね、目下《もっか》考えてるのは――」

そう、やはりいつも通りの、何が悪いのかわからぬという顔でジブリールは考え込み。

そして――問われた通りの回答を返す。

「分かってはいても、あそこまで全く通じませんと、是《ぜ》が非《ひ》でもアルトシュ様を玉座から立たせたい、と目下《もっか》考えていますが――あ、センパイ！　たまには役に立つことをしてみる気はございませんか!?　センパイも含め全員で『天撃』を撃てば――或《ある》いは♪」

「或《ある》いは何にゃ！　笑顔で主殺し提案されてお姉ちゃんどういう顔すればいいにゃ！」

「いつものアホ面《ヅラ》で結構でございますが♪　如何《いかが》でしょう？」

きょとんと、だが笑顔で心を抉《えぐ》るジブリールに、アズリールの膝《ひざ》がついに折れる。

「も～心臓に悪いにゃ、アルトシュ様が怒ってジブちゃんに反撃したらどうするのにゃ」

おそらく——いや、確実に。

ジブリールは一片残らず消滅する。ジブリールもわかっているはずなのに——

だが、変わらず不可解そうに首を傾《かし》げ、子供姿のジブリールは呟《つぶや》く。

「はて、私には〝それこそを〟アルトシュ様がそう望んでおられるように思えますが」

「は——？　にゃ、どういうことにゃ」

「どう、と言われましても……自明でございましょう？」

「——〝我を殺してみよ〟——アルトシュ様のお顔に、そう書いておられるではございませんか……センパイの節穴《ふしあな》アイにはもしや見えないのでございますか？」

——————。

「ジブちゃん……ジブちゃんは特別な子にゃ。だから大目に見てるけど——」

ふ——と。感情が抜け落ちたような顔で立ち上がり。

子供の姿のジブリールに、アズリールは底冷えする声で告げる。

「——その発言は、天翼種《フリューゲル》を任されている身として——聞き逃せないにゃ」

──主に弓引き、あまつさえ主が殺されたいなどと放言する。

それが主を害し、滅ぼしたいという意図であれば──いくらジブリールでも。

そう無感情に見下ろすアズリールの目に、だがジブリールは──

「では私を〝粛清《しゅくせい》〟でも致しますか？」

──挑戦的に薄い笑みを浮かべ、見上げて返す。

「…………」

「センパイがその気なら私を容易《たやす》く滅ぼせると承知しております。まして今の私ならば」

そう言って、力を使い果たし縮んだ己《おのれ》の肢体《したい》を見下ろして苦笑一つ。

そしてそれが主より委《ゆだ》ねられた判断、権利であるならば──

「その権利を行使するのはセンパイの権利、どうぞご自由に。ただし──」

そう、再度顔を上げてジブリールはその目に。

アズリールの無感動な敵意など取るに足らない──圧倒的な敵意を装填《そうてん》して、

「〝返り討ちにされても文句を言わない〟と誓《ちか》うなら、でございますが♪」

──むしろ望むところ、と語り、ジブリールは臨戦態勢を取る。

最も若い個体──アルトシュの力が全盛期にある中創られた天翼種《フリューゲル》ジブリール。

だがそれでも──『最初の個体』であるアズリールには、大きく力で劣《おと》る。

アズリールは天翼種《フリューゲル》を任された身であり、当然その力は天翼種《フリューゲル》最強として創られており、反して今の自分は力を使い果たし空間転移《シフト》一つさえ出来る力は残されていない。

なのに——いや、だからこそ。

あえてアズリールの言を借りるなら、とジブリールは内心舌舐《したな》めずりする。

——『最強の天翼種《フリューゲル》に挑む』——こんな心躍《こころおど》るチャンスを逃す手はない——と！

——一瞬の対峙《たいじ》。

遠巻きに見ていた天翼種《フリューゲル》をも遠ざける、質量を帯びた視線の交錯。

緊張し今にも砕けそうな空気を、だが……。

「——も〜ジブちゃんマジメっこにゃ〜アルトシュ様が気にしないならうちも気にしないにゃ！　そこがッ！　ジブちゃんのッ！　かわいいとこだからぁぁあああにゃは〜〜〜♥」

一瞬で弛緩《しかん》させて、再度ジブリールに頬《ほお》ずりをはじめた。

実際、ジブリールがそう考えるなら——〝考えることが出来るなら〟。

その思考、その行動は、主が認め、主が与えた〝権利〟に相違ない。

ならばアズリールには推《お》し量《はか》ることの出来ない神意がそこにある証《あかし》。

そう思考し尚《なお》もジブリールをホールドし頬ずりし続けるアズリールに、

「……では私も気にせず言います。そこが。先輩の。〝つまらないとこ〟にゃー、と」

——心底つまらなそうに、退屈そうにジブリールは零《こぼ》す。

「あぁッ!!　うちの言葉遣い真似《まね》てくれたにゃ!?　お姉ちゃん愛にゃ!?」

「たった一文前すら読めないのは想定外でした。主の御名に誓《ちか》い二度と言いません」

げっそりとしたジブリールの呟《つぶや》きが聞こえないのかなおも絡《から》みつくアズリールを、

「……そろそろ満足だろうアズリール」

「ぎにゃぁっ⁉」

強引に引っぺがし、壁に叩《たた》きつけたラフィールがジブリールを抱え上げる。

「ジブリール、自由奔放《ほんぽう》は結構だが、少しは後先を考えろ——修復術式行きだ」

そう言って本物の子供をたしなめる様子でジブリールを抱いて歩き出すラフィールに。

——同じく本物の子供のような抗議の声が二つあがった。

「ラ、ラフィール先輩、私なら大丈夫——五年も監禁など退屈の極みでございます！」

「にゃぁぁラフィールちゃんがうちの子攫《さら》ったにゃぁ女児誘拐にゃぁッ！」

ラフィールの腕の中、手足、羽までばたつかせる小さな子供《ジブリール》と。

砕けた壁からのっそりと、床を這《は》って涙する大きな子供《アズリール》である。

そんな二人を半眼で交互に見やり、ラフィールは言う。

「——ではアズリールに渡そう。自然回復する五十年おまえを放さんと思うが——」

「センパイに会わない五年、最高でございます、素晴らしゅうございますッ♥」

——旋風さえ生じる手のひら返しを見せるジブリールに。

「あぁぁあうちのジブちゃんがぁぁ！　五年も逢《あ》えないなんてこの世は地獄にゃぁ！」

地上を地獄に変えている本人もまたそう言い放つ様に。

ラフィールは思う…………平和だな……と。

ふっと転移し消失したラフィール達がいた場所を眺め――アズリールは思う。

ジブリールを問い詰めた身ながら、と自分でもわかっている、と。

主を、アルトシュ様を、満足させられているとは感じられない、と。

――ジブリールの言動が正しいとは思えない。

主に牙《きば》を剥《む》くなど言語道断、むしろその発想がそもそも理解出来ない。

だが、主が時折《ときおり》見せる笑み――『終龍《しゅうりゅう》』を討ち滅ぼして以来倦怠《けんたい》の海に沈んだ主の笑みは――ジブリール以外に向けられることを、アズリールさえ殆《ほとん》ど見たことがなかった。

だから、ジブリールはあれでいいのだろう。

いや、あれでいいのだ。というか――

「アレ〝が〟可愛《かわい》いのにゃぁぁぁぁぁ我慢出来ないにゃうちも後を追うにゃぁ！」

ドクンと、空間胎動音を鳴らしたアズリールに、周囲の天翼種《フリューゲル》が慌てて飛びかかる。

「ちょ、アズリールさま!?」

「何のつもりですかぁ！」

「決まってるにゃ！　うちも空に『天撃《てんげき》』ぶっ放せばジブちゃんと一緒に修復術式に入って五年間キャッキャうふふ、にゃ！　修復施術室――あそここそ桃源郷《エルドラド》とみたにゃぁ！」

――この人、バカなのだろうか。

その場にいた全員の脳裏に疑問が過《よ》ぎった、次の瞬間――。

アヴァント・ヘイムから赤い空を穿《うが》つ一条の光が閃《ひらめ》き、全員が確信した。

――この人、バカなんだ。

《[illegible]暦[illegible]年[illegible]日》

修復術式が終わって五年ぶりに外に出られてよかったです。

私に続いてセンパイが天撃を撃って、修復施術室に入ったと聞きました。

私と同じ部屋に入るつもりだったと聞いてセンパイはバカだなぁ、と思いました。

修復施術室は個室だし私より力が大きいセンパイは完治が遅いからです。

外からセンパイの泣き声が聞こえて私はセンパイはじつにバカだなぁ、と思いました。

死と炎に覆われた天地、死に往《ゆ》く星の空、悠然《ゆうぜん》と舞う影が呟《つぶや》いた。

「今日は良い天気でございますね♥」

赤い塵《ちり》に覆われ閉じた天を上機嫌に見上げて遊覧飛行するジブリールだ。

両手には――なんだ、その……あれだ。

あまり具体的に描写するとキツい感じの、首的なものを四つ携《たずさ》えていた。

――ことは一時間程前に遡《さかのぼ》る……。

「ねね、なんか『魔王《まおう》』とか名乗ってる幻想種《ファンタズマ》の変態いたでしょ？」

「……変異体だよ、変・異・体、おっけ？」

「どっちでもいいよ～で、で、その変態が『四天王《してんのう》』とかゆーの造ったらしいの」

「魔王が造ったって……なに、妖魔種《デモニア》の上位個体を造った、ってことかな」

「うんうん♪　でねでね？　――天翼種より強いってほざいてて――」

――それを聞いた瞬間ジブリールは、魔王領に空間転移《シフト》した。

そしてお察しの通り、その『四天王』――だ・っ・た・も・の・が今その手にあった。

「しかしガッカリでございます。天翼種《フリューゲル》以上とは、また壮大なホラを吹いたもので……」

だが冷静に考えれば当然のことと、ジブリールは一層ため息を深くする。

「妖魔種の上位版――ようするに強い・・・ザコ《ザコ》なのは、自明でございましたね」

……一時間で狩られた妖魔種《デモニア》の『四天王』に涙するべきだろうか。

それとも〝天翼種《フリューゲル》以上〟などと、口は災いの元、と憐《あわ》れむべきか。

腐っても『四天王』――つまり妖魔種《デモニア》の『レアな個体の首』と持ち帰っているが――

「久し振りのシャバ、修復術式後でせっかく万全状態……不完全燃焼でございます」

そう唇をとがらせ、ジブリールはいじけた様子で呟く。

魔王領に転移、目についたものを無造作に蹴散《けち》らし――その中に四天王がいた。

まるで戦《いくさ》をした気がしない。というかキッパリとしていない。

腕を数回振っただけのそれは戦とは呼べまい。精々《せいぜい》――

「……準備運動でございますね。戦とはもっと血湧《ちわ》き肉躍《にくおど》るもので──あ、ぁわっ！」

拳《こぶし》を握り、危《あや》うく四天王（だったもの）の首を潰《つぶ》しかけ、慌てて片手で持ち替えて、

「ふぅ、危《あぶ》のうございました♪　おほん、そう、そも戦とは──ッ!!」

そして改めて、ぐぐっと拳を握ってジブリールは誰にともなく語る。

「魂の削り合い！　血と血、命と命のぶつかり合いでございますれば然《しか》るにッ！　一方的蹂躙《じゅうりん》はあまりにつまらのうございます……これではアリの巣に水を流し込み眺めているのとさして変わり……あ、それはそれで楽しそうでございますね？　うぇへへ～♥」

喩《たと》えてみたものの、実際やったことはない。ならばやってみるのも一興《いっきょう》。

──『思い立ったが凶日』──

ブッ殺すと思ったならスデに首を刎《は》ねていろッ！　と由緒《ゆいしょ》正しき天翼種《フリューゲル》の格言に従い。

ジブリールは即時即断即行、アリの巣を探すべく高度を下げ、

「──おや？」

その視界の奥に、何かが映った。

雲の下を高速で飛翔している、純白の巨体。それは──。

「龍精種《ドラゴニア》──ですか。しかし白い龍精種《ドラゴニア》とは……また珍《めずら》しゅうございますねッ♪」

──とジブリールは目を輝かせ、舌舐《したな》めずりをする。

ジブリールの知る限り、主が『終　龍《ハーティレイヴ》』を滅ぼして以後、大戦に関与している龍精種《ドラゴニア》は『焉龍《アランレイヴ》』とその従龍《フォロワー》のみのはずだが──『焉龍《アランレイヴ》』の従龍《フォロワー》は皆、闇《やみ》のように黒い。

そして『終　龍《ハーティレイヴ》』は従龍《フォロワー》を持たない。
では遠くを飛ぶ白銀の龍は、王を持たないはぐれ龍か、あるいは――。
「『聡龍《そうりゅう》』レギンレイヴの従龍《フォロワー》ですね⁉　ベリープレ～ミアムなネックの予感ッ♥」
ならばその首ゲット！　とジブリールは速やかに決意した。
妖魔種《デモニア》の何とか四天王など、この為の準備運動に過ぎなかった・・・
今そういうことになった、とジブリールは四天王の首をポイ棄《す》てした。
――龍精種《ドラゴニア》に単独で挑んで勝利した天翼種《フリューゲル》はいない。
ならば、自分がその前例《ルール》を覆《くつがえ》してみるのは実に楽しそうだろう⁉
即時即決、ジブリールは羽を打ってその影を追い――同時に思い出す。
主はあの『終龍《しゅうりゅう》』を滅ぼして以来、玉座から動かなくなったのだと云《い》う。
最強の龍精種《ドラゴニア》を討《う》つ――その何とも心躍《こころおど》る勝利を経て、何故《なにゆえ》に主は退屈なさったのか。
疑問を覚え、そしてすぐに答えを出す。
「……まあ、やってみればわかりますね。〝百考は一殺に如かず〟でございます♥」
先と同じく、天翼種《フリューゲル》の由緒正しき格言を口にして、ジブリールは加速した。
だが――速い。そして遠い。
全速力で飛翔しても、龍との距離は少しも縮む気配がない。
だが、考えて見れば当然のこと――とジブリールは微笑した。

あの小山のような巨体が〝空を飛んでいる〟こと自体が異常なのだ。

おそらくこれは『飛行』ではない。空間の方が龍を置き去りに移動しているのだ。

時空間干渉の拒絶、自己座標の固定。――速度は問題ではない。ジブリールが光の速さに迫ろうと、このままでは永遠に追いつくことはできない。

ならばどうするか――ジブリールは少し悩み、そしてすぐに笑顔で答えを出す。

「ああ、私としたことが。挨拶して呼び止めればよいだけでございましたね♥」

――直後。笑顔のジブリールが腕を振るい、そして放った〝挨拶《あいさつ》〟は。

音はおろか光さえも追い越し、空間を引き裂いて。

天地を揺《ゆ》るがす轟音《ごうおん》と共に、周囲の山々を破壊の渦に叩《たた》き込んだ――。


ジブリールは名乗りを上げた。

「――お呼び止めして申し訳ございません。私、名をジブリールと申します」

舞い上がる爆炎と土砂を吹き散らして、山々の蒸発した地表に近づく。

凄《すさ》まじい破壊痕《あと》の目立つクレーターの中心に、こちらを見上げる龍の姿がある。

――素晴らしい、とジブリールは思った。

永久に不滅とされる玉体は、当然のように無傷である。

純白の竜鱗は陽光を浴びて輝き、極海の氷河よりもなお穢《けが》れなく澄みきっている。

そして何よりも美しいのは、その深遠な知性を帯びた眼差《まなざ》し。

今ではない何時《いつ》か、此処《ここ》ではない何処《どこ》かを見ているような目、その全《すべ》てがなるほど――まさに龍精種《ドラゴニア》。この世でもっとも完璧《かんぺき》な生物。

ともすれば主以外の神霊種《オールドデウス》などより、よほど〝神々《こうごう》しい〟と思わせる圧倒的威厳《いげん》。

そんな白銀の龍が、こちらを見据《みす》えて言った。

【愚かな虚神の屑羽よ、無礼は忘れてやろう――失せるがよい】

――果たして龍が何を口にしたのか、ジブリールにはわからない。

だが〝龍精語〟で紡《つむ》がれたその言《こと》の葉《は》に、彼女は周囲の空間ごと――。

いや、龍の瞳《ひとみ》に映る視界――その全てが一瞬の内に瓦礫《がれき》へと変じて消し飛んだ。

――それ自体が魔法――森羅万象に対する『命令』である〝龍精語〟。

『死ね』と言われた全てが死に絶え、『砕《くだ》けろ』と言われた万物が砕け地に還《かえ》る。

天地創世の力の断片。星の原初の言葉。『万能言語《ドラゴニア》』や『創造言語』などと無数の呼び名や伝説で知られる、その正体を真に知るは当の龍精種以外いないだろうが――

「――――――かはッ……はぁッ……ぁ……ッ」

その強制力以上の力で逆らう他、抗《あらが》う術《すべ》なしとジブリールも知っていた。

咄嗟《とっさ》に精霊回廊《せいれいかいろう》源潮流、更《さら》に周囲の干渉出来る全ての精霊まで集めて――

全てが文字通り消失した景色の中、辛《かろ》うじて息を荒らげ耐えたジブリールは、

「――おや……正直、想像以上でございます……はて……何事、でしょう」

だが気丈《きじょう》に笑みを浮かべ、そして心底不思議そうに小首《こくび》を傾《かし》げた。

――たった一言。

それだけで無双の兵器、死の具現たる天翼種《フリューゲル》を満身創痍《まんしんそうい》に等しい様にした龍は。

だがジブリールがなおもそう笑う様子に、僅《わず》かに怪訝《けげん》に気配を変える。

眼前の天翼種《フリューゲル》に何か違和感を覚えたのか――龍は今度は、

『――独《ひと》りか虚ろ神の屑羽よ』

あえて天翼語で語りかけるが――龍は気付かない。

いや、気付いていながら、あえてそう言ったのだろうか。

だが何にせよその発言はジブリールの〝地雷〟を二つ踏み抜いた――すなわち。

「……我が君を虚ろ神とのたまい、私を屑羽とほざく――いい度胸でございます♪」

この二つ――だが、満身創痍の体で、かえって殺意を増大させるジブリールに。

龍は再度気配を変える。悪意ない様子で――怪訝の気配から――興味へと。

『よもや独りで我を討《う》ちに来たわけではあるまい、何用か屑羽よ』

――――ジブリールの中で、何かが音を立ててキレた。

「そのよもやでございます。単刀直入に用件を申しましょう」

怒りに歪《ゆが》んだ笑みで、再度ジブリールは一礼し、

「その宇宙《うえ》から目線を、地に沈めたく……具体的にはその素《そ》っ首《くび》を刎《は》ねさせて頂きたい所

存にございます♪　言葉を喋《しゃべ》り空飛ぶ爬虫類《はちゅうるい》、標本として何かと稀少《レア》でございまして♥」

——ぶっちゃけて言えば、ジブリールはぷんぷんだった。怒髪天《どはってん》だった激《げき》おこだった。

体が震えていた——今すぐ有無《うむ》言わさず斬《き》り掛かろうとする衝動を抑えて。

我慢に身を震わせて——先程《さきほど》の龍のたった一言で削られた力を補うべく——すなわち、
最大威力の一撃を叩き込む為に、全力で、最速で、限界まで、力を収束させていた。

〝それが何を意味するか〟は、ジブリールにはまるで自覚がない様子で。

ただ赤く蓋《ふた》された天を、なおも蓋するが如《ごと》き巨大な翼を広げた龍は沈黙して眺める。

眼前の羽を——希有《けう》な現象に遭遇した学者の如き知的な目で——ただ眺める。

そして——果たしてそこに何を見たのか、龍は告げる。

『是《これ》は驚嘆だ永生《ながい》きも存外悪くないまさか〝悩める羽〟を目にする日が来ようとは』

そう、本心から驚嘆を滲《にじ》ませる声に、今度はジブリールが怪訝に眉根を寄せる。

「私の悩みなど、眼前の爬虫類が天翼語を口にしているにもかかわらず意思疎通が出来ない、このストレス以外、特にございませんが？」

だが龍は全《すべ》てを見透かすような目に、喜色を宿して——直後、空間が揺れた。

『成程終龍《なるほどかのもの》の滅びは有意であった虚神がついぞ我を問いはじめたか』

その空間の揺れが、龍の笑い声だと認識するのに数瞬の間を要して。

理解したジブリールは同じく笑った——そう、昏《くら》い笑みで、認める。

あまりに想定外の力に——〝怯《ひる》んだ〟と。次いで今度は、己に問う。

最初の一言《いちげき》で失った力の為の補填《じかんかせぎ》――いつからそんなに気が長くなったと♪

――今、殺す。

そう、精霊を搾取《さくしゅ》するように収束させるジブリールに、だが龍は。

『あえて問う〝羽〟よ。我を討てると思えるか』

言《こと》の葉《は》一つで天地を崩壊させる、天の支配者を思わせる白銀の巨龍の問いに。

だがジブリールは首を傾《かし》げ、いっそう歪《ゆが》んだ笑みを深めて、答える。

「やはりトカゲと意思疎通など、無理難題でございましょうか、あまりにくだらない質問に苦笑も枯れますが、あ・え・て・問うと仰《おっしゃ》るなら、あえて答えます――〝当然〟と」

龍の羽ばたきに生じる嵐《あらし》の中――「ですが」と、ジブリールはなおも続ける。

「別に〝そんなことはどうでも宜《よろ》しい〟のでございます」

――そう、重要なのは勝敗ではない。重要なのはただ一つ。

「目の前に強者、殺す機会がある、見逃《みのが》す選択肢が一体何処《どこ》にございましょう♥」

――それが〝戦《いくさ》〟だろうと。ジブリールが望む〝魂削る戦〟だろうと。

――自明の回答に、龍は理解する。

――だがジブリールは理解しない。

その行動の異質。その行為の異様――矛・盾・に。

故《ゆえ》に龍は翼を広げ天を――ともすれば世界をさえ覆いかねぬと錯覚するほどの圧倒的存

在感に、だが不釣り合いなまでに〝優しげな気配〟を滲《にじ》ませて、ただ告げる。

『把握した汝すら身に覚えなき汝の問いに答える手を貸そう』

「トカゲとは禅問答が趣味で？　能書きはよろしいので、さぁ――」

だがジブリールは凶暴な笑みを浮かべて応じる。

「――戦《いくさ》をしましょう。殺し合いましょう死に合いましょう討ち合いましょうッ♥」


【砕《くだ》けよ】


狂気とも恍惚《こうこつ》とも怒りともつかぬ感情に口を吊《つ》り上げて。

――かくしてジブリールは全身全霊の『天撃《てんげき》』を――


だが放つより速く、龍はたった一言を口にした。

ただそれだけ――翼を一打ち、一言紡《つむ》いだ龍精種《ドラゴニア》の言《こと》の葉《は》に。

「――――――は？」

――ジブリールは半ば本能的に『天撃』を――攻撃ではなく。

遍《あまね》く凡《すべ》てに『崩壊を命ずる言葉』に――ただ抗う為だけに全《すべ》てを解き放った。

『我ら出逢《であ》い悪かった、互いを見誤った』

――それでもなお、抗《あらが》いきれない崩壊に――薄れる意識の中、ただ龍の声を。

『日を改めよう羽よ互いを知った上で幾度《いくど》とでも挑むがよい失望させてくれるな』

そう――何処《どこ》か諭《さと》すような、優しい声を聞いた。

万物の粒子結合が瓦解《がかい》し、意味消失していく絶対的な力が渦巻く。

ジブリールが己《おの》が全霊と引き替えてなお自身の形を保つことも危うい破壊の嵐《あらし》に――本物の羽さながら巻かれて……遠く龍が羽ばたき飛び去って行くのを視界に捉《とら》えたのを最後に。

ジブリール……天翼種《フリューゲル》……神殺しの兵器が。

抵抗さえ許さぬ――問答無用の力に意識を失った。

《[illegible]暦[illegible]年[illegible]日》
龍精種《ドラゴニア》に負けて悔しいと思いました。あと、七年の修復術式はさすがに退屈だと思いましたけどセンパイに会わずに済むのは良かったので、良かったなあと思いました。

――――…………

修復術式の完了まで、七年。その間半分以上意識はなかったが。

それでも退屈な施術室から出て、ジブリールは開口一番、

「はて。何故《なぜ》負けたのでございましょう……何とも不可思議《ふかしぎ》でございますね♥」

そう首を傾《かし》げた独り言に、だがアズリールは頭を抱えて叫んだ。

「——本気で言ってるのかにゃ？　ならジブちゃんちょっと失礼して頭をどつくにゃ!?　龍精種《ドラゴニア》に一人で挑《いど》んで勝てるわけないにゃぁあ何がしたかったのにゃぁあああッ!?」

「おやセンパイいたのですか。というかまだ生きてらしたのですか残念でございます」

「ジブちゃん……お姉ちゃんそろそろ本気で泣くにゃぁッ!?」

そう言って本気で床に伏せ泣き出したアズリールを押しのけるように——

「……ジブリール。私も説明を求めたいな」

——いや、実際にアズリールの頭上に転移で出現して、「ふぎゃっ」と踏まれた者の悲鳴を無視して、ラフィールが神妙《しんみょう》な面持《おもも》ちでジブリールの目を覗《のぞ》き込《こ》む。

「……何を考え龍精種《ドラゴニア》に挑んだ。過信なら——おまえへの評価を改める必要がある」

文字通り足蹴《あしげ》にされバタつく自称姉《アズリール》とは——比較するも失礼な姉《ラフィール》の威厳に。

だがやはりジブリールは何を咎《とが》められているかわからず、戸惑《とまど》いながら答える。

「いえ、端《はな》から容易に討てるなどと思ってございませんでしたが——」

龍精種《ドラゴニア》——集団で交戦したことは何度となくある。

討伐したことも一度や二度ではない——だが故《ゆえ》にこそ十二分に知っていた。

地精種《ドワーフ》に曰《いわ》く、龍精種《ドラゴニア》はその鱗《うろこ》一枚戦士千人に値《あたい》する、と。

その鱗その身その骨は本来、天翼種《フリューゲル》五十や百という力を束《たば》ね漸《ようや》く断《た》てる可能性がある代《しろ》物《もの》であり、この地上に存在する如何《いか》なる鉱物より硬く――故に滅《めっ》してなお屍は永遠に遺《のこ》る。

確かに、龍精種《ドラゴニア》は強い。ともすれば下等な神霊種《オールドデウス》に匹敵する存在だ。

ジブリールとて、容易《たやす》く討てる相手だなどと、微塵《みじん》も思っていなかった。

万全の状態で『天撃《てんげき》』を放ったとて、鱗数枚剥《は》がせれば上出来とさえ思っていた。

だが――それでも。

「五十や百で挑めば討ち取れる龍に、あそこまで一切何も出来ないとは……はて？」

手も足も出なかった――そんな生易《なまやさ》しいものですらない。

文字通り何もさせて貰《もら》えなかった。あの龍が『攻撃』したかどうかすら怪しい。

小鳥が鷹《たか》に挑んだとて、あれよりは抵抗くらい出来るだろう――と。

死にかけたことはどうでもいいとばかりに思考にくれ、首を傾《かし》げて。

ただ――「腑《ふ》に落《お》ちのおございます」と呟《つぶや》く姿にラフィールは肩を落とす。

「これは是《ぜ》が非《ひ》でも討たねばならぬとジブリールは考えますが如何《いかが》でしょうセンパイ！」

未《いま》だラフィールに踏まれたままのアズリールがバタつき叫ぶ。

「如何もへったくれもないにゃぁ！　死にかけたつってるにゃ人の話聞けにゃぁ！」

「アズリールセンパイがＮＯというならＹＥＳが正解、即《すなわ》ちやはりあの龍は討ち取るべきでございますね。ありがとうございます。ラフィール先輩ちょっと行って参りま――」

「ジブリール」

すぐにでも空間転移《シフト》しようとしたジブリールを一言で硬直させ、ラフィールは続ける。

「……真面目に答えろ。おまえが助かったのは〝偶然〟だ」

そう鋭い目でラフィールはなおも続ける。

「修復術式に七年。このストーカー《アズリール》に感謝しろ。おまえを尾行させていなければ――発見があと僅《わず》かでも遅ければ助からなかった……付け加えるとおまえが回復するまで七年間、天翼種《フリューゲル》の長に施術室の前で根を生やし泣き暮らされては、はっきり言えば迷惑だ」

「にゃぁぁあ！　そういうこと勝手に言うにゃぁ！　過保護な馬鹿姉みたいにゃぁ⁉」

「アズリール、おまえ頭は正常か。過保護な馬鹿姉以外のなにもののつもりでいた」

そう叫ぶラフィールの足下でバタつく〝コレ〟に感謝しろという――

中々の無理難題に困り顔のジブリールに、だがラフィールは続ける。

「――もう一度だけ問う。何を考えて龍精種に挑んだ・・・・・・・・・・・」

その返答次第では、尊敬する先輩に軽蔑《けいべつ》される――それはジブリールにもわかった。

――だが――やはり――ジブリールには〝何を咎《とが》められているのか〟がわからない。

「失礼ながらラフィール先輩、逆に問わせて頂きます」

故《ゆえ》に、今度はあえて――逆に問う。

「何故《なぜ》、単独では龍精種《ドラゴニア》を討てないと断言なさるので？」

ジブリールの問いに、だが答えたのは相変わらず踏まれているアズリール。

「〝そういうもんだから〟にゃぁ！　何で今更《いまさら》こんな常識の説明がいるにゃ⁉」

同感なのか、ラフィールは小さく頷《うなず》きその〝常識〟を語る。

「龍精種《ドラゴニア》は最弱の個体でも天翼種《われら》が扱える精霊の限界量を鱗一枚に宿す。ジブリールの『天撃《ぜんりよく》』を平均の倍──『十』としても龍精種《ドラゴニア》の鱗一枚が『五』だ。それを何億枚と重ね層を成す……力を束ねなければ根本的に力が足りない。知らぬわけではあるまい」

そう、当然ジブリールは知っており、その上で挑んだ。何故なら──

「それはありえません」

──きっぱりと。

その〝常識〟を否定され、アズリールも、ラフィールさえ目を剥《む》く中。

だがジブリールは自明を語るように、続ける。

「でしたら、我々が五十体──たかが五十倍の力を集めても焼け石に水。鱗一枚射貫けずましてその先、血肉や骨を断てるはずがございません。力が足りないと仰るなら、我々がこれまで──〝如何《いか》にその『数億の層』を貫《つらぬ》き龍精種《ドラゴニア》を討ったか〟──説明願います」

「……ふむ」

「にゃ……にゃぁ……それは……」

アズリールは言えなかった──〝わからない〟と。

龍精種《ドラゴニア》に多数で挑めばその防護を穿《うが》ち討てることはわかっている。

だが逆を言えば——それ以外は、なにもわかっていないのだ。

何せ龍精種《ドラゴニア》は死ぬと骨を遺し鱗《うろこ》から血肉まで全《すべ》てが炎上、消滅する。

その複雑極まるであろう、鱗の原理、防護術式の本当の所は——全く未知だ。

力任せに、膨大な力を打ち付ければ殺せる以上のことは、何もわからない。

だが——その『わからない』に、ジブリールは根拠を掲《かか》げ——〝仮説〟を述べた。

「天翼種《フリューゲル》五十体で挑んで討てるなら、多少のダメージは私独りでも与えられたはずです。しかし現実はこのザマでございます。腑《ふ》に落《お》ちないとあえて言わないのであれば——」

——何故、こんな自明のことを説明しなければならないのか。

本気で不思議そうに——何故わからないのかと疑問に染まった目でジブリールは言う。

「〝条件〟があるはずでございます。あの鱗を貫きあの『言葉』に逆らう条件が。そうでなければ——私がこの目この身で討ってきた龍共と、あの龍と単独で対峙《たいじ》し、この身に浴びた〝力量の解離〟が説明つかのうございます——と言えば理解頂けるでしょうか」

——一瞬の静寂の後。苦笑し、笑ったのはラフィールだった。

「いいだろう、納得いく説明だった。ならば末妹《ジブリール》よ、思うがままにその羽を打て」

「ありがとうございます、ラフィール先輩」

尊敬する先輩に理解された——その安堵に一礼するジブリールだが——

「ちょッラフィールちゃん!?　勝手なこと言うにゃジブちゃんを死なせたいのにゃ!?」

「——む、まだ居たのかアズリール、すまん忘れていた」

「皆してうちを何だと思ってるにゃぁ！」

ようやく退いたラフィールに、猛然《もうぜん》と立ち上がってアズリールが叫んだ。

「全天翼種《フリューゲル》に命じるにゃッ！　ジブちゃんを今すぐ拘束《こうそく》するにゃぁぁッ！」

このままではジブリールは迷わず龍精種《ドラゴニア》にまた挑みにいくだろう。

そして今度は助かる保証など——ない。行かせるわけには——ッ！

「ジブちゃんごめんねっ！」

「一応コレでもあたし達の長だし〜」

猛然と、虚空から出現する無数の天翼種《フリューゲル》に迫られ、だがジブリールが笑顔で告げた。

「妖魔種《デモニア》の『四天王』の首、置いてきた場所を教えるのでセンパイを拘束♥」

——瞬間、ぐるりと。

「アズリールさますみませんッ！」

「失礼しまぁぁすお覚悟ぉぉッ！」

一八〇度ターンで出現した全天翼種《フリューゲル》が一斉にアズリールに襲いかかった。

「にゃぁぁあなんにゃ⁉　うち天翼種《フリューゲル》の長にゃ⁉　この不当な扱いはなんにゃぁ！」

その問いに、答えて良いのだろうか。

誰もが——ラフィールさえ目を背け閉口する中、だが嗚呼《ああ》、天使のような笑顔で。

「お望みとあらば夜が明けるまで理由を列挙しても宜《よろ》しいですが——一言で」

誰もが言おうとし、だが言わないでいてあげたことを、バッサリとジブリールが告げた。

「カリスマのなさ、ではないでしょうか♥」

——アズリールの頭上に、空が落ちた。

言うだけ言って何処《どこ》かへ転移したジブリールに呆然《ぼうぜん》と。

だがあっさり全員の拘束を解いて、アズリールは体育座りでポツリとこぼした。

「うち……、カリスマ……ないの、にゃ？」

——時に沈黙は口より雄弁に語る。たとえば——今とか。

♜

主が御座す玉座の間。

常ならば優雅に転移するところに、わざわざババーン！　と大扉を押し開け。

涙と鼻水と垂らしながら、アズリールが転がるように飛び込んでくる。

「わぁぁんアルトシュ様皆うちをカリスマゼロとかアホとかボケとか虐《いじ》めるにゃぁッ！」

そう叫び、おいおい噎《むせ》び泣く己の筆頭眷属《けんぞく》を前に、アルトシュは双眸《そうぼう》を見開き。

絶対の神、最強の神、王の中の王として、その神意を——告げた。

「──事実に何を憤怒《ふんぬ》する」

そうだ、死のう♥

愛しき主が告げた言葉の衝撃にアズリールはレイプ目の笑顔で己自身に『天撃』を──

「お騒がせしました我が君。どうかお許しを」

撃とうとしたところ、背後に現れたラフィールの一撃で壁を突き破り、外に消える。

眼前で行われた寸劇に、アルトシュが重々しく問うた。

「──『四番個体《ラフィール》』よ。〝アレ〟は壊れたか」

「その御配慮で天にも昇るでしょう。番外個体にあてられている自覚がないだけです」

ふむ、とアルトシュは笑みを一つ。

どこか満足げな主に一礼し、踵《きびす》を返そうとして──ふと、ラフィールは疑問を得た。

「……我が君。その深淵《しんえん》なご意志を問うこと、お許しを」

主の双眸《そうぼう》が無言のまま先を促《うなが》す。ラフィールは跪《ひざまず》き、問いを続けた。

「──何故《なぜ》、最初番個体たるアズリールが──〝アレ〟なのですか」

向けられた問いに、アルトシュは微動だにしなかった。

獰猛《どうもう》な巌《いわお》のごとき面貌に奥深き知性と精神、わずかな倦怠《けんたい》を覗《のぞ》かせながら。

その揺るがぬ意志、言《こと》の葉《は》一つで世界の法さえ定義する権威を以《もっ》て、主は告げた。

「特に意味などない。にゃ」

…………。

──嗚呼《ああ》。

「なんと崇高にして深遠なる言葉。さすがは我らが君、我らが主」

そう傅《かしず》き、文字通りの天啓《てんけい》に身を震わせるラフィールは、だが礼一つ。

未《いま》だ騒がしく泣き喚《わめ》く──砕《くだ》けた壁の外のアズリールの許《もと》へ向かう。


(アルトシュ様──神の中の神。王の中の王、最強にして最高の至高の存在)

その意志は万物を超越し、その神意は万物を内包する。主は全《すべ》てを識《し》る。

であれば当然──あらゆる戯《たわむ》れをも理解なされるはずだ。

故《ゆえ》に主はこう語ったのだろう──

「うううみんな嫌いにゃぁぁ……いじけてやるにゃぁグレてやるにゃぁ……」

──アズリールが〝コレ〟なのも、戯れに過ぎぬ、と。

グズグズと、子供のように地に突っ伏してさざめ泣くアズリールを見下ろし思う。

その〝コレ〟を無造作に蹴《け》飛ばしてラフィールが半眼で告げる。

「……いつまで〝嘘《うそ》泣き〟してる。さっさと立て」

「にゃぁぁ半分は本気にゃラフィールちゃんスパルタにゃぁ嫌いにゃぁッ!!」

大粒の涙をこぼし駄々っ子のように大の字のまま、アズリールは洟《はな》を啜《すす》るように言う。

「……ラフィールちゃん……ジブちゃんうちのこと嫌いなのかにゃ」

──大真面目《おおまじめ》にそう問うアズリールに、溜息《ためいき》一つ。

本当に何処《どこ》までも不器用な奴《やつ》め──そう内心呟《つぶや》きあえて答えず、告げる。

「アズリール、私が見るに最初番個体であるおまえは〝完全過ぎる〟……もう少し柔軟に物事を見るようにしたほうがいいぞ。それが主の意志であろうと、少なくとも──」

だが僅《わず》かに同情するように、ラフィールは告げる。

「そんな〝演技〟ではジブリールを本当に好いているとは、伝わらんぞ」

「…………だって、他の方法なんて知らないにゃ」

──最初の天翼種《フリューゲル》アズリール。

彼女に与えられた使命は、後に創られる天翼種《フリューゲル》の管理と指揮だ。

主に勝利を捧《ささ》げる道具、戦火を撒《ま》く火種、その為なら──。

天翼種《フリューゲル》の誰も、何体も、笑いながら使い潰《つぶ》す──それが彼女に与えられた使命故に。

だが──主が特別な意味を込めて創ったという──番外個体。

ラフィールも詳細は知らないが、その日を境にアズリールは──変わった。

主がアズリール、ジブリールに何かを求めたのか、それは主のみぞ知る。

だが、アズリールがジブリールに、殊更《ことさら》特別な感情を抱いたのは明白だった。

特別な個体、失ってはいけない個体。
それが執着となったのだろうが――漠然《ばくぜん》とラフィールは考える。
ジブリールに対する執着は、その本来の使命と――まるで矛盾している。
故《ゆえ》に、どう表現すればいいのかまるでわからないのだろう、と。
そんなアズリールに、ラフィールは苦笑して手を差し伸べる。
そしてグズグズと、その手を取り立ち上がるアズリールにぼそっと零《こぼ》す。

「この馬鹿姉が、私の翼をもいだ張本人と知ったら、ジブリールもさぞ驚くだろうな」
カリスマがない……なるほど昔を知らぬ者はそう思うのも無理なかろうが。
――かつての神殺しの戦《いくさ》、『神髄《しんずい》』を穿《うが》ったのはラフィールとされている。
だが厳密には、違う。
事実は――アズリールが、ラフィールを盾に〝ラフィールごと〟『神髄』を穿った。
それを、悪びれることもなく、笑顔でやってのけ、あまつさえ――と。
苦笑いして当時を思い出し、ラフィールは言う。
「……『ラフィールちゃん、十分役に立ったから死んでいいにゃ』……だったか？」
カリスマがない？
とんでもない――最強の戦闘力を有し、勝利の為なら如何《いか》なる手段も取る天翼種《フリューゲル》。
かつてのアズリールは、ラフィールをして恐怖させる程の存在だった――それが――

「にゃ、にゃぁぁ……な、何十回も謝ってるにゃぁ、もう許して欲しいにゃぁ～……」

──今やこうして、しょぼくれて俯《うつむ》いている。

何千年、謝罪など一言も口にしなかった天翼種の長《アズリール》が。

ジブリールが造られて以来、このザマだ。実にからかいがいがある。

これでもなお──アズリールは自分が変わっていないと思っているのだから笑える。

ジブリールを特別な子、変わっていると自分さえも思っていたが──

──案外、天翼種《フリューゲル》もみな、変わり続けているのでは──

「──ああ……」

「にゃ……なんにゃ、まだうちを虐《いじ》めるのかにゃ!?」

そう怯《おび》えるように後ずさるアズリールに苦笑して。

漠然と、ラフィールの中で、何かが繋《つな》がった気がした。

主はこの世の凡《すべ》て──己《おの》が体現する概念である戦や世界をさえ含めて。

ただの〝戯れ《あそび》〟とお考えではないか、と。


──ジブリールは、確かに強い。

天翼種《フリューゲル》自体が、この天地遍《あまね》く生きとし生けるものの中で、最も強い部類に入る。

だが──けして〝最強〟たり得ない。

最強は、常に主ただ一人。それは普遍的かつ『絶対的』事実だ。
──たとえばそう、ジブリールが如何《いか》に強くとも。
龍精種《ドラゴニア》を前にすれば『相対的』には弱者と見なされるように。
「……ふむ、ならば面白い仮説が成り立つな」
それは、ラフィールの長年の疑問に答える仮説だ。
万神不倒の最強の神、アルトシュ様。
己《おの》が手一つでこの世界の凡《すべ》てをさえ従えられるであろう、至高の存在。
ラフィールは、ふと想《おも》う──自分や、ジブリール、アズリール──
天翼種《フリューゲル》を作った理由は──ならば、なにか。
（主の神意を推し量るなど恥ずべき行為。だが──）
ラフィールはその神意の理解に努めるもまた信仰だと考え──量るのではなく、想う。
（〝それではつまらぬから〟──ということだろうか）
主は戦の神、最強の神。
その神が世界を掌握し、手にして──それで？　その先は？
主が望むは無限の災禍、永遠の戦争、故《ゆえ》に、戦火を撒《ま》く。
その為に我らを創り賜《たも》うたのではないだろうか。であれば──と。
ラフィールは同時に、こうも思う。
主が我らを創った理由が──ラフィールの解釈通り〝戯《たわむ》れ〟ならば。

ジブリールの行動、我らの行動に〝それ以上の何か〟を期待してのことでは――と。

ならば龍の前には〝弱者〟であるジブリールに。

龍に挑むという発想の自由を与え賜うたその神意は何か。

――弱者が強者を下す――？

最強たる主がそれに何を見出《みいだ》すか、ラフィールにはやはりわからないが――

「アズリール、やはりおまえはまるで駄目だったように思える」

「突然なじられたにゃ!?　もおいやにゃぁぁあ帰るにゃぁッ！」

そう泣きながら走り去って虚空に消えたアズリールに、やはり苦笑する。

自分達がただの戯れ――すなわち主を悦《よろこ》ばせる為に創られたのであれば身に余る光栄。

だがもしそうならば――今ならわかる気がする、とラフィールは想う。

主が、ジブリールにことさら笑みを向ける理由が。

「――羨《うらや》ましくないと言えば嘘《うそ》になるが……それも主の意志、彼女の特権だな」

そう、おそらくジブリールは主の望みを果たすだろう――すなわち。

「……龍精種《ドラゴニア》の、単独討伐か……常識を覆すことを意味するが、さて」

それが何を意味するか。

最強たる主はそこに何を求めるのか――なんであれ。

ハイカード・オール・レイズ【後編】

神話に曰《いわ》く。かつてこの地で〝二つの最強〟という矛盾が対峙《たいじ》したと云《い》う。
――灼熱の高座《ムスペルギャルヴ》と呼ばれた天峰、だが今は轟く裂け目《スリュムガップ》と呼ばれる海峡。
神霊種《オールドデウス》『戦神《いくさがみ》』アルトシュが、龍精種《ドラゴニア》『終龍《しゅうりゅう》』ハーティレイヴを屠《ほふ》った黄昏《たそがれ》の地。
気も遠のく古《いにしえ》に、世界を見下ろす頂点を定めた、熾天《してん》の決闘場である。
両者の戦いにより天は赤く閉ざされ、地は碧《あお》く死に染まったという。
そして今なお――雷鳴の絶えぬ空は蠢《うごめ》き、悠久に冷めぬ沸騰する海の狭間《はざま》で。
一頭の龍が、静かに時を待っている。
黄昏の中にも目映《まばゆ》い純白の鱗《うろこ》を輝かせ、微動だにすることなく天を仰いでいる。
その深遠な知性を湛《たた》えた瞳《ひとみ》が――ふと、揺らいだ。
視線の先。赤く染まった空から、一条の光が流星の如《ごと》く翔《と》んでくる。
それは天使だ。
背中に光を編んだ翼を広げ、頭上に幾何学模様の光輪を戴《いただ》く――天翼種《フリューゲル》。
長い髪を虹色《プリズム》に煌《きら》めかせ、琥珀《こはく》の瞳に星のような意志を浮かべる美しい少女。
かの神話の当事者、最強の名を己《おの》が物とした戦神によって創《つく》られた、一枚の羽。
何やら巨大な鉄塊を携えて飛来してきたその少女に、龍は云った。

『——久しいな小さき羽よ』

見慣れた——だが見飽きることのない白き龍を前に、ジブリールは震えた。
自然と胸が高鳴る。血を焦がすような興奮が溢《あふ》れて止まらない。
——未《いま》だ名も知らぬ龍精種《ドラゴニア》が、からかうように問うてくる。
『数寄者《すきもの》め。六度目の敗北を味わいに来たか或《ある》いは——』
その言葉に、ジブリールは唇を弧に曲げ、告げる。
「——ご安心を。これが最後となりましょう」
そうして、彼女は鉄塊を構えた。光輪を廻《まわ》し、全霊の戦に備える。
対する純白の龍は、僅《わず》かに蒼《あお》い眼《め》を細め、天を覆うが如き翼を広げて——問う。
『識《し》っているか小さき羽よ。かつてこの地で何者が相争ったか』
「無論——ですが、それが何か？」
気負いなく、ジブリールは答えた。
一と半万年前——己が創造主《アルトシュ》と至高の龍王《ハーティレイヴ》が戦ったのと同じ地、同じ場所で。
偉大な神話をなぞるかのように龍と対峙しながら、彼女の意志に余分なものはない。
——これは神話ではない、とジブリールは声に出さずに笑う。

この地で、主はいったい、龍王と何を語り、何を想《おも》い、何に失望したのか。
興味は尽きねど、好奇は疼《うず》けど、しかしてその答えに何の意味があろう?
自分は——決して最強ではない。
眼前の白龍に五度に亘《わた》り挑み、そして敗れた、紛《まが》う事なき正真正銘の敗者である。
かたや——眼前の龍は常勝無敗。
されど主神の手にかかれば一撃で砕け散る有象無象の一つ。決して最強でもない。
つまり——この場に最強は不在。
たとえこの状況が神話をなぞろうとも、その前提は致命的に異なっている。
無双と至高の激突ではない。問いもなければ答えもなく、言葉さえも必要ではない。
これは我と彼、どちらが真に強いかを定める戦《いくさ》ではない。
どうしようもなく弱い我が、どうしようもなく強い彼に挑むだけの話。
龍精種《ドラゴニア》は天翼種《フリューゲル》に優《まさ》ると——決まりきった結果を覆さんとする愚者の試み。
ただ弱者が強者に挑む、奈落の決闘である。
……そして何より、とジブリールは笑った。
この胸の高鳴りも血を焦がす興奮も、断じて神話をなぞったせいではない。
全身を震わせてやまないこの感情はただひたすらに……
「幾度と永劫《えいごう》に敗北を重ねようとあなた様を討つ。それだけの戦《あそび》でございましょう」
それだけの愉悦に他《ほか》ならないという言葉に。

龍が身じろく――それだけの仕草で海は割れて、天が爆《は》ぜた。

果たしてそれは龍の笑みだったのか、機嫌の良さそうな声で、龍は告げた。

『ならば小さき羽よ。決して勝てぬと知りながら、未来永劫《みらいえいごう》、我に挑み続けるか？』

「いいえ、決して勝てぬと断ずるその首を断ずる、今日この日まででございます♥」

そして白龍が羽撃《はばた》く。同時途方もない〝力〟の津波が押し寄せる中、白龍が嗤《わら》う。

『有為な問答であった。然らば、此度《こたび》も無惨に砕け散るがよい小さき羽よ』

「無為な問答でございました。――最後のお言葉はそれでよろしいので？」


かくして、神話をなぞりながらも決定的に違えたまま。

一頭の龍と一枚の羽は、雷鳴の轟《とどろ》き沸騰する海峡で六度、相見える。

五度に亘る敗北を重ねなお――否。故にこそこれが最後になる、と。

確信たらしめるものに、ジブリールは筆を執る。

それは――いつだったか、何となく書き始めた日記。

前回の敗北……龍に五度目の敗北を喫してからは特に記載が増えたその日記に。

三つの秘策《かくご》、一つの勝機《かせつ》を引き連れるに至らしめた、その年月に思い馳せて。

ジブリールは、最後の一頁を記すべく筆を奔らせた――………

《[illegible]歴[illegible]年[illegible]日》

……いい加減、この修復術式の間の暇さはなんとかならないものでしょうか。

五度も続けて龍に負けていては、施術室の外にいる方が稀になって参りました。

そろそろ何か暇つぶしを考えませんと、龍より先に退屈に殺されそうで……

――――…………

「……またか。またなのか。つくづく悪運の強い末妹だな」

「あ、ラフィール先輩！　深刻に暇で絵を描きはじめましたが。どうでございましょう」

修復術式施術室で一年ぶりに意識を取り戻し、本にがりがり筆を滑らせる幼女。

――龍精種《ドラゴニア》に五度目の敗北を喫し、またも縮んだジブリールに。

得意げな顔で子供の落書きを見せつけられたラフィールは、たまらず唸《うな》った。

「五度も龍精種《ドラゴニア》に挑んでまだ原形を留《とど》めているのは驚嘆だが……その度アズリールの奴《やつ》がどれほど騒いで我々まで奔走させられてるか、少しは自覚して無策な突撃――」

「はて？　無策ではございませんが。今回は『天撃』を直撃さましたよ？」

――そんなことさえ、今まで出来てなかったのか、と。

険しいラフィールの表情に気付く様子はなく、ジブリールは愉《たの》しげに続ける。

「しかし奇妙なことに効果がなく――いえ、間違いなく鱗の数枚は穿《うが》ったはずですが……瞬時に再生されたのでございます。……まるで時間を巻き戻されたかのように」

——時間操作だろう、とラフィールは龍精種《ドラゴニア》の性質から見当を付けたが、

「ですが時間を巻き戻せるのでしたら、いかなる力を束ねても斃せないはずで」

即座にその思考を否定しジブリールは続けた。ならば何故《なぜ》斃せないか——ではなく。

「何故斃せるのか……いえ——本当に斃せているのでございましょうか」

自在に時空間を操作し、『天撃』を直撃させてさえ、実質無傷。

「それ程の力を超える力など、それこそ——龍精種自身の力では——？」

……なるほど、無策どころか勝機さえ見出《みいだ》しつつある末妹に——溜息《ためいき》一つ。

「ならば残念な報《しら》せだ——〝次〟はもうない。諦《あきら》めるんだな」

「…………はい？」

「アズリールが完全にへそを曲げた——『命令』だそうだ。龍精種《ドラゴニア》に単独で挑むのはこれを禁ずる。万一命に背くなら懲罰を課す……だそうだ。確かに伝えたぞ。一応は、な」

火に油にしかならんだろうが、とラフィールは静かに踵《きびす》を返した。

《[illegible]歴[illegible]年[illegible]日》
ようやく修復術式を終え、気分良く遠出したら森精種《エルフ》に飛行妨害魔法を受けました。
たんこぶの痛みについ『天撃』を撃ちましたが、よく考えたら全く割に合わないので余計腹が立ちました。修復術式中の暇つぶしにせめて本を全部持ち帰ることにしました。
——————…………

「……またかにゃ。またなのかにゃぁ〰〰ああッ!?」

修復術式を終え、快復したジブリールが施術室から一歩出て——わずか三日。

またも可愛く縮んで戻った姿に、アズリールは頭を掻きむしり悲鳴を上げた。

残り少ない力で空間を圧縮しているのか、大量の本らしきものを引きずって、

「あ。いえ、フツーに森精種《エルフ》に『天撃』撃ちこんだだけでございますので。お構いなく」

「ぁそーにゃ～？　ならいいにゃ♥　とかなんないにゃ!?　『天撃』で〝お腹に穴〟空くかにゃッ!?　弱体化しても森精種《エルフ》にやられたりしないにゃ、ホントは何してたにゃッ!?」

と、土手っ腹に風穴こさえた幼女にアズリールは詰め寄る——が。

「ああ。本を物色中に少々攻撃を。多重術式——興味深《こざか》しゅうございますね♪」

のれんに腕押しと嬉々《きき》と語るジブリールに、頭痛を覚えアズリールは頭を抱えた。

——ああ。たしかに多重術式は鬱陶しい。

二つ以上魔法を使うのはどうでもいい。複合——術式の相互作用が面倒なのだ。

例えば火を二つ起こすのではなく、一つの炎に〝燃料〟を注げば加算式でなく乗算式で威力が増す。天翼種《フリューゲル》には微々たる精霊量でも、上手《うま》く連鎖させれば——ご覧の有様《あなあきジブリール》だ。

「まあ、幻想種《ファンタズマ》制御を企てた低脳ではございますが龍殺しのヒントがあれば僥倖かと♪」

だが書物を見下ろし末妹が続けた言葉に、アズリールは害意をこめて眼《め》を細め。

「——ジブちゃん。次はない……うち、言ったはずにゃ？」

だがジブリールは、歓迎の色さえ滲《にじ》ませた笑みを返し、施術室へと向かった——

《〓〓〓〓〓〓歴〓〓〓〓年〓〓〓日》
早速持ち帰った森精種《エルフ》の本を読んでみました。――森精語読めませんでした。
というか冷静に考えて、何故《なぜ》私が植物類の字を読まなきゃいけないのでしょう。
退屈を拗らせ草に話しかける自分を想像し滅入って来たので寝ることにします……

《〓〓〓〓〓〓歴〓〓〓〓年〓〓〓日》
もう草でもいい、と開き直り二年。読めるようになりました。暇とは恐ろしいもので。
『天才なのですよ♥』なる頭の悪い表題の手記を発見。頭悪過ぎて逆に惹かれました。

《〓〓〓〓〓〓歴〓〓〓〓年〓〓〓日》
……三年。『天才なのですよ♥』未《いま》だ読み解けず……死にたくなって参りました。
読めないわけでなく理解出来ないだけらしく、私の頭は草より悪いようでございます。草でもいいとは思いましたが別に草以下になりたかったわけではな
危うく自害するところを、興味深い記述を発見、辛くも思いとどまれました。素直に私の理解を遥《はる》か超えるその詳細はわかりかねますが――人為的に『閉じた時空』は操作可能では？　なる仮説を実践し『堪えられる器』を形成出来ず「それでも生き延びたわたしってやっぱり天才なのですよ」という謎《なぞ》の自画自賛でしたが……
――なるほど。これが正しければ、植物界にも天才はいると認識を改めましょう。

《[illegible]歴[illegible]年[illegible]日》
——草と話してみるのも知見を広げるには悪くないと知った修復術式《ひび》も明日で終わり。
すぐにでもまた龍に挑みたいところですが、今回は少々、準備を致しましょう。
必要なものは三つ……これで最後になるでしょうが、試さない手はございませんね♥

…………


——それは……なんというか……まあ、見たまま言えば〝鉄塊〟だった。

身の丈の数十倍はあろう、超巨大なガラクタを担いで、のしのし歩く末妹の姿に、

「……ジブリール。なんだ、その……その……なんだ？」

何とも形容しがたい表情を浮かべ、ラフィールが問うた。

「お気になさらないで頂けると。ただの地精種《ドワーフ》のオモチャの切れっ端にございます」

和やかなジブリールの返答は、だがただ疑問を一層深めただけだった。

そういえば先程、地精種《ドワーフ》のなんぞ艦隊が撃滅されたと小耳に挟んだばかりだったか。

それはいい。地精種《ドワーフ》撃滅？　結構。もっとやれ。根絶も可《よし》。むしろ推奨。ファイトだ。

問題は、そのオモチャの更に切れっ端とやらを何の為に持ち帰ったかであり——

「大丈夫でございますよ？　今度は——私が勝ちます」

愚問——龍を討つためと告げた末妹に、ラフィールは溜息《ためいき》つき、一拍遅れ気付く。

……今まで——勝つ、と。そう断言したことが、あったか？

「──ああ。先輩、『龍精種の遺骨《ドラゴニア》』を貸して頂けませんか？」

それも何に使う気かは──やはり愚問だろう。

だが一応、言わねばならぬ事は言っておこうと、ラフィールは口を開き──


「──ジブちゃん。命令したはずにゃ」

言いかけた忠告は、直前に広がった無機質な害意に遮られた。

虚空から前触れもなく姿を現わし、降り立ちたるは──『最初番個体《アズリール》』。

困った顔に笑みを浮かべて睨《にら》む、最強の天翼種《フリューゲル》を前に──だが。

「はて……？　龍精種《ドラゴニア》に単独で挑むのはこれを禁ず、でございましたっけ？」

ジブリールは、ただ不敵に笑み歪《ゆが》めて応じた。

「──しかし気のせいでしょうか。私が従う理由をおきかせしてございません♥」

ただ臨戦態勢を取って挑発する末妹のその表情《かお》に、ラフィールは理解した。

ジブリールは何も苛立っているわけではない。子供の駄々でも幼い反抗でもない。

ただ彼女は──ちょうど・い・い・と・こ・ろ・に、とアズリールを歓迎しているだけだ。

──龍に挑む前の実験。準備運動の相手に不足なし、とただ悦んでいるのだ。

だというのに……嗚呼《ああ》、アズリールは、闘志を燃やすジブリールを心配する顔で、

「ジブちゃんは大事な個体《こ》にゃ……龍精種《ドラゴニア》にみすみす壊させるわけには行かないにゃ」

そう──いっそ華麗なまでに見事に、地雷を踏み抜いた。

「悪いけどジブちゃん、しばらく修復《ね》てるにゃ。死なない程度に手加減するにゃ」

────

────瞬間。ふっ、と。

小さく微笑《ほほえ》んだジブリールが、無挙動から繰り出した閃光《せんこう》は。

アヴァント・ヘイムの一区画ごと、アズリールを遥《はる》か彼方《かなた》へと吹き飛ばした。

「な、なにごとにゃッ!? なんでいきなりマックスでキレられたにゃッ!?」

衝撃に、文字通り瞬間的に全天翼種《フリューゲル》が何事かと駆け付け騒然とする中。

「……アズリール、貴様、気は確か……か……？」

呆然《ぼうぜん》とするアズリールに、呆れ気味に。

「アレを相手に〝手加減〟と侮辱して自覚すらないか。なら言わせて貰《もら》うが────」

──そう失望さえ込めてラフィールが告げる。

「……耄碌にも限度があろう。私ごと『神髄』を穿《うが》った頃の貴様の、面影もない」

──意味が、わからない、と。アズリールは改めてジブリールを見やる。

翼を、光輪を、精霊を搾取圧縮させるため光さえ取り込みだし暗転し黒くなった姿。

地上を彷徨《うろつ》き廻《まわ》る塵芥《ちりあくた》どもならその姿を見ただけで死を受け入れる破滅の具現。

だが、幾度ジブリールを眺めようとアズリールはやはり、想《おも》う。

────足りない、と。

どう言い繕い、贔屓目《ひいきめ》に見ようと、その力の絶対値はアズリール《ジブリール》に及ばない。
最強として創られた天翼種《アズリール》のその根拠《ちから》が断言する――己の半分に満たぬ力、と。
だが同時に、全く同じ根拠《ちから》が、矛盾したことを断じる――敗れ得る相手だ、と。
相反する二つの直感。混乱から、アズリールはどうすべきか、惑う中。
だが確かに――戦闘種族として創《つく》られた本能とも呼ぶべきものはただ矛盾を告げる。
眼前の『敵』は己より弱い、だが斃《たお》すなら――最大限の力で挑め、と。
弱いのに、最大限の力？　ジブリールを不可逆に破壊――殺しかねない力で？
それでは意味がない。殺してしまっては元も子もないではないか。
――引き下がるか？　だが引き下がれば龍に殺される。せめて自分の手で――
そう一瞬思考し、だがその度し難《がた》い不敬にアズリールは己を恥じて、
「……わか、た……にゃ……もう、うちは止めな――」
そう、項垂《うなだ》れて呟《つぶや》いた。
――我が君《アルトシュ》が創り賜《たも》うた特別な個体を――己如《ごと》きが破壊する権利は、ない。
そう言って臨戦態勢を解こうとしたアズリールに――注がれたのは無数の視線。
観衆の残念そうな、ジブリールの怒りの、ラフィールの軽蔑《けいべつ》の。そして――、
『我が前で敵前逃亡か、「最初番個体《アズリール》」――失望させてくれるな』

――アヴァント・ヘイムを、ともすれば世界をさえ震わせる、絶対の声が注いだ。
響き渡った天なる主の言葉に、全《すべ》ての視線が一斉に玉座の間《ま》がある方を向いて。
それらに応《こた》えるように、言葉は悦色深く――続けた。

『――何を躊躇《ためら》う。互いの生と死を賭《と》してその命を、己《おの》が魂を研磨し得る戦場《いくさば》であろう。
この機を前に逃げ去るならば、貴様の翼はほどなく腐り果てよう』
――我が羽の一枚たらば、その腐臭こそを怖《おそ》れるが良い、と。

――………

そう響いた天啓に、アズリールは項垂《うなだ》れたまま深く息を吐き、そして――。
「……いいにゃ」
そう呟《つぶや》いて、上げられた顔に、だが――誰《だれ》もが目を疑い。
その視線に見据えられたジブリールさえも、息を呑《の》んだ。
能面のような笑みに、一切の感情が抜け落ちた人形のような天翼種《フリューゲル》――。
ラフィール以外、今や知る者も皆無なその〝何者か〟は。
皆が知る者《アズリール》と似ても似つかぬ、鋼の如《ごと》く無機質、刃《やいば》の如く冷たく鋭い声は。
告げる。

「一撃。それで終わり。痛みを感じる間もなく全壊《しぬ》にゃ――『番外個体《ジブリール》』」

――瞬間。ぞわり、と。

天翼種《フリューゲル》の多くは知らず、忘れていた者には思い出させる――不気味な力が蠢《うごめ》き。

瞬時、上空――ジブリールと向かい合うように転移し、アズリールもまた翼を広げる。

複雑に、多重に、巨大に展開された光輪が、光を迸《ほとばし》らせる翼が、暗転する。

ジブリールと同じく、光をさえ搾取しだすまでに精霊を蓄えるその姿は――だが。

笑顔にマグマの如き怒り、闘争心を装填《そうてん》するジブリールとは……まるで異質。

能面の笑みに、何処《どこ》までも無感情に無我に冷徹に力を蠢かせる姿は――唯々《ただただ》――

「……ふむ、やれば出来るじゃないか。それでこそ我らが長姉だ」

不気味に上空に佇《たたず》むアズリールに、懐かしげに呟くラフィールを除く誰もが絶句した。

――その不気味さに、だけではない。

誰の目にもジブリールの数倍――否。明らかに天翼種の域を超える力の胎動に――、

「ラ、ラフィールさま！　い、いいんですか止めなくて⁉」

慌てて傍らに転移した少女に問われ、だがラフィールは首を傾《かし》げて応《こた》える。

「――止める？　何を、何故？」

「え……な、何って……だ、だって天翼種《フリューゲル》同士が本当に殺し合うなんて――ッ」

ふむ、とラフィールは対峙《たいじ》する二人を眺め想《おも》う。

――天翼種《フリューゲル》。己を含め少々気性の荒い種族だと、ラフィールも苦笑し認める。

首の取り合い、くだらぬ些事《さじ》での喧嘩《けんか》、決闘など日常……〝平和の風物詩〟だ。

そう、平和――身内で暢気《のんき》に喧嘩していられる余裕がある状況に他《ほか》ならない故に。

当然その際、手加減や手心など――『侮辱』以外の何物でもない。

だからこそジブリールもまた、アズリールにキレて今に至っているわけで。

だが〝明確な殺意〟で以《もっ》て全損《死》へ追いやるまで戦うのは、特別な理由――たとえば戦《いくさ》に勝利するための犠牲――などがない限り禁忌だ。他ならぬ主に賜《たまわ》った、主が創《つく》り賜《たも》うた財・産を無為に破壊するなど言語道断の不敬、万死に値する――が。

「我らが主《アルトシュ》が許した。それ以上の如何《いか》なる承認を求める？」

――沈黙。

反論の余地なき絶対の真理を告げるラフィールに、如何なる言葉を返せよう。

静寂が落ち、蠢《うごめ》く二つの力だけが上空で向かい合うのを全天翼種《フリューゲル》が見上げる中、

――す、と。アズリールが手を翳《かざ》す。

それだけで、アヴァント・ヘイムさえ驚愕《きょうがく》に揺れる精霊の胎動が生じ。

一同の視線を集め、ラフィールを呟《つぶや》かせた。

「……さてジブリール、私の目にもおまえがアレに勝てるようには見えん――が」

アズリールは宣言通り、一撃で終わらせるだろう。

誰《だれ》の目にもそう確信させる程、両者の力の差は絶対だった。

だがそれでも——期待するように、何処《どこ》までも楽しそうにラフィールは呟く。
「この程度《アズリール》に殺されるようでは、龍を討つなど夢物語だな？　どうする末妹よ」

——本気を出す。何千年ぶりか。しかも相手はジブちゃ——
その思考を、ともすれば手加減しそうになる意識を断ちきるため頭《かぶり》を振って。
アズリールは己に言い聞かせる——主が許可した。
ならば宣言通り——『一撃』——それでなにもかも、全《すべ》てが終わる。
そう感情を捨て、冷静に冷徹に、無機的に機械的にアズリールは『敵』を見る。
——『番外個体』——確かに強い。
際限なく増す戦神《いくさがみ》——主の力。当然、主に創《つく》られし天翼種《フリューゲル》は後期個体ほど力も増す。
まして『番外個体』は現在最も若い個体。かつ——主に特殊な動機を以て創られた。
だが、と。アズリールは己の分析に結論を下す。
それでも足りない。最強として創られた天翼種《じぶん》の四半分の力にも満たない。
その上で——眼前の敵は己に倣《なら》うように力を渦巻かせていた。
——一撃と宣言したアズリールに、同じく全霊の一撃を準備する姿に——嘆息。
見ている誰もがわかるはずだ——彼我《ひが》互いに全霊を賭《と》す一撃に収束する力の差を。

――にも拘《かか》わらず、『番外個体』は負ける気など微塵《みじん》もなく目は僅《わず》かも揺らがない。
ならばその意図は――明白。
（『天撃《てんげき》』の撃ち合い……うちの天撃を躱《かわ》してからの〝後《ご》の先《せん》〟狙《ねら》い――にゃ）
撃ち合いになれば競り負けるのは『番外個体』とて承知しているはずだ。
かといって先制攻撃で自分を穿《うが》てる力がないのも自明――ならば。
後の先――此方《こちら》に力を消耗させた後を狙う。それ以外に勝ちの目はない。
（――やっぱり言わせて貰《もら》うにゃ――悪いけど――って）
後の先を狙う。この状況で、その選択はなるほど当然――だが。
アズリールは静かに、感慨なく想《おも》う――やはりコイツは、物の道理を知らない。
圧倒的強者を相手に。ご所望の後の先の――。
「宣言通り……一撃必殺、にゃ」

――〝後〟なぞ――あるとでも夢見たか、と。

そう僅かに指先を滑らせた――瞬間。
時間を置き去りに、唐突に『番外個体』を〝闇《やみ》〟が包んだ。
刹那《せつな》の間に見せた驚愕《きょうがく》から、彼女さえ何をされたか、認識出来なかったと窺《うかが》えた。
観衆の疑問の気配同様に――その様《さま》にアズリールは能面のまま、ただ内心苦笑する。

常日頃《つねひごろ》思っていたが――妹達はどうも……〝力の使い方〟を知らない、と。
――『天撃《てんげき》』。
己を構成する全《すべ》てを精霊回廊接続神経に変容。
そして精霊回廊の源潮流から汲《く》み上げた膨大な精霊ごと、一切を叩《たた》きつける。
強引極まりないその力の運用は天翼種《フリューゲル》の代名詞、唯一名前のある――技だ。
代償を支払い繰り出されるその一撃は、確かに万物必倒と呼ぶに値する力故に。
だが――『天撃』には皆《みな》が軽視している、明確な〝無駄〟があるのだ。
それ程までの精霊量を、一条に収束させる際――無駄な力を消費する。
『天撃』の力を最大限発揮するなら収束させず――『自爆《ほうしゅつ》』するのが最も効率的だ。
だが、それでは指向性が失われ、力は分散する――ならばどうする？
――アズリールは、こうする。
常軌を逸《いっ》する力の不定形の光――収束せず揺らめくも紛《まが》う事なき『天撃』を。
右腕で振りかぶり――そして。
振り抜いたアズリールの手から――光が消えた。
同時――『番外個体』を包んだ〝闇〟が、音も光もなく空間を震わせ、爆《は》ぜ狂った。
――不可視の力の鳴動。
虚空《こくう》を、次元を震わせる力が、音が、アヴァント・ヘイムを、天を、星を揺らす。

黒い空間、闇《やみ》を中心に世界が悲鳴を上げるその光景を。

理解出来た誰《だれ》もが、喉を鳴らした気配に、アズリールは無感情に嗤《わら》う。

……『敵』を閉じ込めた閉鎖空間内に『天撃《てんげき》』を――転移させる。

密室を無限反射し増幅する『天撃』は――その全威力が、小さな空間内で荒れ狂い。

一片の無駄もなく、全《すべ》ての力が余すことなくただ破壊に踊りそして――。

――『爆縮』し収束する……ただそれだけの単純な話――にゃ。


傍目《はため》には只《ただ》の黒い球。だが精霊、空間、不可視を視《み》る天翼種《フリューゲル》は見上げ恐慌する。

切り裂かれる空《くう》の余波が荒れ狂う闇の中で何が起きているか、想像し得る故に――

側に佇《たたず》み、上ずった声で呟《つぶや》くしかない様子の妹達の声に、

「――ラフィール、さま……アズリールさま……って……あんなにも――」

だがラフィールは同じ光景を見上げ、苦笑してただ、想《おも》う。

妹の問いは、ラフィールには今更に過ぎるほどよく知っていたからだ。

アズリールが――あんなにも――〝恐ろしい〟と。

「……必殺、という言葉があるだろう」

「――え、あ、はい？」

代わりに、と言うラフィールの呟きに困惑する妹達に、だが構わず続ける。

「森精種《エルフ》や地精種《ドワーフ》、まあ一部の憐《あわ》れな下等種族が気安く口にする言葉だ。なんでも、必殺の魔法、必殺の兵器等々——我々の場合『天撃』がそう思われているらしい。だが——」

苦笑一つ、一拍置いてラフィールは上空を指さし、告げる。

「必殺と呼ぶからには、必ず殺せねば嘘《うそ》だろう。たとえば——アレのように」

僅《わず》か数メートルの闇の球体、黒い隔絶空間。

その中へ『天撃』——全ての力を注いだアズリールは子供のような姿で。

だが今なおその力が爆《は》ぜ狂い続ける闇を、能面の笑みのままただ眺めていた。

その姿に誰もが喉を鳴らした——宣言通り、一撃。

——有無を言わさぬ力で逃げ場を断ち——閉鎖空間内での無条件の破壊。

繰り出した時点で終わるそれはなるほど——正しく〝必殺〟の技だ。

問答無用。戦闘さえ許さぬ。無条件で全てを終わらせる一撃に、皆《みな》一様に恐怖した。

——当然だ。何故アズリールがそれを使えるかを思えば——恐怖するは必至。

天翼種《フリユーゲル》。最強の神。戦神《いくさがみ》に創《つく》られし種族。その腕の一振りで天を地を裂く種族が。

——何と交戦することを考慮し——あれ程までの必殺を編み出すのか、と。

並の種族を相手に使うには、明らかな過剰殺傷《オーバーキル》。

だが隔絶空間に収束させるあの『一撃』は、己より巨大な敵には無意味だ。

アズリールがジブリールを上回る力で空間を閉じたからこそ、空間は閉鎖出来た。

幻想種《ファンタズマ》、龍精種《ドラゴニア》、神霊種《オールドデウス》——己以上の力を持つ者に使えば空間を裂かれ、終わる。

「天翼種《フリューゲル》の管理を預かる身だ——処断する術……あって当然だろう？」

——〝同族殺し〟のために編み出した事《こと》に、疑いの余地はないと。

子供の姿までその身を弱らせながらも、なお冷徹に、冷静に闇《やみ》を眺め無感情に笑う、多くの者が知らなかった、畏怖《いふ》を抱かせずにいられないアズリールの姿が物語っていた。

「……安心しろ。衆目の中使ったのはあいつなりの配慮だ。我々に使う気はないとな」

些《いさ》か脅《おど》かし過ぎかと、苦笑し告げるラフィールの言葉は、だが気休めにもならない。

耳にした誰《だれ》もが思う——なるほどラフィールの言葉通りそれは『必殺』だ。

繰り出せば終わる。知っていようといまいと対策不能。

その不条理な『必殺』の一撃に〝配慮〟などあるとすれば。

——『敵対するな』という〝警告〟以外の何もありはしないのだから。


——あれが、アズリールか？


その光景を見ていた誰もが、恐怖に疑念し、ジブリールの死を確信する中——だが。

別のモノを見たラフィールは、不敵に笑って続ける。

「付け加えると——天上天下、三千世界において必殺など、主のみに許される言葉だ」

「——え？」

アズリールが如何《いか》に強くとも唯一《アルトシュ》の主ならぬ者が放つ必殺には、宿命的欠陥がある。

――『絶対《さいきょう》』ならぬ身に、必ずなどない、という『絶対』の理《ことわり》による欠陥が。

そう、たとえばアレのように。

「……まあ、なんだ。アレだ。喜べアズリール。カリスマも少しは回復したさ」

「ラ、ラフィールさま……わ、笑ってる、のですか？」

――そう。アズリールが必殺の一撃とやらを繰り出すと同時。

視界の端にあるものを捉《とら》えたラフィールは、一貫して笑いを噛《か》み殺《ころ》していた。

だが、もう我慢の限界なのか――ラフィールは笑み崩れ「だが」と続ける。

この思考は不敬だろうか――と内心苦笑しながらも、ラフィールは思う。

必殺、などと――それこそ――

「アズリール、だからおまえはアズリールなのだ――ハーッ……ははは！」

主を殺せる力でなくば、他《ほか》ならぬ主を前に、滑稽《こっけい》に過ぎる言葉だろう――と。


――唐突に。

誰の――ラフィールを除いた――誰の理解も赦《ゆる》さぬように。

アズリールの胸から生えた光――背後から穿った光に、ぽろりと。

仮面が落ちるように、情けなく頼りない――聞く者全《すべ》てを脱力させる聞き慣れた声と。

「……ええ……それです。その馬鹿面《ばかづら》こそ……センパイ、で……ございます」

「へ、えーな、なにごと、にゃ——ってにゃぁぁ胸に風穴空いてるにゃぁぁあッ!?」

——背後から、脈絡なくアズリールを穿《うが》った者。

この上なく疲弊した様子で子供の姿に縮んだジブリールとの会話に。

誰《だれ》もが密《ひそ》かに、内心呟《つぶや》いた。

——あ、アズリールだった、と

「え……え～と……あ、あはは～ジ、ジブちゃん、うち、なにされたのかにゃ……?」

……先程までのカリスマは何処《どこ》に。シリアスさんが息をしていなかった。

見る者全《すべ》てを脱力させるマヌケな声、乾いた笑みで、アズリールは苦しげに問う。

——全霊を込めた閉鎖空間内への天撃《てんげき》。絶対の確信があった一撃。

力を使い果たし、精霊の不足から子供の姿に縮んだアズリールの胸を穿ったその光に。

能面の笑みの下。確信に涙さえ零《こぼ》れかけていた殺したはずの者。

——背後のジブリールに問う……が。

「……チョーシこいて見下した相手にブスッとやられた……以上で、ございます……」

——何をしたのか。教える気はないとでもいうように——ただ。

「〝一撃。それで終わり。痛みを感じる間もなく全壊《しぬ》にゃ〟——でございましたか？」

——か細く。貫かれたアズリールと共に力なく、墜《お》ちながら。

気丈に、皮肉に笑みを浮かべジブリールは——ただ問うた。

「ドヤ顔でキメた口上を踏まえて——さてさて、今どんな気持ちでございますか♥」

——だが。

底抜けに。何処までも気の抜ける笑顔でアズリールは答えた。

「えっへへ～～～ジブちゃん生きてたにゃぁああ最高の気分にゃぁああ～ッ!!」

…………。

墜ちていく二人を見ていた誰もが内心、半眼で……だが安堵《あんど》の笑顔で呟いた。

——『あ、ちゃーすアズさん、おかぇり～っす』——と……

「……はッ!?　え、うち負けたのにゃ!?　にゃああ何でにゃどういうことにゃぁあ!!」

——ジブリールを殺さずに済んだ。

にゃあにゃあ気持ち悪く笑ってその幸福を噛《か》みしめ地に突っ伏していたアズリール。

今更気付いたのか、唐突に手足をばたつかせて騒ぎ出した。

子供のように——いや、姿も相まって子供そのものに駄々をこね叫ぶ様子に、

「……アズリール流石《さすが》だな。稼いだカリスマを帳消しにする見事なポンコツぶりだ」

そう、半眼で見下ろすラフィールの言葉に、だが聞こえない様子で。

「なんでにゃぁぁ……だ、だってだって、だって……うちから『強い』って取り柄なくしたら――えぐ、ひっ、う、うち、いったいなんなのにゃぁ……にゃあ…………」

――地味に、深刻に落ち込むアズリールに、意外や答えたのは――ジブリール。

「……ご安心、を……正直《なお》……センパイは想像以上に強かった……ので……」

か細く、弱々しい声が尚も続ける。

「……あのトカゲ用の……切り札……一つを除き……全《すべ》て使わされ、ましたので……」

さながら地獄から天国へ――

初めて尊敬の念がこもった言葉にパァァッと笑顔になるアズリールに、だが。

「にゃぁぁ!? ジブちゃんがうちを褒めたにゃぁあ祝杯にゃパレードに――」

「ただ――馬鹿《ばか》な……だけ、でございます」

すかさず地獄につき落とすアフターケアを忘れず、ジブリールは笑う。

「にゃあああああうちもう泣くにゃ誰《だれ》にも止められないにゃ――ぎゃにゃっ!」

「……私が止めよう。少しは状況を把握しろ。間抜けめ……」

ラフィールに顔を蹴《け》られ、泣き声を強制終了、アズリールが猛然とバネ仕掛けのように起き上がる。力を使い果たし、無防備を撃たれ墜《お》ちたのに妙に元気に抗議の声を――

「にゅおあ！　ジブちゃん勝ったんじゃないのにゃ!?　何でこんなになってるにゃぁ～!?」

だがようやくジブリールの様子に気付き、あがったのは悲鳴だった。

——子供のサイズまで縮んだのは、アズリールと同じ。

だが『天撃《てんげき》』を使おうとも、ここまでは疲弊しないだろう程に、精霊が枯渇していた。

子供の姿さえ形状維持が危ういのか、体のいたる所が欠け、揺らめいていた。

——何をして、何故《なぜ》こうなっているか？

「……なんであれ今すぐ修復術式を施さねば不可逆な損傷——」

「にゃぁあジブちゃん助かるにゃ助けるにゃみんな早——あにゃ～、空が廻《まわ》るにゃ……」

「貴様もだ阿呆《あほ》が！　胸に風穴空けて騒ぐな！　おい誰《だれ》かコイツを取り押さえろッ!!」

騒ぐアズリールに飛びかかる喧噪《けんそう》を背に、ジブリールを抱き上げラフィールは思う。

——何をしたのか。それだけならば見当はつく、と。

アズリールが作り上げた断絶空間、密室を破ることはジブリールの力では不可能だ。

本来であればアズリールのあの一撃は、紛《まぎ》れもなく『必殺』だったはずだ。

——だが、距離を置いて見ていたラフィールは、確かに見た。

僅《わず》か一秒か、それ未満、だがジブリールは、確かに。

アズリールに閉じ込められる瞬間、驚愕《きょうがく》に染まる顔の——その遥か彼方。

——ジブリールが同時に二カ所にいたのを、間違いなく、ラフィールはその眼《め》で見た。

故に、一度もジブリールの心配などしなかったが——何をしたのか？

自己分割——否。アズリールの隔絶空間を抜け出せた説明がつかない。

ならば消去法で可能性は一つ。故に何をしたのかは見当がつく。すなわち──

だが──どうやったのかは──皆目見当もつかない。

「……〝時空間転移〟……天翼種《フリューゲル》には不可能のはずだが──さて？」

思考する──天翼種《フリューゲル》にとっては自明のことだが空間は連続していない。

絶えずうねり、波のように揺らいでいる。その揺らぎに穴を空けることで客観的距離に縛られず絶対的距離を移動するのが天翼種《フリューゲル》だ。一方で、時間が空間と同義、同質であるとはラフィールも知ってはいた。事実龍精種《ドラゴニア》を数えきれぬほど相手にしてきた身として、龍精種《ドラゴニア》が時空間を置き去りに飛行する様《さま》は幾度となく見てきた。

だが、同質であろうと、時間までが同じように揺らいでいるわけではない──はずだ。

少なくともラフィールには、天翼種《フリューゲル》の目にはそう見えるはずだが──

（……掴《つか》んだのか。龍が絶えず行う時空間の揺らぎの、その感覚を）

──ありえない、と思考する。だがそれ以外に説明がつかないことが二つある。

目の前で起きた現象と。

──なるほど、ジブリールが五度に亘《わた》り龍に挑み生き残った事実だ。

「どうやらそれが──彼女が見つけた〝強者を超える〟秘策らしいな」

どれ程の代償を払って、どうやったのかまでは、見当もつかないが。

修復が終わったら、是非とも聞かせて貰《もら》いたいものだが──おっと。

「ところでアズリール、約束通り彼女に龍精種《ドラゴニア》の骨を渡すが、異論はないな？」

一応確認をしておくべきかと、ラフィールは問い——

「う……ううう……ジブちゃん……ううう」

識なく、拘束・連行されうなされるアズリールの返事を。

ラフィールは『了承』と受け取った——

《[illegible]暦[illegible]年[illegible]日》
全《すべ》ては今日、この日、この一瞬の為《ため》にあった。
続きを記すことはない日記に、多大な願望も込めてこう締めくくろう。
——天翼種《わたし》は龍精種《かれ》を討った。それが全てだった、と……

——…………


そう記した日記を閉じて、ジブリールは改めて眼前の白龍に向き直った。

揺るがぬ決意、見果てぬ願望ではないそれは——〝意志〟に他《ほか》ならない。

五度破れ、六度目を挑む今、想《おも》う。

初めてこの白龍と相まみえ、儚《はかな》く散ったあの日、あの時、胸に抱いた疑問。

——〝何故《なぜ》負けたのか〟？

誰《だれ》に吐露しても理解を得られなかったその疑問の〝真意〟――すなわち。
――そも、龍精種《ドラゴニア》とは何か……？
その疑問を想うジブリールへ、開戦の合図を告げるように――。
森羅万象を無条件で屈服させ従わせる、龍の言葉が紡がれた。

【爆《は》ぜよ】

――一言『死ね』と申せば『御意に』と応《こた》える。
支配者が奴隷《どれい》に発すのは頼みでも願いでもなく、〝命令〟だ。
龍精語――それは創造言語や万能言語などと称される、王の勅令。
自壊を命じるその言葉には、万物一切、遍《あまね》く全てが隷属し、抗《あらが》う権利さえ持ち得ない。
かつてのジブリールでさえ、全身全霊を賭《か》けて抗い、なお塵屑《ちりくず》と成り果てた。
結果、龍の視界に映る物質は根刮《ねこそ》ぎ弾《はじ》け、光《エネルギー》に変じて白く染まった。
それは問答無用で不条理で理不尽な、ただの道理《ルール》。
抵抗など無意味なその理《ちから》に呑《の》み込《こ》まれる中――ジブリールは、だが。
(――やっぱりセンパイは、実に馬鹿《ばか》でございますねぇ……)
こんな時にも拘《かか》わらず――だからこそか、内心で失笑して、空間に穴を空けた。

——繰り出された瞬間全《すべ》てが終わる一撃？

その程度を『必殺』とのたまった彼女《センパイ》はじつにバカだなぁ、と思う。

そんなもの、初めてこの白龍と向かい合った日、龍精語《コレ》で——とっくに、この身を以《もっ》て味わっているというのに。

そして、そんな『必殺』を受けて五度も生き延びている意味も。

——即《すなわ》ち、それすら〝必殺たりえない〟のだと。

そして白龍《かれ》もまた知っている——天地を従わせる言葉に、この少女《わたし》は従わぬ、と！

同時、龍の尾が猛然と襲いかかってくる——その巨躯《きょく》にあってはならない、時間を省略されたが如《ごと》き速度で。

——星々が衝突したかのような轟音《ごうおん》が、海峡を越えて響き渡った。

閃《ひらめ》き、振り下ろされた龍の尾が天を断ち、大地を砕き、海を割る。その衝撃波だけで、いくつかの種族を滅亡の危機に陥らせながら——

だがそんな力を振るった当の白龍は、愉《たの》しげに告げる。

『ほう。見事、まっこと見事である。小さき羽——光よ』

繰り出された二つの『必殺』——龍精語と、龍尾の一閃《いっせん》。

だがそれらを無傷のまま、悠然と片手で受け止めて——ジブリールは白龍に対し、優雅に微笑《ほほえ》んでみせた。

「お褒めに預かり光栄ですが——コツさえ掴《つか》めば容易《たやす》い手品にございますね」

そう、龍精語は——ラフィールの推測通り——コンマ秒後への『時空間転移』で回避し。

続いた龍尾の一閃は、時間を止めた空間を盾にして凌《しの》ぎきる。

そんなジブリールの姿に、龍が巨躯を震わせて嗤《わら》う。

——時空間転移。

言うまでもなく、本来は天翼種《フリューゲル》には過ぎた所業である。

出来るはずがない。無理にやればアズリール戦の時と同様——『天撃《てんげき》』以上の消耗を強いられ、その存在ごと蒸発しかねない。

——だがこの場に限れば、それは容易い。

五度敗れながらも、一貫して龍の考察を続けたジブリールには、それがわかる。

龍は時空間を置き去りにして移動し、空間転移でも追いつけない——つまり、龍の周囲では常に〝時空間の歪《ゆが》み〟が引き起こされているのだ。

その歪みに合わせてやれば、時間を操ることは空間を渡るよりも容易い。

そんな風に、空間と時間とを渡ってようやく〝試合う〟ことが許される相手。

——それが彼だ。龍精種《ドラゴニア》だ。

この相手に比べたら、まったくあの女《センパイ》との戦いは前座だったという他《ほか》ない。

——そも、龍精種《ドラゴニア》とは何か？

最強の戦神《いくさがみ》に創《つく》られた天翼種《フリューゲル》をして、上限すら知れないほどの精霊量を帯びた巨躯《きょく》。

魔法と呼ぶにはあまりに傲慢《ごうまん》な——森羅万象を統べる王権の言葉。

——その絶対的な力に、初めて一対一で相まみえた日。

ただ一言に引き裂かれて思ったのは——『絶対に勝てない』という確信だった。

ともすれば唯一《アルトシュ》なる主と対峙《たいじ》するが如《ごと》き感覚。何をしようと身じろぎ一つさせることさえ出来ないという錯覚、あるいは道理、常識——『公理』にも似た直感。

——にも拘《かか》わらず、幾度となく行われてきた「龍殺し」。

その度し難《がた》い違和感に、あの日——苦悩した。

——あり得ない。これ程の絶対的存在——〝殺せることが異常〟なのだ。

五十や百の天翼種《フリューゲル》で挑めば討てるというのに？　何を馬鹿《ばか》な。

——あえて断言しよう。その程度の戦力なら、ジブリール一人でも打ち勝てる。

だがそんな彼女が五度、この白龍に埃《ほこり》でも払うかの如く敗れてきた『矛盾』。

その『矛盾』を解く答えが一つだけある——即《すなわ》ち。

「付け加えますと、過去五度に亘《わた》る見苦しい惨敗をお見せしたこと、深く陳謝致します」

優雅に一礼してジブリールは続ける。

——『弱者』である天翼種《フリューゲル》がいくら群れても、根本的な力の不足が埋まるはずがない。

にも拘わらず——龍を討てる。

弱者が強者を討つ、そんな矛盾を無矛盾に紐解《ひもと》く答えは一つ。

ラフィールやアズリールがついぞ理解しなかったこの確信――即ち。

――天翼種《フリューゲル》程度の『強さ』でどうこう出来るなら、龍は『強くなどない』のだと。

「あなた様程の〝イカサマ師〟と戦うのは不慣れで……此度《こたび》は退屈させぬと誓いましょう」

――そう、ただ〝イカサマしている〟に過ぎない。

白龍が愉《たの》しげに言った。

『ほう――龍の力は詐術であると？』

「摂理と原理に基づく『強さ』など――種も仕掛けもある手品《イカサマ》に過ぎませんで」

摂理と原理――即ち『理由のある強さ』ならば、その土台を崩せば『矛盾』は消える。

わかりやすく言えば――

「あなた様の『強さ』のイカサマを暴き崩せば、勝機は十二分にございますので。本日は
それをお披露目《ひろめ》に参りました所存でございます♪」

だが龍は面白そうに、ジブリールの持論に問う。

『――摂理も原理もなき強さこそ、真の強さと云《い》うか』

「はい。我が主《アルトシュ》を除く天地遍《あまね》く凡《すべ》ては弱者――故に弱者が弱者《あなた》を上回るのでしたら、そこには『カラクリ』がある。もうしばし――その種を残らず暴いてご覧に入れましょう」

一瞬、龍は黙し――そして呵々《カカ》と含み嗤《わら》った。

『然《しか》り――そこまで解してなお解す自覚もなきか――いっそ愉快よ、ならば魅せてみよ』

翼を広げ、蒼《あお》い双眸《そうぼう》でジブリールを見据えて、純白の龍は言った。

『果たして未《いま》だ見えぬ未来だが——我を討ち滅ぼした時こそ、汝《なんじ》は知るだろう。己が何を理解し、何を否定したか。己《おの》が主の前で謳《うた》うがよい』

——その時が楽しみだ、と。

未だ破壊の渦巻く海峡の上、羽撃《はばた》く翼が嵐《あらし》を呼ぶ中、龍が上機嫌に続ける。

だがもはやジブリールは取り合う気もなく、ただ次の交錯に備えて身構える。

——もとよりこの龍が口にすることは徹頭徹尾、意味不明なのだ。

挑むに値するものが眼前にいる。故に挑む。戦《いくさ》にそれ以上の理由も意義もない——と。

——そして一瞬の間の後——

決まりきった道理を覆す、伝説の交戦が始まった。

矮小《わいしょう》な羽と巨大な翼が交錯する。

かつての神話をなぞるが如《ごと》く、その激突は海と大地を越えて、この時代を揺るがせた。

龍の尾が、爪《つめ》が、牙《きば》が、その言葉が、その過程を省略して繰り出される。

対峙《たいじ》する天使はその突きを躱《かわ》し、撃ち払い、あるいは叩《たた》き落とす。

空間が引き裂かれ、時間が捻《ねじ》れ狂い、世界が発狂して悲鳴を上げる。

戦闘と呼ぶには人智《じんち》を超越し過ぎた事象。太古、無双の戦神《いくさがみ》と至高の龍王、その激突が刻んだ神話との違いを見出《みいだ》せる者は、それこそ神をおいて他《ほか》にないだろう破壊——海が燃え、山が沸き立ち、空が割れて崩れ落ちる。

次の瞬間にはその全《すべ》てが光に呑《の》まれて跡形もなく消え失せる。

かくも天地崩壊の如き光景を——理解しうる者が見ればなんと語るだろう？

龍は間断なく致命の攻撃を繰り返し、天使はその全てを徹《とお》さず捌《さば》ききる。

その相対を、あるいは奇跡の拮抗《きっこう》と見る者もいるかもしれない。

だが他ならぬ当事者、龍と天使は互いに理解していた。

——拮抗など全くしていない、と。

力の差は絶望的に開いたまま。小さき羽《ジブリール》は、それをただ上手《うま》く利用しているだけだ。

龍が生んだ時空の歪《ゆが》みを渡り、断続的に転移しながらただ押し寄せる死を凌《しの》いでいる。

皮肉にも——龍は己の力の強大さ故に、その一切の力を封じられているのだ。

——故にこそ見事、と龍は賞賛を超えて感動さえ覚えていた。

この〝創意工夫〟を、虚《うつ》ろなる最強の化身如きが生み出したとは、到底信じがたく——

『見事も見事、まったく見事である、が……』

と龍は嗤《わら》って告げた。

『凌ぐばかりが能ではあるまい、小さき羽よ——〝お披露目《ひろめ》〟は何時《いつ》になる？』

ここまで、一度も攻撃していないことを指摘され、ジブリールは不機嫌そうに、

「よく喋《しゃべ》るトカゲ様で……見せ場《クライマックス》まで静かに待つマナーも弁《わきま》えていないのでしょうか」

と皮肉を返す。その顔には、一切の余裕もない。

――そう、拮抗《きっこう》など何処《どこ》にもない。

悠然と致命の攻撃を繰り返す龍と、ただ必死に凌《しの》いでいる羽がいるだけだ。

渦巻く破壊の正体は、ただそれだけだ。確かに龍は己《おの》が力を利用され、攻撃を無効化されているが、それはジブリールにとっては刹那《せつな》の判断ミスも許されない決死の綱渡りでしかない。

かたや龍にしてみれば、いかに羽が死力を尽くしても毛ほどの傷も負うことはない。

――それは、これまで五度に亘《わた》る対決で既にわかりきった結論だ。

両者互いに決定打はなくとも、ただ必死に終わりを凌いでいるだけのジブリールと終始余裕を崩さぬ龍とではその意味が全く異なる。

長引けば――やがて〝時間〟がこの勝負の避け得ぬ終わりを告げるだろう。

だが、その定めを覆すだけの手札が、ジブリールには――ある。

「……物語には序破急、ないし起承転結というものがございまして――」

余裕なき中、だがジブリールは勝利を確信する笑みを崩さず、

「しかし、そうですね……そろそろ『転』ないし『破』の頃合《ころあ》いでございましょう――」

と、嗤《わら》って告げた。

「あなたは——〝複数の時間に跨《また》がって〟存在しておられますね？」

——龍が驚愕《きょうがく》に喘《あえ》ぎ、言葉を失った。

「おや、龍精種《ドラゴニア》も図星を指されると顔に出るので？　興味深い発見でございます♪」

——それは、紛《まが》う事なき龍精種《ドラゴニア》の生態である。

現在を中心に、過去・未来の時間上に跨がって同時に存在する『多元時空生命体』。

永遠の寿命を持つ完璧《かんぺき》な生き物、神霊種《オールドデウス》に匹敵する力の秘密がそれだ。

時空連続体の中で、『点』ではなく『面』として存在するため、現在という一点を如何《いか》に攻撃しようとも、過去・未来の修正によってたちまち復元する。無限に等しいその力は複数の時間内に在る己《おの》が力を反響させ、現在に収束させることで無限増大させているが故のもの。その肉体は『収束時空《デフレーション・ワールド》』を留《とど》める——ただの器に過ぎない。だが——。

『——如何にしてその解に辿《たど》り着いた、小さき羽よ！』

己が感情を隠すこともなく、白龍は問い質《ただ》した。

——知り得ないはずだ。ましてや知り得ても理解できるはずもない。

天翼種《フリューゲル》のみならず、現在という時に縛られる全《すべ》てのものには到底——。

だがこの神話に迫る伝説《たたかい》、世界が悲鳴を上げる場にあまりにも似つかわしくない——

「あなた様の馬鹿面《ばかづら》によって、でございます。カマかけにお付き合い頂き感謝致します♪」

その小馬鹿《こばか》にした返事に、今度こそ——龍は言葉を失った。

——ブラフ。


この大勝負で、そんなもので応じられ——嵌《は》められた事実に龍も唖然《あぜん》とする中——。

ジブリールは、隆起した地の一つにふわりと降り立った。

言質《げんち》を取ってなお余裕などなく、決死の覚悟を必死で隠しながら。

「さて、先程私が攻撃しないことを訝《いぶか》しんでおられたようなので、お答えしましょう」

あくまでも精一杯に優雅さを取り繕って、告げる。

「決死の一撃《てんげき》などで届かぬことは既に重々承知——故にこそ。長らくお待たせ致しました。お望みの〝見せ場《クライマックス》〟——そのお披露目《ひろめ》でございます。さあどうぞハンカチをお手に取り、万雷の拍手喝采《かっさい》を惜しみなく、刮目《かつもく》してご覧下さいませ——」

スカートの裾《すそ》のように、帯を摘《つ》まんで優雅に一礼する。

「一撃で届かぬならば二撃。しかしてなお足らぬと確信するが故に三撃。三手の攻撃にて見事、あなた様の御首級《みしるし》を頂戴《ちょうだい》してご覧に入れましょう」

——それは揺るがぬ決意でも、見果てぬ願望でもない。

ただ一度抱いた〝意志〟。最初番個体《アズリール》も、眼前の龍も、絶対《さいきょう》ではないと証明する言葉。


「いざ参ります、————————〝三撃必殺〟」

さて——いよいよ大詰め、お待たせしましたるは最高潮《クライマックス》、序破急の——急。

時を狂わせ加速を重ね、泣いても笑っても残り三撃にて仕舞いの一幕。
起承転結の末は既に記した通り——三手の攻撃で必ず殺した。
決まった道理を引っ繰り返した傾《かぶ》き者の一念、ここに決着す。
直後、頭《こうべ》を垂れたジブリールの姿が掻《か》き消え——。
永遠に等しい生の中、龍が初めて味わう〝痛み〟と共に——終幕が始まった。

この場において時間に如何程《いかほど》の意味があるのか。
だがジブリールが告げた終幕——その三撃はほぼ同時、刹那《せつな》のうちに放たれた。

————壱《いち》の撃。

時空間を縫って龍の背後へ翔《と》んだジブリールは、鉄塊を携え龍の首を狙《ねら》い——想《おも》う。
（——複数の時間に跨《また》がって存在する？　全く理解出来かねますね——ッ！）
薄々、そうではないか……と思える根拠は無数にあった。
時空間を歪《ゆが》ませていること、あの移動手段、無限とも思える力。
何より——〝ただ群れるだけで、絶対的な力の持ち主を討伐できる〟——そんな異常が
それだけで説明がつく。いかにもデタラメ、いかにもイカサマ。だが——あの龍の『驚《きょう》

愕《がく》』こそが真実であろうと、今は、都合良く、信じる——即《すなわ》ち。

——〝イカサマを崩せばそれだけでこの龍を討てる〟という、己の仮説を。

森精種《エルフ》を真似《まね》て精霊回廊を割り、二重術式《デュアル・キャスト》で〝最低限の消耗〟で莫大《ばくだい》な精霊《ちから》を生み出す。

アズリールを穿《うが》った方法で生んだ力を装填《そうてん》——否、過剰装填《オーバーロード》された鉄塊が唸《うな》りを上げる。

——地精種《ドワーフ》の飛空戦闘艦グリズに搭載され、ジブリールが奪ってきたその鉄塊——剣は本来、戦闘艦の『主砲』。森精種《エルフ》の防護術式を貫く為《ため》、地精種《ドワーフ》が造ったその艦砲は、だが何とも地精種《ドワーフ》らしい暴論の原理で駆動する。刻印術式を多重に重ねた回路に精霊を奔《はし》らせ、

『精霊で編んだ防護を、より濃縮された薄い精刃で貫く』——と。

ただそれだけの暴論の産物だが——。

(この天翼種《わたし》が精霊を流し込めばどうなるのでございましょう——ねぇッ!)

内心吼《ほ》えて、振り下ろした鉄塊は龍の鱗《うろこ》を貫き——仮説を肯定するように突き刺さる。

その一撃は、『天撃《てんげき》』ですら鱗一枚を剥《は》がすのがやっと——それも直《ただ》ちに修復された龍の防護を容易《たやす》く貫いて皮膚にまで至り——だがそこで限界を迎えた砲身《とうしん》が溶融する。

『——他種族の道具まで使うか、小さき羽よ——だがそれでは届かぬ』

「百も承知でございます。どうぞお気になさらず、残る二撃をご期待くださいませ」

圧縮された時間の中、悠然と答えながらもジブリールは思う——勝算は低い、と。

ブタの手札に全額レイズで応じるほどの度し難《がた》い賭《か》けだ。

だが——オール・オア・ナッシング。勝算が僅《わず》かでもあるなら賭けるに十二分ッ!

『では――残る二撃で我を驚かせ――』

――てくれるのだろうか、と口にしかけた龍は。

即座に、自身の望み通りに驚愕させられた。


――――――――――弐《に》の撃。


驚愕も当然だろう、とジブリール自身さえ苦笑する。

何せここまで最大限、消耗を抑えた体力の、その全身全霊の一撃――『天撃』を、突き刺した剣の位置に向けて寸分違《たが》わず撃ち込んだのだから。

龍を染め上げる〝気配〟に、ジブリールは嗤《わら》った。

――白龍《かれ》が〝驚愕《とら》〟する理由は二つだろう。

一つは――己を捉えた衝撃が『天撃』そのものではなく、蒸発した剣から『天撃』を受けて発射された〝何か〟だったということに。

『――――骨――――か――――!?』

――如何《いか》にも。ラフィールから拝借し、剣に埋め込んだ〝龍の骨〟。神々でさえも打ち壊せぬ不滅の弾丸が『天撃』に圧され、龍の皮膚に穴をこじ開け、道筋を徹《とお》す。

ついに龍も察したのか。驚愕に僅かな焦燥が滲《にじ》んだ声に、ジブリールは小さく笑った。

――これで、僅かながら勝率が上がったかもしれないという希望的観測に。

龍は過去と未来に存在する己の力を反響させ、無限に等しい力を生み出している。

その仕組みに理解は不要。そんな摂理と原理《イカサマ》が在る、事実そのものが仮説の根拠だ。

すなわち——龍が圧倒的強さを有しながらも討たれる理由《カラクリ》。

現在・過去・未来に存在する己の力を一点に反響・増幅させる『収束時空《デフレーション・ワールド》』であるという生態、そのイカサマが龍精種《ドラゴニア》という生き物の強さの根拠であれば。

その非常識こそが——そのまま龍が討たれる理由となる。

龍の正体が『反響する時空』であるなら、理論上その力は無限。

今も昔もこの先も、龍を〝力でねじ伏せる〟ことなど誰《だれ》にも出来るはずがない。

ならば過去討伐された全《すべ》ての龍精種《ドラゴニア》——そしてこれから討伐される龍もまた同じく。

皆《みな》——その強すぎる力を生み出す生態故に、ただ自滅してきたということ……ッ！

自己の力を過去・未来と反響させ現在に無限反響し収束させるのが龍の生態ならば——

その『隔絶された時空の殻』というあまりに強固な鎧《よろい》に、ほんの僅《わず》かな亀裂が入れば。

龍はその小さな『傷』——体内に浸食した攻撃をも無限に反響させる。

それならば単独では討てず、百ならば討てる説明がつく。

問題は、如何《いか》にして亀裂を入れ一滴の水を徹《とお》すか、それだけであるのだから。

かくして龍が驚愕《きょうがく》する二つ目の理由へと至る。

この仮説に、『是』と答えるような龍の気配——だが同時に、こうも思っていよう。

三撃必殺と口にしながら、二撃目で『天撃《てんげき》』を撃って力を使い果たし、子供のようになった今のジブリールに、如何なる次の手があるのか、と。

──だが、あるのだ、とジブリールは嗤《わら》う。

飛行も漂う力もなく重力に囚《とら》われ──幼い姿の胸に手を翳《かざ》して。

「龍精種《ドラゴニア》が自己崩壊を代償に放つ一撃──『崩哮《ファークライ》』……あなた方の専売特許だとでも？」

──専売特許だ、と龍は答えるだろう。事実その通りだ。

多元時空に跨《また》がるなどというイカサマ、デタラメが出来ぬ身に、『崩哮《ファークライ》』を真似《まね》ることなど出来るはずがない。そもそも──意味がわからない。

だが奇《く》しくも、ジブリール達が殲滅《せんめつ》したあの術式──耳長《エルフ》どもが小賢《こざか》しく幻想種《ファンタズマ》の支配を目論んだ、魔法生命体の『核《もくろ》』に作用する術式を自分自身に用いれば──全く同じとは行かないまでも、真似事くらいは出来るのだ。

すなわち──『核』崩壊による自爆に、指向性を与える程度は。

そして、亀裂の入った殻に一滴の水を徹すには十二分に足るはずのそれを以《もっ》て──

──参《さん》の撃。

通常──天翼種《フリューゲル》は自分の攻撃にわざわざ名前などつけない。

ただ力を振るい、空間を操り、周囲に破壊をもたらすその様《さま》は『技』と呼ばない。

名付けるも愚かな単なる〝挙動〟、呼吸に限りなく等しい。

だがその原理上、一度しか許されない──ましてや自分にここまでやらせた龍に対する最大限の敬意と多分なカッコつけとして──また『必殺』たらしめんとする意志を込めて。

「以上、三撃を以《もっ》て──『絶撃《ぜつげき》』──これにて仕舞いにございます」

──唯一の主《アルトシュ》に編まれた魔法である天翼種《フリューゲル》、その術式を強制的に書き換える。

アズリールがその場にいれば何たる冒涜《ぼうとく》かと騒ぐ様《さま》が走馬灯のように過ぎる中──。

『──汝《なんじ》、我を討つのではなかったか？』

龍の静かな問いに、だがジブリールはきょとん、首を傾《かし》げた。

──『肉を切らせて骨を切る』と、暇つぶしに読んだ森精種《エルフ》の書の一節を思い出す。

実に低能な連中らしい、憐《あわ》れむべき吝嗇《ケチ》な発想だと思った。

己の目的は何かと問われれば、龍を独りで討つことが可能と証明するならば──

「あなたを討った。そこに少々〝私も死んだ〟と加えたところで──如何《いか》なる問題が？」

骨を切るなら、こちらの骨まで切らせてやる気概なくしてどうする……？

龍に挑み、龍を討った──ならば、こちらが最後に立っていようが寝ていようが。

──死んでいようがその結果が全《すべ》て──自分《わたし》の勝ちでございます。

ジブリール自身が弾《はじ》け光へと変わっていく中──

『────見事』

讃《たた》えるように告げられた龍の言葉を最後に、幾度と天を染めた光が、再度閃《ひらめ》く。

三度目の衝撃が龍という『時空の器』を穿《うが》った。

僅《わず》かな力が内に届き、その外圧が瞬時に無限増幅し──龍の首が爆《は》ぜる──はずだ。

その光景を、だがジブリールは見届けることなく、意識は消滅する――……


「――、失敗した、のでございましょうか？」

僅かな背中の感触、そして赤い空が目に映ることから、どうやら自分が地べたに倒れていることだけは理解して――ジブリールは呆然《ぼうぜん》と呟《つぶや》いた。

もはや動く力はおろか、手足の感覚すらない――恐らく本当に手足がないのだろうが。

――〝生きている〟。

その事実に、ジブリールは憤怒《ふんぬ》と悲嘆――そして堪《た》え難《がた》い後悔に襲われた。

それは自己崩壊による最後の一撃――核術式の書き換え失敗を意味し、同時に――

『小さき羽よ。輝く太陽よりなお鮮烈なる光よ』

そう――龍を討つのに失敗したことを意味する。

微《かす》かな聴覚、遥《はる》か彼方《かなた》から聞こえるような龍の声に、ジブリールはたまらず零《こぼ》した。

「……最後の最後で、博打《ばくち》に打ち負けましたか……なんと、悔いの残る結末で……」

――元より天翼種《フリューゲル》。他《ほか》ならぬ最強の主、戦神《いくさがみ》アルトシュに編まれた魔法。

主が編まれた神域の『核《じゅつしき》』を、そう容易《たやす》く書き換えられるとは思っていなかった。

あえて言い訳するならだが――だからといって試すことも不可能なシロモノだった。

故にぶっつけ本番、最後の博打《ばくち》だったが――そう嘆くジブリールに、だが。

『輝ける羽よその眼《まなこ》に刻め――汝《なんじ》が敵は今、誇り高く死に征《ゆ》く身ぞ』

その言葉に首を傾け――まだそれが残っていたことに驚きながら、声の方を見やる。

霞《かす》む視線の先、地に墜《お》ちた龍の首が――光の粒子と化し虚空《こくう》に消えていくのが見えた。

『誇れ、小さき羽よ。汝は我を討った。それが手向けであろう』

――言われた通り、ジブリールは己を誇った。

至上の達成感が胸に満ちる。やり遂げた。――その事実だけで身の痺《しび》れるような多幸感を覚える。同時に抗《あらが》いがたい眠気を感じて、ジブリールはゆっくりと瞼《まぶた》を落とした。

静かに確信する。もう、この眼《め》を開くことはないだろう、と。

――術式の書き換えは不完全だった。だが龍を討てた事実と、精霊が抜け落ち――繋《つな》ぎ止《と》めるも叶《かな》わず虚空に溶けゆく感覚が……己もまたほどなく死に至ると告げていた。

閉ざした視界の中、薄れゆく夢うつつの意識に、だが龍は語り続けた。


『かつて天に――〝強さ〟とは如何《いか》なるかと問うた者がいた』

「……それはまた、随分と、お暇な方がおられたもので」

かすれたジブリールの返事に、何故《なぜ》か龍は呵々《カカ》と大笑した。

『――摂理も原理もなき強さこそ、真の強さと汝は言ったな』

「私が言ったわけではありませんが。肯定はしましたねぇ……」

『ならば問いを重ねよう。摂理原理なき――意味なき強さに如何なる意味があろうか？』

「意味がない強さの意味……？　最期までその禅問答を続ける気で――でしたら私の際限ない忍耐と至上の寛容さにどうか痛み入ってお聞き頂ければと存じ上げます」

とジブリールは吐き出すように、

「――正直どうでもよろしい、とお答えしましょう」

『――――』

「アルトシュ様を前にすれば、遍《あまね》く凡《すべ》てが等しく弱者でございますれば」

淡々と、赤い塵芥《ちりあくた》の天を仰いで、ジブリールは続けた。

「私は〝より強き者〟に挑み、幾度となく敗れ、ついには勝利した。最高に楽しく、最高に胸高鳴る日々、実に愉快な戦《あそび》でございました。私は死してなおこの戦《あそび》を忘れることはありませんし、あなた様もまたこの戦《あそび》を胸に刻んで死に逝《ゆ》くのでしょう。その〝充実〟を前にはまったくどうでもいいことと思いますが――異論はございますか？」

その言葉に――龍は想《おも》った。

この羽は、最後まで気付かぬのだろうか、と。あるいは――。

『重ねて問おう――策を弄《ろう》し、技術と知恵を磨き我を討った汝は我より強き者か？』

「怪物に毒を盛り自滅させた者を怪物と呼ぶかと？　それは否でしょう。そもそも――一蹴《いっしゅう》するように、即答で断じるその様《さま》に、龍は確信する。

「強さという尺度自体、そもからして意味などございませんので」

——気付いた上で、それがどれ程のことかも知らずに斬り捨てている。

その在りようが、その言葉が、己《おの》が創造主《アルトシュ》を——全否定している、と。

それが、かの戦神《いくさがみ》が求めてやまなかった答えの体現そのもの、と終《つい》ぞ知ることなく。

正しく——弱者《きょうしゃ》の生き様《ざま》を貫いている。

「こう見えて、私は天翼種《フリューゲル》の中でも極めて慎ましく、常識的な個体でして」

————。

——お、おう。

と世界が耳にすれば零《こぼ》しただろう声を龍は幻聴する。だが羽は尚《なお》も続け——

「あなた様は徹底して非常識でした。限度を超えた強さ故に——限度を弁《わきま》えぬ故にあなた様は自滅した。私はただそこに小さな穴を空けただけでございます。あなた様は徹頭徹尾ご自身の力の強大さ故に討たれた——それは、私自身の力とは何の関係もないこと」

『…………』

「もし〝次〟があれば——その時の為《ため》に私からも助言を一つ……」

と、羽は一息。

「あなた様に足りないもの——それは『慎み』でございます。非常識すぎる故に、至って常識的である私に敗れるのでございます」

……その為に滅ぼされた森精種《エルフ》、地精種《ドワーフ》がその場にいれば声を揃《そろ》えて叫んだだろう。

常識とはいったい何ぞや——!! と、だが——相対的に、この場において天翼種《フリューゲル》がまだしも常識的であるのは、まあ……事実であろう。

『然《しか》り。まさしくその通り』

と龍は愉《たの》しげに笑う。──その意味を問おうとして、だがジブリールは止《や》めた。何故《なぜ》か、それが自分に向けた言葉ではないとわかった。代わりに訊《たず》ねる。

「──お名前を、聞かせて頂いてもよろしいでしょうか」

地に倒れた少女の唇が、請《こ》うように続ける。

「死に征《ゆ》く身でございますれば、せめてお望みのようにあなた様を討ったことを己に誇りたいと思いますが……屠《ほふ》った相手が名も知れずでは、役不足ですので」

もっともなこと、と龍は同意して、静かな声で答えた。

『──リーヒエンゲルテ。【王】が一つ、『聡龍《そうりゅう》』レギンレイヴに付き従うもの』

「……全く遠き光《リーヒエンゲルテ》……」

告げた名前を、少女は何度も口の中で転がした。そしてその名前を噛《か》みしめる。

満足げな笑みを作る羽に向けて、龍は続けて言った。

『小さき──輝ける羽よ。汝《なんじ》は死なぬ。その未来は未《いま》だない。だがやがて〝更なる弱者〟が汝に挑む日が来る。その時こそ汝は我を討った意味を知ろう。その時まで存分に──天の果てまで汝の偉業を誇るが良い。……それ以上に、我が存在……意味……は──』

──ない、と。

その言葉は凪に薙《な》がれ、不滅となった骨を遺《のこ》して途絶えた。

——最後まで訳のわからないことを、とジブリールは苦笑した。

だが全身を満たす達成感と共にほんの少し、あの龍に取り残されたような想《おも》いを得る。

その胸を刺す寂寥感《せきりようかん》に、彼女が浸っていると……、

「にゅあぁああ!?　龍精種《ドラゴニア》が死んでるにゃ——ってにゃあああああああああああああジブちゃんがジブちゃんがああああ！　天翼種《フリューゲル》全・員・に・命令にゃぁぁ今すぐここに転移するにゃぁぁぁああ!!　修復術式をこの場で行うにゃぁぁぁあああああああ何ならアヴくんごとさっさと来るにゃぁぁあ————ッッ!?」

突如、けたたましく響き渡った、うんざりとする声に思わず脱力し——

今度こそ、ジブリールは意識を手放した。

《[illegible]暦[illegible]年[illegible]十日》
えーと……こう、その……生き残りました。
——前の頁《ページ》を読み返したら穴を掘って埋まりたくなりました。
今後は日記であろうと書くことに気をつけようと思いました——。
——追記。あとセンパイが死ぬほどウザいです。

……と、二度と開かぬはずだった日記の続きを記して、ジブリールは振り返った。そこにぴたりと張り付くウザい生き物に眼《め》を向けて、冷たく告げる。

「アズリールセンパイ、そろそろ放してくれませんか」

「断るにゃ」

──意識が戻るのに四年。完全修復には更に六年を要する。

とそう告げられた修復術式施術室で、ジブリールはアズリールに抱き付かれていた。

「ジブちゃんが二度と馬鹿《ばか》なことしないように、今後はずっと抱き付いて生きるにゃ！

基幹《きかん》術式を書き換えるとか、一体何を考えてるにゃ⁉　凄《すご》いにゃホントに龍精種《ドラゴニア》を倒したにゃ残った骨のことは一番目立つ飾り場所は何処《どこ》か今みんなで相談してるにゃ修復が終わったらパレード開催するにゃでもジブちゃん赦《ゆる》さないにゃどれだけのことをしたかわかってるんにゃ⁉　マジ偉業にゃ‼」

目が覚めてからずっと、アズリールが取り留《と》めもなく喋《しゃべ》りっぱなしである。

本来ならとっとと叩《たた》き出したいが──同室にいるラフィールが宥《なだ》めるように言う。

「ジブリール、諦《あきら》めろ。お前の意識がなかったこの四年間、こいつは本当におまえに抱き付いて過ごした。お前が力を取り戻すまで──つまり、最低六年間はこのままだ」

──もう一度気を失いそうになった。

遠のきかけた意識をぎりぎりのところで引き戻し、嘆息する。

「はぁ……まあ、ウザリール＝サンはさておき、ラフィール先輩は何故《なぜ》ここに？」

「なんかもう投げやりに呼ばれたにゃ⁉　ひねりすらなくなったにゃあぁ⁉」

「ん？　かつてない偉業を成し遂げた自慢の末妹の見舞いが何か不思議か？」

喚《わめ》く長姉をスルーして、ラフィールはジブリールの頭をくしゃりと撫《な》でた。

口の端を持ち上げ、穏やかな声音で囁《ささや》く。

「——さすがだな、ジブリール。こんな無茶《むちゃ》は今後勘弁願いたいが——よくやった」

……イケメン過ぎる姉の顔を見上げて、ジブリールは言った。

「ラフィール〝姉さま〟、もうあなたが天翼種《フリューゲル》の長《おさ》で宜《よろ》しいかと」

「なんでにゃぁあああ⁉　って今ジブちゃんラフィールをお姉さまって呼んだにゃ⁉

ズルいにゃラフィールちゃんちょっと今から決闘——」

……喚き倒すアズリールは知らない。部屋の外、或《あ》いは空間を隔てて聞き耳を立ててい
た全《すべ》ての天翼種《フリューゲル》が、ジブリールの提案に揃《そろ》って頷《うなず》いたのを。

——と、その時。唐突に空間が震えた。遠い地鳴りのように静かに。
だが決して無視できない、途方もない力がその場そのものに影響を与えた。
そして狭い室内——否、今や途方もなく広がった空間の中、騒いでいた三人は、太古か
らその場に在ったかのように聳《そび》え立つ男の威容に、息を呑《の》んで固まった。
天の神、至高の君、無双の戦神《いくさがみ》——アルトシュがそこに居た。
——この数百年、数千年、玉座から動いたことなき創造主が自らの足で立っている。

ただそれだけで時間か空間か、果ては因果律そのものが捻《ねじ》れ狂い、この狭苦しい修復室が何倍――いや何千倍にも広がっていた。そして両の足で立つ主神を見上げる自分たちもまた、相対的に虫けらの如《ごと》く小さなものに感じられる――

「――龍を屠《ほふ》るに至ったか『番外個体』よ」

呼吸すら止めて動けずにいるこちらを傲然《ごうぜん》と見下ろして、アルトシュは告げた。

「次は如何《いかん》とする、我が羽よ。余を弑すに至るまで強くなるか？」

その声は甘く、期待するような響きさえあった。

その事実に、アズリールとラフィールはおろか、聞き耳を立てていた天翼種《フリューゲル》達すら絶句を通り越して気絶しそうになる――が。

「――不敬ながら申し上げます。我が主よ、私如きにそんなことを問うためにお立ちになるほど、そのお腰は軽いのでしょうか」

さらりと答えたジブリールの言葉には、本当に気絶するモノまで現れた。

正直アズリールさえも半分意識が飛んだ。だがジブリールは続けて、

「最強たる主を相手に、強さで対抗しようとて無意味かと。私は〝弱いまま〟――」

と最強の戦神を前に、堂々と胸を張って宣言した。

「いつの日か、主を玉座から引きずり下ろし立たせてご覧に入れましょう――ですので、どうかその日まで主らしくお座りになっていて頂けますか？」

――いいから黙って座ってろ。いずれ立たせるから覚悟しとけ、と。

明らかな挑戦、言外の挑発に、天翼種《フリューゲル》達がばたばたと卒倒していく中。

「ハ――ハハハハハハハハハハハハハハハハハハハハハ――――ッ!!」

ただアルトシュだけが、かつてなく――破裂するかのような勢いで大笑した。

そしてアルトシュは破顔したまま、ジブリールに向けて獰猛《どうもう》に告げた。

「――善《よ》い。ならば余は玉座にて待ち受けよう――励めよ、我が愛すべき弱者《てき》よ」

そして――空間が幕を下ろしたように、その姿が掻《か》き消える。

そして残ったのは、無数の疑問符と――、

「……ジブちゃん……ううん……――ジブ△《サンカッケー》」

「――は?」

ぽかんとするジブリールをよそに、アズリールが眼《め》をキラキラとさせて叫ぶ。

「ジブさんがアルトシュ様を笑わせたにゃ!? しかも挑戦的な笑顔だったにゃぁぁぁあ!!

これはアレかにゃ!? ジブさんがアルトシュ様に挑むフラグかにゃああぁっ!? 何それ胸熱にゃぁあ薄い本が厚くなるにゃぁぁ!!」

「先輩、落ち着いてください意味不明さもここに極まってございます」

「い、いや……ジブリール。お前、さすがにコレは偉業に過ぎるだろ――」

ラフィールさえもが、息も絶え絶えに唖然《あぜん》と告げ、直後、聞き耳を立てていた全《すべ》ての天翼種《フリューゲル》が、嫉妬《しつと》・驚愕《きょうがく》・憧憬《しょうけい》の入り交じった大騒ぎでアヴァント・ヘイムを震わせた。

――ただ独り。玉座から動いた様子もなく、常のように頬杖《ほおづえ》つきながら。

かつて、神話の時代、天の頂きにて対峙《たいじ》した最強の龍に向けて、アルトシュは囁《ささや》いた。

「……終龍《しゅうりゅう》よ。汝《なんじ》との問答は確かに有為で――そしてやはり無為であったな」

龍は時の狭間《はざま》を見通すという。ならば彼《か》の龍王は、この日を知っていたに違いない。

ならばなるほど、その言葉は正しく――そしてその行いは度し難《がた》いほど間違っていた。

――憐《あわ》れな龍め、挑むことさえ忘れた龍めが。

戦神《いくさがみ》には勝てぬ弱者であると自覚したならば、その上で超えてみせんとする気概が何故《なぜ》なかった。己を弱者と認めたならば、そこで止まらず先に征《ゆ》くべきではないか。最強たる余が現れた時、貴様はそれをこそ楽しむべきだったのだ――と。

ただ死を幸いと受け入れたハーティレイヴを、アルトシュはついぞ理解することはない。

――強者に挑む。余が願ってやまぬ幸福をこそ、何故に幸いと出来なかったのか……。

「だが――存外、その日は遠くないのか」

――時は[illegible]年――永く続いた大戦の終結は――この十二年後のこと。

だがそれは彼の神智《しんち》を以《もっ》てしてさえ知れるはずもなく。

アルトシュは独り、一枚の小さな羽が寄越した戦の予感に、静かに嗤《わら》っていた。

●あとがき

――War. War never changes.
和訳：《人は過ちを繰り返す》
『FallOut』シリーズＯＰ一節より

――人類の歴史。それは『戦史』――連綿と続く〝過ち〟の歴史である。
有史以来、数多《あまた》の国、文明が、星の如《ごと》く瞬《またた》いては興亡を繰り返してきた。
時代は移ろい、技術は発達して、かくて現代。
勝者さえも得しない戦争へと至って……なお。
それでも人は争うだろう。
たとえ核戦争で世界が滅ぼうと。また最初から――石器、或いは鉄器を手に。
まさしく、原文の直訳――すなわち『戦争は決して変わりはしない』ように。
その手段が、道具が、いくら変わろうとも……。
…………――
……と。
悲観主義者なら、ここで終わる話だろうがＢｕｔだがしかし。

ここで、読者諸兄には一度、冷静に立ち返って考えて頂きたい。
……別に、好き好んで繰り返してるわけじゃなくね？　と。
つーか率先して戦争《ころしあい》たいドMとか素でドン引きじゃね？　と。
だっても～……ぜったい痛いでしょ？
撃たれたら痛いって騒ぎじゃないよ？
常識で考えて、そんな拗《こじ》らせたドMが多数派なら人類もう滅びてるんちゃうんと。
——では。ならば何故《なぜ》人はそれでも争うか？　なに……至極単純なお話である。

以前は『ああ』だった——だが現在は『こう』だ、と。
前回は『そう』だった——だが今回は『どう』だ、と。
——そう。

歴史から学べるは、人が歴史から何も学ばぬことだけと嘯く者もいるが——否ッ!!
ただ単純に、過去《れきし》の出来事と〝完全に一致する現在〟など存在していないだけだ！
故に人類は、嗚呼《ああ》——今度こそ。次こそと！
そう、果敢に夢見、希望的観測を胸に挑み——
そうして……過ちを繰り返すに至ってしまうのだ……

故に、読者諸君……どうか人類を見限らないで頂きたい。
歴史を刻んだ彼らは、ただ『今度こそ』、『次こそ』と——ッ!!
藻掻《もが》き、足掻き、悩み——そして〝挑んで〟来たのだ……ッ!
ああ、そうとも……確かに結果的に、それは過ちに終わった!
だがそれでも、『過ちだった』と——〝布石〟は残したのだ!!
故に我々はその布石《れきし》を、受け入れ、振り返らねばならない……。
〝軽蔑〟でなく〝敬意〟を以て。
同じ過ちを、繰り返さぬために。
彼らを罪人と切り捨てるのではなく——我々もまた間違えうるのだと!
そう確たる自覚を胸に、その上で——今度こそ。繰り返さぬためにッ!!

——そう。たとえば、ここにいる一人の男のように。
担当に『書き下ろし四〇頁お願いします』と告げられ。
楽勝と。前回は『大戦』の話苦労したが、既に一度書いた今回は違う、と。
シンク視点での、もう一つの終戦？　三日で書き上げちゃいますよ、と!
——森精種《エルフ》視点を書く難しさも、描写の多さも気づかずそう言い放った男。
コンビニへの道より多く通った道を、何度でも歩く人類も!
どうか見限らず、敬意を以《もっ》て振り返って頂きたい。すなわちッ!!

——無茶しやがって、とぉ——————ォっ！


というわけで。ご無沙汰しております。

人間ドックの脳検査で『正常』と告げられ驚きを隠せない系男子。

そんな過ちを繰り返しちゃう系人類《だんし》こと、榎宮祐《かみやゆう》です。


「では！　早速敬意を以てもう一点、歴史《あやまち》を振り返りましょ！（笑顔）」

あっ！　どうも担当編集Tさんっ！

僕の〝たらい回し疑惑〟を晴らしての続投、あざっす!!

もぉ～なんだかんだ言ってぇ～面倒見が良——


「書き下ろし『一　八　〇　頁』の初稿は何故《なぜ》来たんですかね（能面）」

——、

……ふ、ふむ。

それは……戦争が何故起きたかを紐解くが如《ごと》く複雑な話でして。

よって、ここでは建設的に。何故そうなったか——ではなく。

何故そうなるのを、食い止められなかったか——を考えて見ましょう。

過ちを繰り返さぬため！　予防策を練るのが大事ではないでしょうか！

初めてプロットをお見せした時、担当さん、なんと仰《おつしや》いましたっけ？

「面白そうですねそれで行きましょう（笑顔）と言いましたが？（困惑）」

YES！　ハイそこ!!

そこです！　宜《よろ》しいですか!?

ここでたとえばたった一言、

——『このプロット、四〇頁に収まるわけねぇだろ』——とッ!!

そう担当さんが口にしていれば、どうでしたでしょうか!?
こんなことにはならなかったと思
「…………（にっこり）」
いませんよねぇえ!?
そのくらいテメェでわかれって話ですよねぇぇぇッ!!
っていうか『収めてみせますよハハハ』とか宣《のたま》う自分の姿が見えましたぁッ！
まして地精種《ドワーフ》の描写を本編より番外で先にやっていいわけなかったですし!?
縛り過ぎて自縄自縛なゲームが趣味のドン引き的ドMですんませんっしたぁ！
で、でも！　あのその。
な、何とか圧縮して、辛うじて規定頁数に収めて〆切にも間に合ったので！

し、しかもこれでも――
鋭意制作中の『劇場版・ノーゲーム・ノーライフ』とか⁉
好評連載中の『ノーゲーム・ノーライフ、です！』とか⁉
そちらも是非宜《よろ》しくお願いします的なアレのプロット相談とか監修とか⁉
諸々こなしながら入稿――首の皮一枚で繋がってると言えないでしょうか……っ！
「首の皮一枚って、前から思ってましたけどもう死んでますよねソレ（笑顔）」

ととと、ともあれ！
本編ノーゲーム・ノーライフ十巻の原稿にも、もう着手してますしッ‼
あざとく宣伝類も入れたので、見逃して頂けると信じて、この辺で！
また手にとって頂ければ幸いです！

ノーゲーム・ノーライフ
プラクティカル
ウォーゲーム

発行　2016年12月25日　初版第一刷発行

著者　榎宮祐

発行者　三坂泰二

発行所　株式会社 KADOKAWA
〒102-8177 東京都千代田区富士見 2-13-3
0570-002-001（カスタマーサポート）
年末年始を除く 平日10:00〜18:00まで

印刷・製本　株式会社廣済堂

Printed in Japan　ISBN 978-4-04-068767-4 C0193
http://www.kadokawa.co.jp/

【 ファンレター、作品のご感想をお待ちしています 】

〒102-0071 東京都千代田区富士見2-13-12
株式会社KADOKAWA　MF文庫J編集部気付「榎宮祐先生」係

ようこそ実力至上主義の教室へ

好評発売中

著者：衣笠彰梧　イラスト：トモセシュンサク

——本当の実力、平等とは何なのか。

INFORMATION